W0214878

Quand se lève le brouillard rouge

Du même auteur
dans la même collection

Cauchemar dans la rue
J'étais Dora Suarez
Le Mort à vif

dans la collection Écrits noirs

La Rue obscène
Mémoire vive

dans la collection Rivages/noir

Cauchemar dans la rue (n° 64)
J'étais Dora Suarez (n° 116)
Vices privés, vertus publiques (n° 166)
La Rue obscène (n° 200)

Robin Cook

Quand se lève le brouillard rouge

Traduit de l'anglais
par Jean-Paul Gratias

Collection dirigée
par François Guérif

Rivages/Thriller

700 exemplaires hors commerce de cette édition ont été réservés aux membres de l'Association 813.

Cet exemplaire porte le n°

000039

Titre original : *Not Till the Red Fog Rises*

© 1994, Robin Cook

© 1994, Éditions Payot & Rivages
pour la traduction française
106, boulevard Saint-Germain, 75006 Paris

ISBN 2-86930-833-7
ISSN 0990-3151

Car il dansera
Et il chantera,
Et il tournera son visage vers le mur.

Ancienne ballade

1

Les traînées qui maculaient la façade du Palmyra, semblables à des larmes anciennes couleur de rouille, étaient noircies par endroits ; cela n'avait rien de surprenant, car le vieil établissement se trouvait dans la partie mal fréquentée d'Earls Court. Autrefois, c'était une pension de famille, mais pour tous les gens du quartier, aussi loin que remontent leurs souvenirs, cela avait toujours été un hôtel qu'on appelait simplement le Palmy, les deux dernières lettres de l'enseigne étant tombées depuis longtemps. Des herbes poussaient dans les fissures du toit, sur son portique victorien délabré, et il ressemblait exactement à ce qu'il était : un hôtel de cinquième zone, surtout fréquenté par des clients de passage qui ne restaient jamais longtemps. Mal entretenu, couvert de stigmates laissés par des intempéries anciennes, il recevait souvent la visite d'huissiers, de flics en civil et d'agents de recouvrement. Ici, le moment fatidique où il fallait payer le loyer hebdomadaire tombait invariablement un jour de pluie, quand la déprime revenait en force et l'argent se faisait rare.

C'étaient surtout des hommes jeunes qui logeaient au Palmy. Quittant un climat sec, ils avaient parcouru des milliers de kilomètres pour venir à Londres, et l'humidité ambiante était pour eux une expérience toute nouvelle que même l'amour des sports de plein air ne pouvait rendre agréable. C'était une aventure, par exemple, que de sortir pour la première fois d'une bouche de métro inondée à une heure et demie du matin, quand la dernière rame venait de partir et qu'on n'avait aucun endroit où aller à part le Palmyra, dont le hall encore éclairé semblait vous lorgner à travers la bruine. La plupart d'entre eux s'arrêtaient devant la porte, renonçaient à entrer et poursuivaient péniblement leur route, mais certains étaient suffisamment jeunes pour estimer que l'enfer était pittoresque, bon marché, et possédait le genre d'atmosphère pour laquelle ils avaient fait tout ce chemin. Alors, ils traversaient la rue et actionnaient la sonnette.

Quelques-uns seulement (les plus imaginatifs), épongeant leur visage ruisselant de pluie après avoir franchi la porte, se demandaient si cela valait vraiment la peine de rester, après tout, alors que sous leurs yeux un portier de nuit peu amène rebouchait sa bouteille et tendait le bras vers son registre. Ce qui aurait pu passer pour une bonne plaisanterie à Sydney risquait peut-être de se retourner contre eux, à présent qu'ils étaient bel et bien là, et qu'ils prenaient une chambre.

Aucun guide touristique ne mentionnait le Palmyra dans ses listes ; le syndicat d'initiative ne lui faisait aucune publicité, et même les chauffeurs de taxis se grattaient la tête quand vous leur demandiez de vous y conduire. Mais l'hôtel lorgnait amèrement la rue, malgré tout, comme une ancienne vedette alcoolique à la poitrine siliconée, dans la robe de son dernier grand rôle à l'écran, perchée sur le tabouret d'un bar pour célibataires à guetter un arrivage de chair fraîche.

C'était exactement ce que faisait le Metropole, aussi, une centaine de mètres plus loin, ainsi que le National, l'Europa, et le Tropical, chacun ayant, comme le Palmy, sa porte vitrée au sommet de ses trois marches, et un panneau en carton annonçant que l'hôtel était complet. Ce que ce panneau voulait dire, en fait, c'était que l'État y envoyait des SDF pour la nuit ; et qu'il valait mieux laisser entre eux les morts vivants, particulièrement les fous furieux du dernier étage.

Et pourquoi pas ? Le Palmyra était *déjà* mort. Il n'avait plus besoin de clients jeunes, enthousiastes et en bonne santé ; les émois des premiers désirs ne feraient plus jamais vibrer quatre murs que rien ne pouvait plus émouvoir. C'était pourquoi, comme beaucoup de fausses économies, il semblait bon marché, et c'était aussi pourquoi les gens qui prenaient pension au Palmyra ne survivaient pas tous.

À part les interminables travaux de voirie qui en obstruaient l'entrée, la plupart de ses particularités étaient joyeusement acceptées comme « typiquement londoniennes » par les étrangers qui mettaient pour la première fois les pieds dans ce pays. En fait, ces caractéristiques tenaient surtout à un passé ancien, obscur, et laissé partiellement dans l'ombre. De toute façon, quelle importance pour le client moyen ? Il ne demandait qu'à se plonger dans des eaux étranges, et il ne tardait pas, comme tout le monde, à trouver du dernier comique les toilettes du rez-de-chaussée du Palmyra — peut-être les seules de Londres où les hommes faisaient la queue devant la porte réservée aux dames. Les connaisseurs avaient baptisé l'endroit : « le bar », une curiosité que le touriste mentionnait dans la première carte postale qu'il envoyait chez lui, parce que c'était le lieu où les pensionnaires retrouvaient les filles des agences de call-girls pour une passe rapide, debout contre le mur. En fait, la réputation de l'hôtel — s'il en avait une — était inséparable de son rez-de-chaussée, tout comme de son portier de nuit et de son ascenseur en panne. Les chambres étaient propres, à part les cafards en été ; mais au dernier étage, il y avait trois lits de camp par chambre et de l'eau froide seulement. On y trouvait bien un suicidé à l'occasion, aussi, généralement par beau temps. Les routards qui parcouraient l'Europe pour un dollar par jour, toujours à la recherche du moins cher possible, semblaient s'en accommoder ; sinon, il fallait ne plus espérer grand-chose de l'existence pour rester au Palmyra.

Sladden était une exception.

Il était là depuis dix heures et demie du soir. La chambre 15 se trouvait au deuxième étage, sur l'arrière du bâtiment, et elle avait la forme d'un dirigeable. Ses murs pelés s'incurvaient tellement que les meubles ne pouvaient s'y appuyer ; elle sentait le renfermé, aussi, parce que la fenêtre était coincée.

Accroupi dans l'armoire, suant à grosses gouttes bien que n'ayant gardé que son pantalon et sa chemise, Sladden tendait l'oreille. Il était là pour ça : écouter, et attendre le retour du locataire. Écouter n'était pas facile, parce que le bruit ambiant était infernal. On aurait dit que les gens faisaient la fête dans toutes les chambres. Mais enfin, à une heure du matin, une clé tourna dans la serrure et la porte s'ouvrit. L'interrupteur cliqueta, la lumière jaillit, et dès que Sladden vit que l'homme était seul, il sortit de l'armoire en brandissant un automatique de calibre 25.

— Salut, Bogdan, fit-il.

Le type se figea sur place ; qu'est-ce qu'on peut faire d'autre devant le canon d'un automatique ? Son regard apeuré fit un aller-retour furtif entre l'arme et le visage de Sladden.

— Qu'est-ce que ça veut dire ? demanda-t-il. Vous êtes fou ? Je ne vous connais pas.

— Aucune importance, dit Sladden en agitant son pistolet. Moi, je te connais, et ce truc-là me servira de carte de visite, mais fais comme si tu ne le voyais pas. En fait, pourquoi ne vas-tu pas t'allonger sur le lit ? Détends-toi.

Le type fit prudemment ce qu'on lui demandait, sauf qu'il ne parvint pas à se détendre.

— C'est mieux comme ça, fit Sladden. Je suis content que tu sois raisonnable, et pas du genre à casser la baraque.

Examinant Bogdan de la tête aux pieds, il l'apprécia en connaisseur. Il semblait jeune, bien plus que sur les photos prises à son insu et qui le montraient, l'air méfiant, sortant discrètement d'un immeuble de bureaux.

Sous sa chevelure noire et lisse, le visage de Bogdan possédait ce que Sladden appelait de la classe, et son anglais, bien qu'américanisé, était bon. Il avait devant lui un type qu'il aurait pu emmener dans n'importe lequel des clubs qu'il fréquentait, et les habitués, impressionnés, se seraient demandé comment Sladden avait bien pu le tomber. L'air envieux, ils auraient regardé sa nouvelle conquête le suivre jusqu'au bar, se demandant à tout hasard s'ils ne pourraient pas le lui faucher pour un tour en Bentley et un week-end à la campagne. En tout autres circonstances, Sladden se serait facilement entiché de lui, et il n'aurait sans doute pas rencontré beaucoup de résistance.

Dommage.

— Qu'est-ce que ça veut dire ? répéta l'homme. Pourquoi cette arme ? Que voulez-vous ?

— Pas la peine de te mettre dans un état pareil, dit Sladden. Tout peut s'arranger.

— Tout quoi ?

— Tu pars, Bogdan. (Sladden refoula ses pulsions sexuelles avec difficulté ; elles n'aimaient pas qu'il leur dise non.) Ne prends pas cet air inquiet, je ne suis que le commissionnaire. Je t'apporte ton billet de retour, réjouis-toi.

— De retour ? Mais où ?

— Ça pourrait être Moscou, mais tu as le choix de la destination.

— Pourquoi est-ce que je voudrais retourner à Moscou ? demanda Bogdan. Vous travaillez pour qui, à propos ? Pour les services de l'immigration ?

— Les affaires étrangères, répondit Sladden.

C'était vague. C'était le genre de chose que les hommes de Draper avaient coutume de dire.

— Mais j'ai un passeport britannique.

Sladden eut envie de dire que le Père Noël en avait un aussi, mais il se contenta d'ajouter :

— Il y a quelques irrégularités.

— De quel genre ?

Sladden ne releva pas.

— Tu te plais, en Angleterre ? demanda-t-il. Tu ne t'es jamais senti menacé, ni rien ?

— Non, fit Bogdan. Sauf maintenant, par ce pistolet.

— Tu n'as rien fait qui pourrait te donner l'impression que ta présence n'est pas spécialement désirée ?

— Je ne sais pas ce que vous voulez dire.

— Non ? Bon, très bien. De toute façon, je suis du genre raisonnable, et c'est moi qui m'occupe de ton dossier. Alors, autant être copains.

Sladden lui adressa un clin d'œil, et à la façon dont il abaissa sa paupière luisante de graisse, il aurait fait passer un déviant sexuel pour un adolescent dans une publicité pour une boisson gazeuse.

En même temps, l'arme toujours à la main, il déplaçait Bogdan sur le lit, le disposant à sa guise pour lui donner une position naturelle. Bogdan se soumettait passivement à ses manœuvres. Il avait renoncé à poser des questions, et son regard suivait Sladden tout autour de la chambre avec résignation. De temps à autre, Sladden prenait du recul pour juger de l'effet de sa mise en scène, tirant d'un coup sec sur l'oreiller ou le couvre-lit avec la précision d'un photographe de studio, pour obtenir le résultat qu'il souhaitait. Quand il fut satisfait, il s'approcha et s'allongea sur le lit à son tour, passant son bras autour de Bogdan.

— Voilà, fit-il. Qu'est-ce que tu en dis ? C'est confortable ?

— C'est ça que vous voulez ? Si vous avez simplement envie de faire l'amour, je vais me déshabiller ; je n'avais pas compris tout de suite.

— Non, ne te donne pas tout ce mal, dit Sladden avec regret. (Il ne fallait pas aller trop loin, c'était trop risqué ; la vue du corps nu de ce type le rendrait cinglé et flanquerait tout en l'air.) Prenons les choses comme elles viennent.

— Pourquoi est-ce que vous me forcez à prendre la pose comme ça ? demanda Bogdan. Vous allez prendre des photos de moi ? Je ne vois pas d'appareil. Qui êtes-vous ? Un pervers ?

Sladden n'avait jamais aimé répondre aux questions qu'on lui posait.

— Je ne sais pas si tu es comme moi, fit-il en bâillant, mais j'ai eu une longue journée ; je suis fatigué.

Il serra Bogdan contre lui dans ses bras puissants aux aisselles malodorantes.

— Je vous trouve bizarre, dit Bogdan. Vous m'avez l'air un peu faisandé, pas tout à fait normal. Si c'est mon corps qui vous intéresse, pourquoi est-ce que vous gardez cette arme à la main ?

— Parce que j'aime les armes, répondit Sladden.

Son membre fouaillait aveuglément l'intérieur de son pantalon crasseux. L'instant était critique : soit Sladden cédait à ses pulsions, soit il se hâtait de terminer son travail. Il fit un effort de volonté, et tout d'un coup, la suite lui parut facile. Se redressant sur son séant, il poussa Bogdan du coude.

— Regarde ça ! marmonna-t-il. Là-haut, dans le coin. Non, pas là, imbécile, sur l'armoire.

Bogdan suivit des yeux le doigt tendu de Sladden.

— Il n'y a rien, là-haut.

— Non, dit Sladden. Tu as raison. Il n'y a rien.

Posant le canon sur la tempe de Bogdan, il lui fit sauter la cervelle.

La détonation du 25 fut plutôt discrète, comparée au vacarme ambiant, mais l'impact de la balle fit tout de même pas mal de dégâts, le plus gros des éclaboussures maculant le mur. Il en tomba un peu sur le lit, malgré tout, et Sladden sauta vivement sur le plancher avant d'être trop sali.

L'incident devait ressembler à un suicide. Il essuya donc le pistolet, serra la main du cadavre autour de la crosse, puis reprit l'arme à l'aide d'un mouchoir en papier et la jeta sur le dessus de lit, dans une mare de substance visqueuse.

Sladden tapota le mort sur les testicules.

— Un cadeau de Gutteridge, Bogdan, dit-il. Adieu.

Sortant son anorak de l'armoire, il l'enfila par-dessus sa chemise tachée de sang, et sortit quand il vit que le couloir était vide. Il n'était pas spécialement pressé. Comme les Néo-Zélandais de la chambre d'en face faisaient la fête – rock-and-roll et mauvaise bière à volonté – personne ne l'entendit partir.

Il redescendit, adressa un signe de tête au portier de nuit qui dormait, et regagna sa voiture, au bout de la rue, en sifflotant.

2

Il fallut du temps pour parvenir à un verdict, mais finalement le jury siégeant avec le coroner décréta que le mort s'était bel et bien tiré une balle dans la tête, dans la chambre 15 du Palmyra. Donc, tout était pour le mieux ; Draper pouvait cesser de transpirer. Seulement, à peine une semaine plus tard, un deuxième type faisait parler de lui, et il était tout aussi mort que Bogdan. Un camion-benne venant d'un chantier de démolition l'avait déversé, avec dix tonnes de gravats, dans une décharge du nord de Londres. Le chauffeur fumait une cigarette en regardant la benne se vider quand le cadavre avait dévalé la pente, blanchi par la poussière de ciment, une de ses jambes dégringolant derrière lui. Ce qui avait laissé perplexes le coroner et les membres du jury, comme Draper s'y attendait, c'était que les deux hommes étaient russes.

« Encore un coup de Sladden ! », se dit Draper, furieux, parce que ça ne faisait pas du tout son affaire. Ce deuxième cadavre russe surgissant si tôt après le premier, c'était exactement le genre de coïncidence sur laquelle la presse embrayait aussitôt, sans parler du fait que le médecin légiste chargé de l'examen du second cadavre avait remarqué ce qu'il appelait des « bizarreries ». Ce pathologiste, endurci par des années de travail à la morgue, fumait trop de Gauloises et ne disait jamais non quand on lui proposait un joint. En fait, son métier le dégoûtait à tel point que, en dehors des heures de service, il ne disait jamais non à quoi que ce soit, ce qui lui amenait pas mal de problèmes : par exemple, une maîtresse qui avait la cervelle à la place des fesses (dans le cas inverse, elle aurait été différente, bien sûr, mais on touchait alors à la métaphysique) ; cette fille le menaçait sans cesse de le quitter pour un guitariste de rock d'Hammersmith, ce qu'elle faisait de temps en temps. Pour en revenir au Russe, il était persuadé que ce dernier était mort bien avant d'échouer dans le camion, et c'est ce qu'il consigna dans son rapport.

Quand le chauffeur livra le corps au poste de police le plus proche, les héros de service ne surent pas trop quoi en faire. Ils avaient l'habitude d'être confrontés à des cadavres, mais ils ne tombaient pas souvent sur des Russes, dans leur coin, et surtout pas des Russes en plusieurs morceaux. En fait, ils ne se rendirent pas compte tout de suite que le cadavre était russe ; il fallut qu'un inspecteur, en fouillant les vêtements du mort, tombe sur un message en russe, rangé dans la même poche qu'un passeport britannique tout neuf. Non que la photo du passeport fût d'une utilité quelconque pour identifier le bonhomme : sa tête n'était pas plus épaisse qu'un plan de Londres, et ce qui restait de son visage leur en apprit moins que le dos d'une carte à jouer.

De toute façon, le russe était une langue que personne ne connaissait, au commissariat, pas même l'inspecteur principal, si bien que, après de nombreux coups de téléphone, on envoya Draper. Il lui suffit d'un coup d'œil au passeport pour entrer dans un état de rage à peine contenue. Finalement, il empocha le document, le message en russe et une copie du rapport du médecin légiste, signa un reçu pour le tout et partit avec, annonçant aux flics que son service se chargerait du dossier.

Mais l'affaire était grave ; pourquoi Sladden n'avait-il pas fouillé le corps, trouvé la lettre et le passeport, et rendu les deux documents ? Draper, désabusé, devinait la réponse : Sladden, comme d'habitude, avait été tellement satisfait de son ouvrage qu'il avait négligé l'essentiel.

De toute façon, Draper était dans une colère noire à l'idée que la police connaisse l'existence de ce second cadavre. Le but de l'opération était justement de faire en sorte qu'il ne soit jamais découvert. L'affaire du Palmyra s'était bien terminée — de justesse. Même dans cette première histoire, la marge avait été trop réduite ; on avait frôlé le verdict de meurtre par une main inconnue, qui se serait révélé extrêmement embarrassant. Quant à la seconde affaire, il n'y avait pas eu de marge du tout, ce qui était épouvantable, car Draper avait fait tout son possible pour que ces décès passent totalement inaperçus.

Bien sûr, une enquête était inévitable, malheureusement, quand on retrouvait un cadavre dans une chambre d'hôtel, ou sur un tas de gravats : simple question de procédure, qu'il fallait mener à son terme. Mais cela contrariait Draper. Dans ce genre d'affaire, il aimait avoir le contrôle des moindres détails. C'était lui, le chef d'orchestre, et il détestait être brusquement confronté à une situation qu'il n'avait pas lui-même provoquée — il se sentait un peu comme un musicien ambitieux qui se retrouvait tout à coup à jouer du triangle, de la guimbarde ou d'un autre instrument pratiquement inaudible au dernier rang de l'orchestre au lieu de le diriger lui-même. Cette seule idée lui donnait des cauchemars.

De plus, la façon dont le second corps avait été découvert — et, pire encore, le fait qu'il ait échoué dans un commissariat de police — avaient toutes les chances de mobiliser l'attention du public, toujours à l'affût de ce genre d'embrouille, alors que la seule chose dont rêvait Draper, c'était d'une absence totale de publicité.

*

Quand il revint, toujours furieux, du commissariat, un inconnu d'une trentaine d'années et d'allure athlétique l'attendait dans son bureau.

— Qu'est-ce que vous voulez ? aboya Draper.

— Je m'appelle Ricky.

— Ah, oui. C'est vous qui remplacez Gutteridge. Bien. J'espère que vous êtes compétent ; on dit que vous l'êtes. En tout cas, vous travaillerez avec Sladden et moi. Nous ne sommes que trois. Ne laissez pas Sladden vous saper le moral, à propos ; ce sera lui, votre premier obstacle. Il use la plupart des gens, vous comprendrez bientôt ce que je veux dire. Alors, qu'est-ce que vous savez sur cette affaire russe ?

— Ce qu'on m'en a dit.

— On vous a averti que nous avions des problèmes ?

— On m'a parlé de Bogdan.

— Eh bien, il y en a un autre. Un certain Oleg.

— Le type du camion de gravats.

— Vous n'êtes pas censé le savoir ! hurla Draper. Les mesures de sécurité qui entourent cette affaire sont aussi strictes que les principes d'un prêteur sur gages !

— Ils m'en ont quand même parlé, à l'étage au-dessus, dit Ricky. Ça avait l'air de les inquiéter ; ils m'ont dit que c'était « un coup à la Sladden », sans m'expliquer ce qu'ils entendaient par là.

Draper fit la grimace.

— Le problème, avec Sladden, c'est qu'il s'imagine avoir toute sa tête, dit-il. Je le remplacerais bien, si je pouvais, mais notre budget ne me le permet pas. En tout cas, vous êtes au courant, pour Oleg, ce qui me dispense de vous en parler. Seulement, j'aime contrôler moi-même toutes les informations ; j'ai horreur des fuites. Malgré tout, l'histoire est assez simple. Oleg travaillait avec Bogdan ; il fallait qu'ils soient éliminés tous les deux avant qu'ils aient pu donner l'alarme à Yuri.

— Je ne connais Yuri que de nom, dit Ricky. Il vaudrait mieux que vous me parliez de lui.

— Le colonel-général Yuri Gatov est un ancien membre du KGB, service de la désinformation, expliqua Draper, et ça fait un an qu'on cherche à le coincer. On s'est intéressé à lui à cause de ses relations avec certains parrains de la pègre britannique qui travaillent depuis la Turquie, et aussi du genre d'affaires qu'ils traitent ensemble. Lisez ceci.

C'était une coupure d'un *Sunday Times* vieux d'un mois : « Alan Summerfield, 47 ans, homme d'affaires britannique établi en Turquie, est retenu par la police, dans le cadre d'une enquête sur un complot présumé visant à la fourniture d'armes russes (pour une valeur de 75 millions de dollars), en violation de l'embargo décrété par les Nations Unies. Il risque jusqu'à sept ans de prison, ses trois associés et lui-même étant accusés d'avoir voulu expédier des canons, des chars et des systèmes anti-missiles depuis la Russie vers l'Angola, l'Irak, l'Iran, le Koweit et le Yémen. »

Ricky fit remarquer :

— J'aime bien la façon dont ils parlent de « systèmes anti-missiles » ; ce qu'il faut lire, c'est : « ogives nucléaires ».

— Oui, mais de toute évidence, nous étions obligés de minimiser l'affaire. Ce n'est pas la peine d'alarmer la population. Si le public savait ce qui se passe vraiment, ce serait la panique générale. Tous les gens fonceraient aux abris, encore qu'il n'y en ait nulle part.

— Summerfield, fit Ricky. (Il secoua la tête.) C'est un nom qui ne me dit rien.

— Nous ne pouvons pas le prouver, mais il travaille avec un certain Richard Gates, qui préfère récolter une livre de façon crapuleuse plutôt que d'en gagner deux honnêtement. Comme Summerfield, il est en cheville avec le gratin de la pègre, mais nous n'avons jamais réussi à le piéger. Sa spécialité, c'est de trouver des fonds pour monter des coups à l'échelle internationale, et Gatov est le genre de type avec qui il est fait pour s'entendre. Logiquement, Gatov aurait dû opérer depuis l'Allemagne ou l'Europe de l'Est, mais il y a trop d'ex-membres de la STASI qui le connaissent, là-bas, et il avait peur de prendre une balle dans la tête. C'est une des raisons pour lesquelles il s'est lancé ici même, au Royaume-Uni. Quant aux ogives nucléaires, elles sont stockées dans le Caucase, dans la septième région militaire, et Gatov veut les vendre. Ce qu'il essaie de faire, c'est monter l'opération depuis Londres, obtenir un paiement en devise forte, puis expédier le matériel hors de la Russie. C'est facile, pour Gatov, avec la carrière qu'il a eue au KGB. Au moindre problème avec les officiers de la base, il sort les dossiers qu'il a sur eux. Encore qu'il n'ait même pas besoin de dossiers : montrez-moi un général qui soit heureux de pointer au chômage... Quant à la septième région militaire, ça, c'est nouveau. La marchandise dont parle l'article que vous venez de lire vient de la quatrième, dans l'Oural. Quoi qu'il en soit, nous savons qu'au moins deux missiles Wallop pouvant recevoir des armes chimiques ont disparu de la septième, mais nous ignorons où ils sont partis. C'est ce que nous devons découvrir avant que ces saloperies soient lancées sur quelqu'un, qui pourrait être nous. Encore que, en vous regardant, j'aie l'impression que ça ne vous tracasse pas trop.

— Je n'ai aucune imagination, répondit Ricky. C'est mon défaut.

— Alors, faites un stage intensif pour apprendre à en avoir, conseilla Draper. En attendant, pour en revenir à Gatov, il n'a pas de contacts sûrs, ici, ce qui est un avantage pour nous. Londres n'est pas Berlin, Prague ou Varsovie ; là-bas, il aurait été heureux comme un poisson dans l'eau. Mais ici, pour remplacer les agents qu'il n'a pas, il n'a rien trouvé de mieux que des truands ; et les truands, c'est une espèce que nous connaissons bien. Ce n'est pas pour rien que j'ai travaillé seize ans dans la police.

— Vu, fit Ricky. Remarquez, il ne faut pas dramatiser. Les gens auxquels ces engins sont vendus n'arrivent jamais à les lancer : ils oublient de commander des pièces, ou celles-ci sont couvertes par un embargo qu'ils ne connaissaient pas, ou c'est la semaine de prière, ou bien ils montent le machin à l'envers. Et même s'ils arrivaient à lancer un de ces foutus missiles, il y aurait des chances pour qu'il monte tout droit et redescende aussi sec sur leurs chiottes.

– C'est un risque que nous ne pouvons pas courir, dit Draper.

– Non, effectivement. À propos, qu'est-il arrivé à Gutteridge ?

– Il a fait une overdose de plomb dans un terrain vague.

3

Gust se réveilla dans sa chambre du foyer social d'Allison Road, une rue parallèle à la liaison ferroviaire Kilburn-Thames. Baissant les yeux pour s'examiner, il se dit : eh bien, mon vieux, il y a longtemps que tu devrais être dans le trou — et les ombres jaunes qui zébraient son corps confirmèrent son impression.

Un orage couvait. Gust n'avait aucune envie de sortir, mais il avait toujours une corvée ou une autre à expédier. Aujourd'hui, c'était la visite à son contrôleur judiciaire ; il commença donc à s'habiller. Sorti de prison depuis seulement deux mois, il devait se tenir à carreau, parce que le reste de sa peine lui tomberait dessus à la première occasion s'il oubliait de pointer chez les flics. En guise de toilette, il se passa la tête sous l'eau, puis il enfila son pantalon et s'approcha de la fenêtre.

La veille au soir, il était rentré de Soho par le dernier métro. Entre les stations de St Johns Wood et de Finchley Road, un jeune type obèse assis en face de Gust, une mallette et un sac de disques sur les genoux, s'était brusquement penché en avant pour lui vomir sur les chaussures. Gust n'avait pas apprécié, mais il s'était dit : « Après tout, ce n'est que de la bière. J'ai vu pire que ça dans le genre éclaboussures. »

La veille, un soleil épuisé avait baigné la rue de sa lumière d'automne, mais ce matin, il avait laissé la place à une pluie battante. C'était un spectacle déprimant, encore que rien ne pourrait plus jamais déprimer autant Gust que la vue qu'il avait eue depuis la fenêtre de sa cellule. De ce côté-ci de la gare, deux drapeaux à carreaux noirs et blancs flottaient au-dessus de l'entrepôt de pneus d'en face, claquant au vent sous un ciel noir. Les nuages venus du nord-ouest, gonflés et ballottés comme les seins d'une grosse femme en pleine empoignade, s'étaient amassés au-dessus de la capitale pendant toute la semaine ; quant aux drapeaux, l'entrepôt appartenant à une entreprise nouvelle aux prises avec la récession, ils étaient de qualité médiocre, et ne tarderaient pas à finir en lambeaux comme tout ce qui se brade à moitié prix. Étirés à l'horizontale au bout de leurs hampes, ils semblaient vouloir fuir l'orage concentré sur le centre commercial de Bent Cross, parce qu'un vent chaud et chargé de pluie venu d'Irlande avait uni ses forces à une bise glacée de Sibérie.

Tandis que les deux drapeaux claquaient et hurlaient, aux prises avec la tempête, Gust examina la rue. À présent, la pluie redoublait de violence, balayant le trottoir selon un angle perfide, soulevant de vieilles feuilles de journaux pour les expédier dans les branches des arbres, comme une ménagère folle lancée dans son grand nettoyage de printemps. Sous la fenêtre de Gust, un jeune homme avec un pied dans le plâtre, trempé jusqu'aux os, claudiquait sur une béquille en alu vers la station de métro. Le vent redoubla de violence ; à présent, les mâts porte-drapeaux étaient courbés comme deux bonshommes filiformes et geignards, tantôt penchés l'un vers l'autre, tantôt écartelés dans des directions opposées, au hasard du vent qui se ruait parfois vers la lugubre muraille de l'orage. Tandis que les drapeaux s'inclinaient et claquaient violemment en tentant de s'arracher à leurs mâts, Gust imaginait des types qui secouaient la tête en se dirigeant vers le bureau de chômage, la brasserie de la gare, ou la maison de retraite selon leur degré de déchéance, pour se coller contre un radiateur tiède où ils pourraient se sécher en expliquant leur cas à un compagnon de rencontre qui se serait endormi de toute façon, une boîte de bière vide dépassant de sa poche de veste.

De l'autre côté de la rue, il y avait aussi une Jaguar de 1993, blanche mais sale, garée le long du trottoir. Gust la reconnut parce qu'elle avait stationné au même endroit la veille aussi, toute la journée. Même la pluie battante n'était pas parvenue à la nettoyer. À l'intérieur, il y avait deux hommes, et l'un d'eux était d'un gabarit imposant.

Les flics ne roulaient pas dans des Jaguars neuves ; les truands, si. Machinalement, Gust chercha des yeux le numéro d'immatriculation, mais la plaque avant n'était plus à sa place.

Ça ne lui plaisait pas beaucoup que cette voiture soit là, et ce qu'il voyait des deux types à l'intérieur ne l'enchantait pas non plus. Ils pouvaient très bien guetter n'importe quel occupant de l'immeuble, bien sûr ; mais, d'instinct, Gust savait que c'était lui qu'ils cherchaient. Malgré tout, pensa-t-il, d'où qu'ils viennent, ce n'était certainement pas pour Manny qu'ils travaillaient. Manny n'avait rien à lui reprocher ; le vol des passeports s'était déroulé sans le moindre accroc. Personne n'avait été blessé, et Gust avait été payé. Cependant, il avait un goût de mort dans la bouche. Il s'assit sur son lit.

J'ai le goût de la mort sur les lèvres.

Au bout d'un moment, il traversa la chambre, se rasa, puis retourna à la fenêtre. La Jag était toujours là. Gust avait un walkman ; il l'alluma. Quand il enfonça le bouton *Lecture*, l'appareil cracha un blues qui s'appelait *Un pied dans la tombe*.

Quand il fut prêt, il sortit de l'immeuble par la porte de derrière, que personne n'utilisait à cause de l'avertissement punaisé par le propriétaire : *Laissez cette porte fermée pour empêcher les rats d'entrer*. Elle ouvrait sur un jardin en broussailles rempli de couvercles de poubelles, de planches pourries et de mauvaises herbes jaunies hautes d'un mètre. Sous la pluie, Gust traversa le jardin jusqu'au mur de briques bas, à l'autre bout, par-dessus lequel il se coula avec l'aisance d'un serpent. De l'autre côté, il se laissa retomber dans un chantier de construction qui bordait une autre rue, puis il se dirigea vers le métro, la tête baissée sous le mauvais temps, comme tous les autres passants.

Il ne pensait pas revenir de sitôt à Allison Road – s'il devait y remettre les pieds un jour.

4

En revenant de l'enquête sur la mort d'Oleg, Draper convoqua Sladden et Ricky.

— Il y aura quelques lignes dans la presse du soir, annonça-t-il, juste le minimum ; cela fera comprendre à Gatov qu'il a perdu un homme de plus, le deuxième en une semaine. Il reçoit les journaux britanniques tous les jours, chez lui. Et s'il ne rapplique pas en apprenant la nouvelle, rien ne le fera venir.

— Il est trop intelligent pour mordre à l'hameçon, objecta Sladden.

— Ah, oui ? fit Draper. Il s'est quand même procuré un beau passeport tout neuf. Alors, pour autant qu'on sache, il sera peut-être sur le prochain vol pour Heathrow.

— N'y compte pas trop.

— Ou bien il vient en personne, ou alors il reste tranquille et il assiste à l'échec total de son opération.

— Non, dit Ricky. Il a perdu deux hommes. Pourquoi voudrait-il être le troisième ?

— Par appât du gain, avança Draper. Son système s'écroule de toutes parts, et, bien sûr, il veut savoir pourquoi. Il s'imagine encore qu'il peut se pointer ici quand ça lui chante ; il nous prend pour une bande de crétins. Mais cette fois-ci, il va avoir un sacré choc.

— Non, fit Ricky. Je suis d'accord avec Sladden, ce passeport est trop voyant.

— C'est parce que tu sais qu'il est bidon.

— L'ennui, avec toi, dit Sladden, c'est que tu joues trop au poker.

— Et l'argent que je gagne, c'est celui qui sort de ta poche, ajouta Draper. Malgré tout, tu as raison. C'est bien une partie de poker.

— Moi, ça ne me plaît pas, fit Sladden. Et il y a autre chose. Je veux qu'on largue ce Gust. Dans la prison la plus proche, par exemple.

— Ce que tu ne supportes pas chez Gust, commenta Draper, c'est qu'il ne se laisse pas impressionner facilement. Mais ne t'en fais pas. Ce n'est pas à Gust que tu auras affaire, cette fois. Pour le moment, je veux que tu ailles dire deux mots à Harry Ford, pour être sûr qu'il reste bien sur les rails. C'est un boulot qui devrait te donner des satisfactions personnelles. Après, quand tu auras fini, retrouve-nous à Heathrow. Et n'oublie pas d'apporter le caméscope.

Sladden allait partir quand Ricky ajouta :

— J'ai encore quelques questions.

Sladden s'arrêta pour l'écouter.

— Descendre ces deux Russes, dit Ricky, si tu veux bien excuser le sarcasme, c'était vraiment une idée de génie.

— Qu'est-ce qui te prend, tout à coup? fit Sladden. Tu as marché dans quelque chose qui ne sent pas bon?

— Tu en as trop fait; ça ne se justifiait pas.

— Qu'est-ce que tu attends pour entrer au séminaire? demanda Sladden.

— C'étaient des simples sous-fifres, les agents commerciaux de l'opération.

— Non, pas seulement, objecta Draper. Ils ont descendu Gutteridge. Il fallait les éliminer. De plus, c'était une bonne façon d'ouvrir le jeu. Quant aux risques courus, Bogdan et Oleg devaient savoir qu'on ne gagne pas ce que leur donnait Gatov en restant toute la journée dans un bar.

— Et puis, ce qui est fait est fait, de toute façon, conclut Sladden. Et tout s'est bien passé, la première fois. Ma rencontre avec Bogdan a été d'une rare élégance.

— Je m'en doute, fit Ricky. Je parie que tu lui as murmuré des paroles de réconfort, que tu lui as tenu la tête pour que la balle entre mieux, ce genre de délicatesses...

— Tu me cherches ? demanda Sladden.

— Et après ça, Oleg, ajouta Ricky.

— Oleg ne s'est pas laissé faire, je le reconnais, fit Sladden. Au moment de quitter ce bas monde, il a fait une grosse colère.

— Je ne pense pas que cela ait pu seulement t'effleurer, dit Ricky, mais il n'avait sans doute pas envie de mourir.

— Dans ce cas, il n'aurait jamais dû se mouiller dans cette histoire, non ? Et il n'aurait pas dû sortir son arme quand je l'ai braqué. Il n'avait pas à faire ça ; ce n'était pas prévu dans le plan.

— Le plan ? s'étonna Ricky. Il n'y avait pas de plan. L'opération a été un ratage complet du début à la fin.

— Espèce de sale con ! dit Sladden. Toi, tu n'as rien à craindre. Les grandes gueules dans ton genre ne sont jamais sur le terrain quand il y a un coup dur. De toute façon, on est couverts.

— Espérons-le, dit Draper. Il pourrait encore y avoir des vagues à l'échelon supérieur. J'ai failli piquer une crise de nerfs avec l'histoire d'Oleg. Il n'était pas prévu qu'on le découvre.

— Non, renchérit Ricky, et surtout pas qu'on le ramène aux flics en deux morceaux.

— Tu crois que tu t'en serais mieux tiré que moi ? demanda Sladden.

— Ça suffit comme ça ! lança Draper. Du moment qu'on arrive à coincer Gatov, on arrivera toujours à s'exonérer du reste. Quant aux ratages, et c'est une règle générale, on ne perd pas de temps à rattraper le coup, on se contente de limiter les dégâts.

— Espérons que c'est encore possible, commenta Ricky, parce que je n'aime pas beaucoup l'idée que ces ogives nucléaires pourraient être revendues à une république bidon de l'autre côté de la planète.

— À la façon dont tu roules les mécaniques, fit Sladden, tu ferais mieux de travailler comme maître nageur sur la plage de Margate. Tu es suffisamment beau mec.

Baissant les yeux, Ricky regarda ses mains.

— Ne m'oblige pas à m'en servir, dit-il à Sladden, tu es trop vieux pour ça.

— J'en ai assez de ce genre de rodomontades, annonça Draper. Nous travaillons en équipe, ici. Quant à Bogdan et Oleg, il y a toujours des choix à faire, dans notre métier, et il est facile de se tromper. Les hommes politiques le font sans arrêt. À présent, au travail.

— Très bien, fit Ricky. Je voulais seulement connaître ton opinion.

— Tu viens de l'entendre, dit Sladden.

Quand ils furent sortis tous les deux, Draper contempla le mur d'en face, méditant sur un distique qu'il avait composé pour son usage personnel au cours des années passées dans le service :

« Au gouvernement, on reste si longtemps sans rien faire
Que lorsqu'on fait quelque chose, on le fait toujours de travers. »

5

Sladden se rendit chez Harry Ford, dans Frith Street. Il était onze heures et demie passées ; comme les pubs venaient de fermer, Sladden supposa qu'ils avaient du même coup mis Ford à la porte, s'il pouvait encore tenir debout. Il se dirigea vers une porte, au coin de la rue, marquée Soleil Immobilier, juste à côté de la pizzeria El Tobogàn. C'était un immeuble miteux caché derrière un échafaudage. Le propriétaire le faisait ravaler pour être sûr que les touristes apprécieraient les appartements en étages où travaillaient ses gagneuses. Sladden s'apprêtait à actionner la sonnette marquée Appartement 2, mais il se ravisa et ouvrit la porte selon ses propres méthodes. La serrure n'apprécia pas le traitement et cassa net ; Sladden s'en moquait.

Ford, effrayé par le bruit, descendit l'escalier. Tout l'effrayait, en ce moment, et il avait passé une sale journée. Il avait crevé de soif toute la matinée, mais il n'avait pas pu aller boire un verre au Diadème avant quatre heures de l'après-midi, après avoir fait les courses au supermarché, en suivant Clarice avec le caddy. Elle était restée en arrêt devant le rayon des produits de beauté, fascinée par le reflet des flacons ; c'était les verts qu'elle préférait. Stoïquement, Ford l'avait regardée emplir le caddy, dépensant des sommes de plus en plus importantes ; c'était un vrai gâchis, car les bouteilles perdaient tout leur charme dès l'instant où Clarice les alignait sur le rebord noir de crasse de la fenêtre de la salle de bains.

— Qui est-ce? demanda-t-il prudemment du haut des marches.

En découvrant Sladden dans l'escalier, il poussa un grognement.

— C'est bien moi, fit Sladden. Alors, un peu d'hospitalité, Harry. Laisse-moi entrer, et ferme la porte, on ne peut pas parler sur le palier.

— D'accord, chuchota Harry, mais surtout, ne réveille pas Clarice. Elle avait mal au ventre en allant se coucher, elle pense que c'est peut-être la ménopause. Je viens de lui apporter de l'aspirine. Et comment tu as ouvert la porte d'entrée? Il y avait une serrure neuve.

— Je l'ai fait sauter, répondit Sladden.

— Tu es malade! Le premier dingue qui rôde dans le quartier pourra me faire la peau, maintenant.

— Tu as Clarice pour te défendre.

— C'est toi qui vas payer la serrure?

— Va te faire foutre, dit Sladden, et ouvre cette porte.

L'appartement était petit, mais Claricc n'y avait passé l'aspirateur qu'une seule fois.

— Quel trou à rats! commenta Sladden. Tu devrais avoir honte de vivre là-dedans, avec l'argent que tu gagnes.

— Qu'est-ce que tu veux? demanda Ford en le faisant entrer. Et je te rappelle : pas de bruit.

— Je ferai autant de bruit que je voudrai, dit Sladden, et je t'emmerde.

Il s'approcha du fauteuil de Ford, qui avait servi de trône dans une mise en scène de *Richard III*, et s'y laissa tomber de tout son poids. Un bout de bois jaillit de l'un des pieds, et le fauteuil s'inclina fortement sur le côté.

— Doucement, supplia Ford. Clarice prétend que c'est une antiquité.

— Toi et moi, en tout cas, on est sûrs que ça n'en est pas une, dit Sladden. On sait bien que c'est un vieux fauteuil minable, et qu'il n'est pas plus authentique que toi. Maintenant, va me chercher une bière.

— Il faudrait que je traverse la chambre pour aller au frigo, fit Harry. Et Clarice, alors ?

— Clarice, elle peut aller se faire foutre. Va me chercher une bière, sinon, c'est moi qui vais y aller, et j'en profiterai pour foutre Clarice moi-même. Et n'en prends surtout pas pour toi, je veux que tu gardes les idées claires.

Ford revint avec une boîte de Holsten. Sladden fit sauter l'opercule, et Ford déclara :

— Je ne comprends pas pourquoi tu continues à revenir ici.

— Parce que tu n'as pas encore terminé ton boulot, expliqua Sladden, et je tiens à te soutenir le moral. Voilà pourquoi je me pointe de temps en temps : je veux être sûr que tu tiens le coup.

— Pourquoi tu ne me fous pas la paix ? demanda Harry, les yeux fixés sur la porte de la chambre.

— Je sais ce que tu penses, fit Sladden, et si tu dis un seul mot à ta pétasse décolorée, un seul, je le saurai. Je suis télépathe.

— Je ne ferais jamais ça, protesta Ford. C'était convenu dans le contrat que je ne dirais rien à personne.

— Je sais bien ce que prévoyait le contrat, dit Sladden. Je veux seulement m'assurer que tu tiens tes engagements. (Il but un peu de bière et se leva brusquement.) Dis donc, fit-il, et si on mettait un peu d'ambiance ? On se croirait à un enterrement, ici.

— De l'ambiance ? demanda Ford. Dans une pièce où tu te trouves ? Quel genre d'ambiance ?

— Je vais te faire voir, répondit Sladden. Il suffit de pas grand-chose pour égayer le décor. (Il sortit de sa poche une cassette éraflée.) Tiens, voilà quelque chose de gai. Du jazz. Et du vieux.

Sladden agita sa cassette dans l'atmosphère stagnante de la pièce, cherchant des yeux un radiocassette. Découvrant l'appareil dans un coin, il y fourra sa bande, ouvrant le volume à fond. Les haut-parleurs rugirent les premières mesures de *Trucking All Night*.

— Le bruit ! bêla Harry.

— Le bruit, mon cul ! dit Sladden. Allez, danse, Harry, c'est génial, comme musique !

— Clarice !

— Remue-toi ! (Il fit tournoyer Harry, l'obligeant à passer sous ses aisselles puantes.) Suis la cadence ! Un peu de nerf, bon Dieu, fais-moi voir comment tu bouges tes pieds !

Un vague gémissement monta derrière la porte de la chambre, mais avant que Harry pût protester, Sladden le projeta, en rythme avec la musique, contre le panneau de bois.

— Demande-lui de nous rejoindre ! hurla Sladden. (Il tambourina joyeusement contre la porte.) Allez, viens, ma jolie ! J'ai hâte de te voir. Chemise de nuit mauve, teinture bleue, crème de nuit, dentier et tout ! Hein, Harry, pourquoi pas ? Demande-lui de venir, on va faire la fête, mon pote !

— Non, dit Harry, non ! Elle ne voudra jamais sortir de la chambre tant que tu seras là. Mais dès que tu seras parti, elle va piquer sa crise !

— C'est toi qui vis avec elle, espèce de maso, pas moi ! ricana Sladden. (Il actionna le bras d'Harry de haut en bas, comme si c'était une pompe.) C'est ça que tu appelles danser ? hurla-t-il. Ça déménagerait un peu plus si je jouais du tam-tam sur le plancher avec ma bite !

Mais Harry s'était dégagé. Il vacillait au milieu de la pièce, à bout de souffle, les poumons inspirant péniblement de grandes goulées d'air, les mains pressées sur le ventre.

— Les petits truands dans ton genre, ça n'a aucune résistance, dit Sladden. Vous êtes bien tous les mêmes. (Il repoussa rudement Harry vers le trône ; le siège protesta, et l'un de ses pieds en carton-pâte se replia brusquement vers l'intérieur.) Bon, reprit Sladden, passons aux choses sérieuses. Sur cet argent qu'on t'a versé, combien tu dois aux bookmakers ?

— J'ai liquidé mon ardoise avec les books, répondit Ford. C'est réglé.

— Réglé, mon cul ! fit Sladden. Tu leur dois encore quatre mille livres. Paie tes dettes, tu en as les moyens. Tu es mon investissement, Harry. Je n'ai pas envie qu'ils te tombent dessus maintenant et qu'ils te fassent la peau.

— Bon, d'accord, je leur dois de l'argent. Mais c'est à cause de Clarice, expliqua Harry. Elle aime les belles fringues, les bijoux, les trucs comme ça, tu vois ce que je veux dire.

— Ce que je vois, dit Sladden, c'est que cette bonne femme est un vrai boulet, comme toi. Et pour ce qui est des bijoux, elle ne fait pas la différence entre du Burma et du Van Cleef, elle est con comme un balai. Où est-ce que tu les dégottes, Harry ? Dans les halls de gare ?

— Je te répète que je n'ai rien dit à personne. Ni à Clarice, ni à personne d'autre.

— Alors, continue comme ça, conseilla Sladden, sinon tu peux faire ton testament. Surtout si tu parles à Gust.

— Je sais très bien m'y prendre, avec Gust.

— Sûrement pas, fit Sladden. Tu ne sais rien faire si ce n'est pas moi qui te le dis. Tu chies dans ton froc devant Gust, devant moi, devant Clarice... Qui est-ce qui ne te fait pas chier dans ton froc ?

— Excuse-moi, dit Ford. Il faut que j'aille pisser un coup.

— C'est moi qui te dirai quand tu pourras aller aux chiottes, dit Sladden. Reste là. Je n'ai pas fini.

— Qu'est-ce qu'il y a encore, bon Dieu ?

Sladden broya dans sa main sa boîte de bière vide, la laissa tomber sur le plancher, et braqua son pouce vers la porte.

— Va me chercher une autre bière.

Quand Ford revint, Sladden lui demanda :

— Comment ça se passe, entre Manny et toi ?

— Manny et moi ? On s'entend bien. On s'est toujours bien entendus, on est pratiquement des frères de sang.

— Frères de sang, vous le seriez sûrement, dit Sladden, s'il apprenait que tu es en train de parler avec moi. Il y aurait pas mal de sang répandu, Harry. Le tien. Tu serais un frère de sang, mais tout ce qu'il y a de plus mort. Exactement comme ça t'arriverait si je décidais de te faire plonger.

— Mais tu ne ferais pas ça, quand même...

— Tant que tu seras capable de la fermer, menaça Sladden. Continue à faire ta part du contrat, et tu resteras en bonne santé.

— D'accord, dit Ford. J'ai compris, pas la peine de répéter tout le temps la même chose ! Si tu voulais bien me lâcher un peu...

— Il y a autre chose, à propos de Gust, continua Sladden. À partir de maintenant, il va devoir encaisser une pression énorme, et tôt ou tard, il pourrait bien te rendre visite. Ne le laisse pas entrer quand il se pointera.

— Et pourquoi est-ce qu'il viendrait me voir ? demanda Ford.

— Parce qu'il va se trouver soudain à court d'amis. Il va même avoir du mal à se loger, crois-moi.

— Il peut toujours courir pour que je l'aide, déclara Ford. Je ne l'aime pas, de toute façon. Je ne lui donnerais même pas une capote usagée.

— Tu as tout intérêt à le laisser où il est, le prévint Sladden. Sinon, tu n'auras plus jamais besoin de capote. Ni de quoi que ce soit d'autre, d'ailleurs.

— Écoute, dit Ford, j'ai fait ma part du boulot. Je suis en règle avec Manny, il sait à quoi s'en tenir. Il a avalé la pilule, tout baigne. Ce que je veux savoir, c'est si l'affaire va se réaliser. De mon côté.

— Rien ne t'empêche d'espérer, après tout. Même si tu ne peux rien faire d'autre....

— Qu'est-ce que tu veux dire ? s'inquiéta Ford. Quand on s'est mis d'accord sur le contrat, tu m'as laissé entendre qu'il n'y aurait pas de problème.

— Justement, dit Sladden, tu as intérêt à faire tes prières pour qu'il n'y en ait pas. Croise tes petits doigts crasseux pour que tout continue à bien se passer, parce que tu es tellement mouillé, sur ce coup-là, que c'est tout ce qu'il te reste à espérer. Moi, je m'en tire toujours comme une fleur, mais ce n'est jamais le cas pour toi, Harry. Il suffit de regarder ton casier. Cette fois-ci, remarque, tu as une petite chance de t'en sortir en douceur, parce que tes intérêts sont les mêmes que les nôtres. Mais on ne sait jamais ce que l'avenir nous réserve, Harry, et tu ne seras fixé sur ton sort qu'au dernier moment.

— Ce n'est pas ce que tu as dit la première fois, protesta Harry. Je n'avais pas du tout compris ça quand tu m'as proposé l'affaire.

— Tu travailles avec des gens que tu ne comprends pas bien, dit Sladden, et c'est avec notre argent que tu es payé. Ce n'est pas ma faute ; c'est toi qui as accepté les conditions. Si les choses tournent d'une façon que tu n'avais pas prévue, je n'y peux rien.

Il s'extirpa du fauteuil, et un ressort creva le tissu pour voir ce qui se passait. Se dirigeant vers la porte, Sladden l'ouvrit.

— Va régler tes dettes avec les books, Harry, conseilla-t-il. Et ne reviens pas chez toi. Cette grosse pétasse qui se vautre dans ton branlodrome n'en vaut vraiment pas la peine.

— Écoute, encore une dernière question, dit Ford. Est-ce que tu vas revenir ? C'est ça que je veux savoir.

— Ce n'est pas sûr, répondit Sladden, mais pourquoi pas ? (Avant de descendre les marches, il se retourna.) À propos, maintenant que tu as les moyens, pourquoi est-ce que tu ne changes pas de gueule ? L'ancienne, on dirait une vraie tronche de macchabée.

— Ne dis pas des trucs pareils, gémit Ford. Ça porte la poisse. J'ai déjà assez les jetons comme ça.

— C'est de moi que tu dois avoir les jetons, dit Sladden. Et ne l'oublie jamais, surtout.

Il sortit, claquant la porte de l'immeuble, et des petits bouts de serrure tombèrent dans l'entrée derrière lui.

6

Ce que Gust raconta plus tard à Petal n'était pas exactement ce qui s'était passé avec Sladden sur le moment même. Gust sortait à peine du contrôle judiciaire quand un type l'aborda.

— Tu ne me connais pas encore, mais moi, je te connais, fit Sladden. C'est plutôt sympa, non ?

Sladden lui emboîta le pas, et ils descendirent la rue ensemble.

— Sympa ? répéta Gust. J'adore. Ça me fait autant plaisir qu'un sandwich à la merde. Qui tu es ? Qu'est-ce que tu veux ?

— Ce que je veux, c'est t'en faire baver un maximum, répondit Sladden. Toi et moi, il va falloir qu'on discute, ma jolie.

— Alors, commence par être poli, comme tout le monde.

— Je n'ai jamais su être poli, dit Sladden, mais tu en prendras vite l'habitude. (Il gratta sa joue couverte d'une barbe naissante couleur carotte, avant de fourrager dans ses mèches de cheveux roux et clairsemés. Il ajouta :) Et puis, je ne suis pas comme tout le monde.

Se trouvant juste à côté de lui, Gust comprit ce que le type voulait dire : il ne sentait vraiment pas comme tout le monde.

— Pour ce qui est de chlinguer, commenta Gust, tu ne fais pas les choses à moitié. Il paraît qu'on ne sent pas l'odeur de sa propre merde, mais il faudrait quand même que tu penses aux autres.

— Je vais faire comme si je n'avais rien entendu, dit Sladden. Bon, on va trouver un pub tranquille pour boire un coup, parce que tu vas en avoir besoin.

— Moi, boire avec toi ? fit Gust. Tu plaisantes.

— Je plaisante tellement peu que je vais te mettre dans la merde jusqu'au cou, annonça Sladden. Comme si tu n'y étais pas déjà.

Ce genre de menace ne plaisait pas trop à Gust.

— T'es quoi ? demanda-t-il. Flic ?

— Non, répondit Sladden. Pire que ça.

— Rien ne peut être pire que la saloperie, dit Gust. Et de toute façon, tu n'es pas assez baraqué pour être dans la police.

— Je pourrais t'envoyer au tapis d'une seule main, petit, et sans me fouler.

Un pub se présenta sur leur chemin. À cette heure de la matinée, l'endroit était pratiquement désert.

— Va te mettre à cette table, là-bas, ordonna Sladden. Je vais nous chercher une bière.

Quand il revint avec les consommations, Gust lui demanda :

— À propos, comment est-ce que tu m'as repéré ?

— Les types comme toi, qui entrent et qui sortent du contrôle judiciaire, c'est du gâteau.

— Alors, qu'est-ce que tu cherches, au juste ? demanda Gust. Comme si j'en avais quelque chose à foutre.

Repoussant sa bière, Gust se leva.

Sladden l'obligea à se rasseoir sur la banquette.

— Reste là, connard. Toi et moi, on va travailler ensemble. Et, crois-moi, ça va faire des étincelles.

— Non, dit Gust. Ça ne fera rien du tout. Alors, desserre le frein à main, et arrache-toi.

— Je n'ai pas besoin de te dire qui je suis, reprit Sladden. Je n'ai pas besoin d'expliquer quoi que ce soit à une catastrophe ambulante dans ton genre. Mais les questions que je peux poser, on n'en voit jamais la fin. Tu es un déchet de la société, un cloporte. À vrai dire, je n'arrive pas à comprendre pourquoi on t'a laissé sortir de taule.

— Ce que tu insinues, c'est que je ne suis pas net, c'est ça ?

— On vient à peine de te libérer que tu es déjà sur un coup.

— Mon contrôleur judiciaire est persuadé que je suis réglo, dit Gust. Il est très content de moi.

— Les contrôleurs judiciaires, on leur fait avaler n'importe quoi. Et il y en a beaucoup qui ne se donnent même pas la peine de vérifier quoi que ce soit. Mais moi, j'ai la preuve que tu es sur un coup. Sinon, je ne serais pas ici. Alors, quand j'en aurai fini avec toi, caïd, soit tu me mangeras dans la main comme un petit lapin, soit je te renverrai d'où tu viens en levant simplement le petit doigt.

— Tous les types que j'ai entendus parler comme toi, dit Gust, c'étaient des frimeurs et des nullards. À chaque fois.

— Eh bien, cette fois-ci, c'est différent, affirma Sladden. Chacun des tuyaux que j'ai sur toi pèse bien une tonne, tu t'en rendras compte quand tu les prendras sur la gueule.

— Tu imagines vraiment que je vais travailler pour toi ? s'étonna Gust. Tu me fais pitié, tu es complètement à côté de la plaque. Regarde-toi. Débraillé, crasseux, bouffi... Tu ne tiendrais pas trois reprises contre un poids mouche avec une jambe dans le plâtre.

— C'est dommage qu'on doive travailler ensemble, dit Sladden, parce qu'on aurait pu se retrouver un de ces jours sur un terrain vague pour vérifier ce que tu viens de dire. En attendant, j'ai tout ce qu'il faut pour te faire plonger ; alors, n'abuse pas de ma patience, je n'en ai pas.

— La patience, fit Gust, c'est comme le reste ; ça s'apprend. Passe quelques années au trou, dans le quartier de haute surveillance, et tu en auras à revendre.

— Tu vas bien être obligé de coopérer, affirma Sladden. Alors, autant t'y faire tout de suite.

— Coopérer à quoi ?

— Même s'il fallait nous donner un coup de main pour piquer la gamelle du diable, tu n'aurais pas tellement le choix, avec le casier que tu as.

— Mon casier ? répéta Gust. En parlant de ça, je parie que tu en as un quelque part, toi aussi, et qu'il n'est pas spécialement reluisant.

À les voir, on aurait dit deux hommes d'affaires plongés dans une discussion des plus sérieuses, mais les paroles qu'ils échangeaient étaient inaudibles à plus de quinze centimètres de distance.

— Ne t'occupe pas de ça, dit Sladden. Je t'ai sous la main, et je vais me servir de toi. Alors, passons aux choses sérieuses. Ce que j'ai dans la poche, ça peut te rapporter, à coup sûr, les cinq ans de placard qui te pendent au nez, plus un bon paquet de rab. Continue à faire le malin, et tu te retrouves à jouer à saute-mouton avec les condamnés à perpète.

— Peut-être, fit Gust en se penchant par-dessus la table. Mais avant que ça m'arrive, est-ce que tu as vu mes dents à côté de ton oreille bien grasse ? Je pourrais te l'arracher d'une seule bouchée. Alors, quoi que tu aies dans la poche, mon mignon, n'essaie pas de faire l'intéressant avec.

— Tu es complètement malade, dit Sladden en reculant brusquement sa chaise. Tu dois avoir les méninges au niveau des couilles.

— C'est les années de cabane qui font ça, expliqua Gust. Tu ne crois quand même pas qu'on en ressort tout à fait normal ?

— Non, je ne l'ai jamais cru, et ça m'étonnerait que tu sois normal. Mais cette fois, tu vas faire ce qu'on te dit.

— Bon, dit Gust, annonce la couleur. Qu'est-ce que tu as dans ta poche, alors ? Des photos de cul ?

La plaisanterie se retourna contre lui, parce que Sladden avait bien sur lui une enveloppe remplie de photos, qu'il étala sur la table.

— Tiens, fit-il, regarde un peu ça, minable.

Il suffit à Gust de regarder la première pour comprendre ce

que l'autre voulait dire, mais Sladden ne le quittait pas des yeux, et Gust veilla bien à ce que son visage n'exprime pas la moindre émotion.

— Elles sont bonnes, non ? On peut même compter les poils de barbe là où tu as oublié de passer le rasoir. Ma préférée, c'est celle où on te voit avec Manny, Harry Ford et le type de l'imprimerie, en train de sortir de chez Manny. Un ancien détenu en liberté conditionnelle qui complote avec des truands connus, c'est grave, Gust. C'est grave pour toi, je veux dire. Personnellement, je trouve que c'est à pisser de rire. C'est de passeports qu'il est question. Un millier de passeports, flambant neufs, une valeur marchande considérable si on trouve le bon acheteur. Seulement, il y a un os, et la preuve est là, sur la table : le type de l'imprimerie ne travaille pas pour vous, mais pour nous. À partir de maintenant, du moins, parce qu'il a subitement perdu tout enthousiasme pour votre combine, et qu'il vous a mouchardés.

— On n'a encore rien fait, se défendit Gust.

— Ça ne change rien, affirma Sladden. Le chef d'inculpation serait quand même : association de malfaiteurs en vue de commettre un vol. Tu te retrouverais au trou de la même façon. Et avec les cinq ans qui te pendent au nez pour corser l'addition, ce serait pratiquement un enterrement de première classe.

— Compris, fit Gust. Pourquoi tu ne me boucles pas tout de suite, alors, et qu'on n'en parle plus ?

— Rien ne me ferait plus plaisir, crois-moi, dit Sladden, mais il n'en est pas question. Ce qui se passe, c'est que tu vas faire ce coup, mais pour notre compte. Tu livres la camelote à Harry Ford, tu touches ta part, tu fermes ta gueule, et nous, on passera l'éponge sur tout le reste.

— À part le fait que je doive te croire sur parole, ce qui ne me plaît déjà pas beaucoup, dit Gust, j'entends déjà les hurlements si je faisais un truc pareil. Et ça me plaît encore moins.

— Qu'est-ce qu'on a à foutre de ce qui te plaît ou pas ? fit Sladden. Applique-toi à faire ce qu'on te dit, et à le faire correctement.

7

Les trois hommes passèrent un bon moment à traîner près d'Heathrow. Puis, l'après-midi du deuxième jour, l'avion de quatre heures en provenance de Moscou atterrit, et ils changèrent légèrement de position, comme des lézards au soleil, parce que Gatov venait vers eux après avoir franchi la porte d'arrivée d'Aeroflot.

— Je n'arrive pas à le croire, dit Ricky.

Gatov était un homme d'âge mûr. Il portait un costume et un chapeau neufs, un imperméable, et des chaussures noires bien cirées, mais ce n'étaient pas les seuls détails qui déplaisaient à Sladden. En fait, Sladden n'aimait rien, chez ce Gatov. Mais, après tout, il n'aimait rien chez personne. Apparemment, Gatov était un homme d'affaires alerte et insouciant. Mais pour Sladden, observateur d'expérience s'il en était, son comportement était celui d'un type qui faisait dans son froc. Il portait une mallette pour tout bagage, et il ressemblait tellement à une pouliche nerveuse tournant dans le paddock avant une course que Sladden glissa à l'oreille de Ricky :

— Il faudrait un garçon d'écurie pour le calmer, et l'empêcher de donner des grands coups de tête à droite et à gauche comme un crétin.

Ils regardèrent Gatov s'approcher du guichet de l'immigration. Sladden braqua son caméscope et commença à filmer. Il marmonna à Draper :

— Il se pointe là avec un culot incroyable. Pour qui il nous prend ? Des amateurs ?

— Pourquoi pas ? dit Ricky. Le pays tout entier est entre les mains d'une bande d'amateurs.

— Que vouliez-vous qu'il fasse, de toute façon, demanda Draper, même s'il se doute de quelque chose ? Qu'il ouvre le feu avec un Uzi ? Et fais attention qu'il ne te voie pas en train de le filmer, Sladden, parce que si tu es un touriste japonais, moi je suis la veuve Rockefeller.

— Ça m'est égal qu'il me voie ou pas, dit Sladden. Autant faire une frayeur à ce salopard.

Gatov montra son passeport pour ce qui devait être une simple formalité, mais très vite cet examen de pure routine se révéla plus problématique que prévu. D'abord, le douanier était nouveau dans le service ; c'était quelqu'un que Gatov n'avait jamais vu. Le fonctionnaire examina longuement son passeport, tournant les pages l'une après l'autre. Finalement, il annonça :

— Il va falloir que je vous pose quelques questions. Vous voulez bien sortir de la file d'attente ?

Gatov perdit patience, ce que les autres voyageurs comprirent parfaitement.

— Qu'est-ce que vous me racontez là ? explosa-t-il. Ceci est un passeport britannique. Je suis parfaitement en règle. J'ai tout à fait le droit de passer !

— Vous n'avez aucun droit, dit le douanier. Et, à propos, où est-ce que vous avez appris l'anglais ? Vous n'avez pas compris ce que je vous ai demandé ? Vous voulez peut-être un interprète ? Vous allez en avoir besoin.

— Je parle parfaitement l'anglais, tout le monde le sait !

— Moi, je ne le savais pas, dit le douanier. Je dois être sourd.

Il reporta son attention sur les autres passagers, mais Gatov refusait toujours de quitter la file d'attente.

— Laissez-moi passer ! continuait-il de hurler.

— Ce n'est pas vous qui donnez les ordres, ici, dit le fonctionnaire. C'est moi. Maintenant, écartez-vous.

Gatov changea de ton.

— Très bien, fit-il. Pas de problème.

Mais il ne bougeait toujours pas.

À présent, un autre douanier avait pris le passeport de Gatov. Dans le viseur de son caméscope, Sladden le vit saisir le numéro du document sur le clavier d'un ordinateur.

— Cette mise en scène, expliqua Draper, c'est seulement pour le rendre plus docile. Le type du contrôle des passeports, c'est un homme à nous. Il fait ce qu'il faut pour secouer un peu Gatov.

— J'ai l'impression que ça marche, commenta Sladden qui continuait de filmer.

Gatov se trouvait toujours dans la file d'attente, et les autres passagers commençaient à s'impatienter. Quelqu'un, derrière lui, marcha sur ses mocassins neufs en essayant d'accélérer le mouvement. Gatov lâcha un juron hargneux en russe, et une altercation assez désagréable se déclencha. Puis la police de l'aéroport arriva et se mit de la partie.

— On aurait presque envie de prier pour lui, dit Sladden quand la police extirpa Gatov de la file d'attente.

— Je n'ai jamais rien vu de pareil, fit Ricky. Ce n'est pas la première fois que j'assiste à une arrestation, mais cette fois, on se croirait au guignol.

Sans décoller l'œil de la caméra, Sladden commenta :

— Vous avez vu ça ? (Évidemment, ils ne voyaient rien.) Il commence à vraiment s'inquiéter, maintenant. Hé, regardez la sueur qui imbibe le ruban de son chapeau. J'adore quand ils sont dans cet état-là, je me régale. (Le camescope tournait toujours.) Superbe, ajouta-t-il. J'aimerais que vous puissiez voir son visage, il ressemble à un carreau cassé.

Ricky réglait un magnétophone, installant un micro à l'intérieur de sa veste.

— Excellente idée, dit Draper, on en aura besoin. On risque

de ramasser quelques noms intéressants, parce que ce gars-là, il est comme tous les autres : une fois qu'il aura commencé, il n'arrêtera pas de nous jeter à la figure les noms de ses copains, tous haut placés, bien sûr, qu'il va avertir pour qu'on se fasse taper sur les doigts. Il ne sera même pas capable de comprendre que la clique tout entière l'a laissé tomber. C'est fantastique, ça suffit à justifier une année de travail.

Sladden marmonna sans décoller l'œil du viseur :

— Regarde-moi, espèce de salopard; bon Dieu, j'aimerais pouvoir garder quelques séquences pour ma collection, et me les repasser quand j'aurai pris ma retraite.

— Il faut rester en vie pour prendre sa retraite, dit Ricky.

— J'en ai bien l'intention.

Il s'arrêta de filmer pour changer de cassette, glissant à Draper :

— Celui-là, quand on l'aura fait craquer, ça va chauffer pour pas mal de gens. Pour Gust, par exemple.

— Ne te fais pas de souci pour ce qui est sacrifié d'avance, répondit Draper.

— Moi ? s'étonna Sladden, sidéré. C'est la première fois qu'on m'accuse d'une chose pareille. (Se tournant vers Gatov, il ajouta :) Regarde la caméra, connard ; oui, c'est bien. Ça, c'est de la vidéo. Parfait.

— Il n'y a rien d'héroïque dans l'affaire Gust, dit Draper. Alors, contente-toi de filmer et ferme-la. Tu es pire qu'une vieille fille qui a une partie de jambes en l'air sur la conscience.

— Cet imperméable qu'il porte n'arrange pas ses affaires, faisait observer Ricky. (Il observait Gatov, isolé du mauvais côté de la barrière, et encadré par deux flics.) Il aurait dû faire de son mieux pour passer inaperçu.

— Il est bien trop imbu de lui-même pour s'abaisser à ça, dit Draper. Il s'imagine qu'il peut tout se permettre.

Le douanier laissa Gatov mariner une demi-heure, puis il lui fit signe d'approcher.

— Vous restez longtemps ?

— Une semaine.
— En touriste ?
— Pour mes affaires, aussi.
— Quel genre d'affaires ?
— Des affaires personnelles, répondit Gatov.

Sa voix avait perdu sa conviction première. C'était celle d'un homme qui se rend compte que la situation se présente très mal pour lui. Il le savait parce qu'il passait son temps à compliquer la vie des gens. Gatov connaissait tous les moyens de créer des ennuis à quelqu'un ; personne ne savait mieux que lui à quel point les problèmes pouvaient devenir graves quand on s'employait sérieusement à les compliquer.

— Regardez-le qui recommence à donner des coups de menton dans le vide, fit Sladden. Je vous le dis, c'est un vrai cheval de course. Il ne va pas tarder à avoir la bave aux lèvres. On a dû le harnacher de travers, il est deux fois trop fébrile. Je ne parierais pas un sou sur un toquard pareil.

Le douanier finit par tamponner le passeport de Gatov, et il le lui tendait lorsque Draper annonça :

— Allez, c'est le moment.

Il sortit sa cigarette de sa bouche et les trois hommes suivirent Gatov dès que ce dernier eut franchi la porte d'arrivée pour se diriger vers la sortie. Ils se portèrent à sa hauteur vers le milieu du hall, en attendant que Gatov atteigne un endroit relativement désert ; alors, ils l'entourèrent, comme un véritable comité d'accueil — ce qu'ils étaient, en quelque sorte.

— Ah, Yuri ! Te voilà enfin, vieux frère, commença Draper. Tu as fait bon voyage ? Pas la peine de ranger ce passeport, je vais le prendre. Il nous appartient, de toute façon. Je vois qu'il est libellé au nom de M. Gregory, mais peu importe, on se contentera de Yuri.

— Qui êtes-vous ? hurla Gatov.

Ses paroles ne portèrent pas, car les trois hommes, qui sentaient le tabac, le chewing-gum et le métro, se pressaient contre lui, étouffant sa voix avec leurs ventres. En fait, le visage de Gatov était à ce point coincé entre leurs corps massifs que le Russe perdit son couvre-chef.

Sladden écarta le chapeau d'un coup de pied.

— Il y a un problème, ici ? demanda un jeune prêtre qui passait près d'eux à grandes enjambées.

S'arrêtant net, il ramassa le chapeau de Gatov et le tendit à Sladden. Son visage était celui d'un homme d'une grande bonté, concerné en permanence par la condition humaine, mais aussi terriblement pressé.

— Non, pas pour l'instant, répondit Sladden. (Laissant tomber le chapeau, il marcha dessus.) Mais ça pourrait changer très vite. Alors, tirez-vous.

Le prêtre toussa brièvement. Rempli de bon sens, il souleva sa soutane et passa son chemin sans se retourner.

— Ces culs bénis qui se mêlent des affaires des autres, dit Sladden, je ne les supporte pas. Ils sont pires que les fonctionnaires.

Pendant ce temps, la fouille de Gatov avait commencé ; en plus de son chapeau, il avait déjà perdu le contenu de ses poches, de sa veste et de son imperméable. La chemise déchirée en deux jusqu'à la taille, il avait été palpé, tâté, pincé et sondé de toutes parts. Sladden, en particulier, avait pris du plaisir à l'opération ; plongeant la main, par-derrière, dans le pantalon du Russe, il lui avait enfoncé l'index dans le rectum.

L'opération n'avait pas duré une minute.

— Eh bien, Yuri, dit Draper, bienvenue sous le soleil de la Grande-Bretagne. Tu n'es pas près d'en repartir.

— Tu n'as que ça, comme bagage ? demanda Ricky.

Gatov désignait sa mallette, coincée sous le pied de Ricky. Il ne se rendait pas encore bien compte de la situation ; il parvint même à faire de l'humour.

— Bien sûr ! Comme vous dites, chez vous : le voyageur sans bagage est celui qui va le plus vite.

— C'est ça, dit Draper. Mais suppose un instant qu'il n'ait plus de jambes. Qu'est-ce qui se passe, dans ce cas-là ?

Formant une phalange autour du Russe, ils le propulsèrent vers le fond du hall.

— Où m'emmenez-vous ? demanda Gatov. Je ne veux pas d'ennuis.

— Tu n'en auras pas, promit Draper. Tes ennuis sont terminés, Yuri. Quand tu en auras fini avec nous, tu feras connaissance avec la justice britannique. On t'offrira un séjour de trente ans au soleil de Parkhurst, sur la côte sud ; alors, où est le problème ? L'endroit est ravissant, l'air est vivifiant, c'est près de la mer. Il paraît qu'on peut assister aux régates tout en fabriquant des panneaux de signalisation routière. Tu vas te régaler.

— C'est de la folie, fit Gatov. Je fais un cauchemar.

— Tu sais de quel genre de cauchemar il s'agit, Yuri, dit Draper. Tu l'as assez souvent infligé aux autres.

— J'exige de savoir qui vous êtes ! hurla Gatov. Je ne vous ai jamais vus. C'est toujours à la police que j'ai affaire, d'habitude. Vous êtes de la police ?

— Plus maintenant, répondit Draper. On a eu une promotion. Après avoir été flics, on a avancé vers le haut, mais en biais.

— Et même vers le bas, ajouta Sladden.

— Je le vois bien, dit Gatov avec amertume. Même la police russe n'ose pas se conduire comme vous le faites. Je n'ai jamais eu de comptes à rendre qu'à la Police Métropolitaine.

— Je le sais, dit Draper, mais cette heureuse époque est révolue.

— Je veux voir votre mandat.

— Ce que les gens voient dépend de ce qu'ils sont, répondit Draper. Et toi, tu n'es rien.

— Je ne comprends pas. Où m'emmenez-vous ? Vous m'arrêtez ?

— T'arrêter ? répéta Draper. (Il parut étonné.) Comment est-ce qu'on pourrait t'arrêter, alors que tu as disparu ?

— Avoir disparu, fit Ricky, c'est la même chose qu'être libre comme l'air, ou bien qu'être mort : il y a plein d'avantages.

— Billy et Dave pourraient me sortir de là, dit Gatov. Où

sont-ils ? En congé maladie, ou quelque chose comme ça ?

— Tu veux parler de l'inspecteur principal Holt et de l'inspecteur Dickinson ? demanda Draper. Ils ont pris leur retraite anticipée ; ils ont préféré jouir de longues vacances, pour se consacrer à leurs affaires personnelles, si tu vois ce que je veux dire.

— Ce qu'il veut dire, expliqua Sladden, c'est qu'ils ont été suspendus.

Draper tapota l'épaule de Gatov.

— Tu as les nerfs à vif, Yuri, tu as besoin d'une longue période de repos. Tu as trop fait la fête, gagné trop d'argent, tu as abusé des bonnes choses : dîners en ville, vins fins, orgies sexuelles et tout le reste. Mais ne t'en fais pas, c'est terminé, maintenant. Tu vas te refaire une santé à Parkhurst. Un régime spartiate, beaucoup d'exercice, d'excellents compagnons à la moralité exemplaire... On va essayer de te trouver une place dans l'aile B, avec les grands criminels.

Ils le faisaient courir tellement vite, dévalant un couloir vide après l'autre, que Gatov commença à claudiquer.

— Vous ne pouvez pas ralentir ?

Personne ne prit la peine de lui répondre.

— Écoutez, insista Gatov, nous devrions faire plus ample connaissance. Il faudrait que nous ayons une longue conversation tous ensemble.

— C'est ce qu'on va faire, répondit Draper. On a des centaines de questions à te poser, Yuri. Par exemple, à propos de cette république dont tu es le fournisseur ?

— C'est vrai, reconnut Gatov. Je veux ouvrir des marchés, ici. Faire du commerce. Acheter et vendre.

— Acheter et vendre quoi ? demanda Draper en riant.

— Des produits de consommation. Des véhicules, des machines à laver, ce genre de choses.

— Des machines à laver ? répéta Draper. Du genre de celles qu'on expédie à travers un canon de deux cent cinquante mètres ? (À présent, les trois hommes riaient ensemble.) Je vais te dire une chose, vieille crapule. Nous aussi, on a des machines à laver. Et ce qu'on va faire, c'est qu'on va te mettre dans une de nos centrifugeuses spéciales. Ça essore la saloperie en un rien de temps. Et si tu n'en ressors pas propre comme un sou neuf au premier essai, on pourra toujours t'y remettre.

— Non, fit Gatov. Je veux coopérer. Il y a beaucoup de choses que vous ne comprenez pas.

— Je sais, dit Draper, et tu vas tout nous expliquer. Ensuite, quand tu auras terminé, il y aura un procès, probablement à huis clos. Et c'est de ce que tu diras au procès qu'on va discuter longuement.

— Voyons, écoutez-moi, fit Gatov. Ma devise est toujours la même : je suis prêt à traiter des affaires avec tout le monde. Il y a énormément d'argent en jeu. Alors, quelle importance si vous êtes tout nouveaux dans l'affaire ?

— Tu es complètement à côté de la plaque, commenta Draper. Tout est nouveau, dans l'affaire, sauf toi, qui m'as l'air bien bouffé aux mites.

— Malgré tout, intervint Sladden, c'est bon de savoir que tu es bourré de fric. On pourrait sortir en ville, toi et moi, et s'éclater avec ton blé. Je connais deux ou trois boîtes, à Soho, d'où tu ressortirais la moumoute à l'envers.

Ils s'arrêtèrent devant une porte marquée : Police de l'air et des frontières, que Draper déverrouilla. La porte s'ouvrit sur une salle vide peinte en vert pomme. C'était une pièce neutre, sans grand caractère, le genre d'endroit où l'on attend de savoir si c'est bien du cancer que l'on est atteint. Les scènes dont elle avait pu être témoin avaient été absorbées par ses murs nus. Un bureau métallique et quelques fauteuils chromés réfléchissaient les rayons de soleil filtrant à travers les stores vénitiens. Et c'était tout.

Sladden saisit Gatov.

— J'ai une surprise pour toi, Mary, dit-il. Je suis pédé, séropositif, et j'ai envie de jeter un coup d'œil à tes couilles bronzées au soleil de la Mer Noire. Alors, entre dans cette pièce immédiatement. Tiens, je vais te donner un coup de main.

Il joignit le geste à la parole, brutalement, et Gatov glissa jusqu'au milieu de la pièce sur les mains et les genoux.

— Vous ne pouvez pas me faire ça ! hurla-t-il en se relevant.

— C'est ce que disent tous les malfrats, fit observer Sladden.

Balayant le sol de son pied, il faucha les jambes de Gatov. Le Russe s'écroula de nouveau, sur le sol en dalles de ciment. Cette fois, il eut le bon sens de rester par terre, se tenant la rotule à deux mains.

— Pourquoi me traitez-vous de cette façon ?

— Je n'en sais rien, à vrai dire, répondit Sladden. J'en ai eu envie, c'est tout.

— Je suis prêt à parler.

— Non, dit Draper, on ne peut pas bâcler ça en cinq minutes. On veut la version complète, et ça va prendre des semaines. Tu sais mieux que personne comment ces choses-là se passent, Yuri. De toute façon, tu vas t'y faire, dès que tu seras resté un moment sous les projecteurs. Et ne fais pas d'histoires, surtout. Plus tu râleras, et plus ce sera dur. Tu connais le principe. On a adopté tes propres méthodes.

— Tes méthodes ? fit Sladden, enthousiaste. Et comment ! On a des films de toi, pris par ton personnel, où on te voit sauter à pieds joints sur le ventre des gens, et les baiser en levrette dans des salles d'interrogatoire. T'es à voile et à vapeur, pas vrai ? Hommes, femmes, enfants, tu leur fais subir à tous le même traitement. Un vrai Roméo.

Draper ordonna :

— Fouillez-le encore une fois.

D'un ton joyeux, Sladden dit à Ricky tandis qu'ils faisaient leur travail :

— On dirait qu'on joue du piano à quatre mains, comme George et Ira Gershwin. Tu ne trouves pas ?

Les vêtements de Gatov volaient à travers la pièce. Ricky lui planta ses doigts dans le foie, et Gatov poussa un cri aigu.

— Ces deux hommes que tu as perdus, Yuri, commença Draper, qu'est-ce que tu vas faire à leur sujet ?

— J'ai l'intention de découvrir pourquoi ils sont morts, bien sûr ! s'écria Gatov. C'est pour ça que je suis venu. Je veux récupérer leurs corps. Je veux les ramener chez nous.

— Ça m'étonnerait qu'une compagnie te vende un billet d'avion maintenant, dit Draper. Tu n'as plus de passeport.

— Les histoires d'amour et d'amitié, c'est tellement romantique, tout de même, dit Sladden. Ça m'excite. Yuri, pourquoi tu ne m'en raconterais pas pendant qu'on baise ? Tu pourrais me murmurer des mots doux à l'oreille. (Passant autour de Gatov un bras énorme, il ajouta :) J'espère que tu n'attraperas rien. (Il l'embrassa violemment sur la bouche.) Je sais que je ne devrais pas faire ça, dit-il par-dessus l'épaule de Gatov, mais il n'y a rien à faire. Ça fait des années que je consulte. Je ne suis pas très joli non plus, alors je me contente de ce que je trouve. Et puis, ma vieille queue, je n'arrive pas à la garder dans mon froc, c'est sûrement comme ça que j'ai chopé ma maladie pour commencer, en draguant autour de Kings Cross. (Il ouvrit sa braguette.) Alors, qu'est-ce qui te ferait plaisir, ma jolie ? Tu veux me sucer ? Regarde comme je suis monté ! Tu préfères par-derrière, ou façon pâte dentifrice ? Je ne suis pas difficile.

En voyant le sexe de Sladden, Gatov poussa un cri. Effectivement, pensa Ricky, il avait un aspect douteux.

Gatov tenta d'échapper à Sladden. Il cria à Draper :

— Ce type est une brute, retenez-le !

Mais, secouant la tête, Draper répondit :

— Je crains qu'il n'y ait pas moyen de le retenir, quand il est comme ça.

— De toute façon, je ne vois pas pourquoi il fait tant de manières, commenta Sladden. (Baissant de force la tête de Gatov vers son entrejambe, il ordonna :) Suce ! Allez, mieux que ça, Mary, tu me déçois. Quand on pense à ce que tu faisais subir aux gens que tu torturais, je ne comprends pas que tu fasses le dégoûté ; je croyais que tu ne demanderais que ça.

Finalement, Draper intervint :

— Ça va, Sladden. Bon sang, range ce machin avant qu'il

parte tout seul. Voyons, Yuri, à propos de ces deux types. Tu les as fait supprimer ; tu n'aurais pas dû.

— Je ne suis au courant de rien ! protesta Gatov.

— C'est du meurtre, continua Draper. Ici, on ne te laissera jamais passer ça.

— Tout ce que je sais, hurla Gatov, c'est qu'ils sont morts. C'était dans les journaux.

— Laissons ça pour le moment, reprit Draper, nous avons toute la vie devant nous. Parlons plutôt de ce passeport que tu détenais. C'est un document volé, et ça, c'est un délit très grave, tu dois t'en rendre compte.

Plusieurs fois de suite, il passa et repassa lentement devant Gatov en écrasant ses pieds nus sous ses semelles.

Comme Ricky trouvait le temps long, il avait ramassé la mallette de Gatov. L'apportant jusqu'à la fenêtre, il commença à la retourner dans tous les sens. Elle était munie d'une serrure à code, mais cela ne le dérangea pas. Il se contenta d'entamer la mallette elle-même avec son couteau, un modèle américain qui laisse la lame dans la viande et dont le manche continue à servir de coup de poing. Il donna les documents de la mallette à Draper, mais ils étaient rédigés en russe. Draper les fourra dans sa poche, et Ricky se trouva de nouveau désœuvré. Alors, comme il avait son couteau à la main de toute façon, il s'approcha de Gatov et fendit la taille de son pantalon.

— Bon Dieu, fit-il, vous avez vu ça ? La lame est passée à travers le tissu comme si c'était du papier journal. Et pourtant, c'est de la bonne qualité, ça sort de chez Harrods. Et regardez ce qu'il porte en dessous ! (Ricky émit un sifflement admiratif.) Un caleçon noir brodé à ses initiales.

Il fendit le caleçon sur le devant, et le sous-vêtement tomba.

— À propos, demanda Draper, est-ce que quelqu'un a pensé à regarder dans sa bouche ?

— Ah oui, fit Ricky. Il ne faut pas oublier ça. (Sortant son pistolet, il en appuya le canon contre les dents de Gatov.) Ouvre ! dit-il. Allez, vite, ou je te les casse toutes. (Gatov tenta de dire quelque chose, et Ricky se servit de son arme comme d'un levier pour finir de lui écarter les mâchoires. Il extirpa sa prothèse dentaire, l'examina, et la tendit à Draper.) Il n'y a rien, là-dedans. Du beluga, du pain, une viande quelconque, un déjeuner standard de ligne aérienne.

— Bien, dit Draper. On n'a pas envie qu'il se suicide maintenant.

Privé de ses dents, le visage de Gatov s'était creusé. Le Russe avait un air cadavérique, à présent. Il essaya de parler, mais il ne sortit rien d'autre de sa bouche que des marmonnements.

— Tu peux lui rendre, maintenant, dit Draper.

Gatov remit ses dents en place avant de dire :

— Je veux un avocat.

— Comment est-ce qu'il saurait où te trouver? objecta Draper. Tu n'existes pas. Bon, maintenant, dis-nous ce qui est arrivé au reste des passeports. Il en manque un millier.

— Première nouvelle! Je n'ai jamais entendu parler de ces passeports. Je ne les ai jamais eus.

— Comment ça, tu ne les as jamais eus? demanda Ricky. C'est toi, le client auquel ils étaient destinés.

— Et il y en a au moins un, Mary, dont on sait à qui il a servi, dit Sladden. Tu viens de l'utiliser pour entrer dans le pays.

— Je ne sais rien!

— Tu connais un certain Manny Farb? fit Draper. Un truand du sud de Londres.

— Non.

— Lenny Williams, il se fait appeler Le Marteau. Tu le connais? Tu devrais. C'est l'un de tes complices, il travaille avec Farb.

— Jamais entendu parler.

— Harry Ford, alors.

— Jamais entendu parler non plus.

— Tu mens. Quel est ton rôle dans ce braquage au cours duquel les passeports ont disparu?

— Aucun! C'est du banditisme à la petite semaine, ça.

Pourquoi est-ce que je m'intéresserais à ce genre d'opération ?

— Mais le passeport que tu utilisais cet après-midi, tu reconnais qu'il faisait partie du lot ? Tu le savais ! Avoue-le !

— Je n'avoue rien du tout ! J'ai pris possession de ce passeport à Moscou en toute bonne foi.

— Qui te l'a envoyé ?

— Il n'y avait pas de lettre dans le colis !

Draper soupira.

— On risque de tourner en rond comme ça tout l'après-midi, Yuri, dit-il. Il va falloir que tu fasses un sérieux effort.

— Ne t'inquiète pas, dit Sladden. J'ai envie de me le faire, j'ai un accès direct sur son cul, et j'espère qu'on pourra rester des heures et des heures ensemble au pieu. Je vais donner quelques leçons de chant à ma petite Mary, laisse-la moi, j'aime bien quand elles sont vieilles.

— Écoutez, fit Gatov, comportons-nous en adultes, je n'ai pas besoin de toute cette mise en scène. Je traite des affaires sur une grande échelle, j'ai beaucoup d'opérations juteuses en cours.

— Tu l'as dit, Yuri !

— Maintenant, fixez votre prix, j'ai l'argent qu'il faut. J'ai déjà en tête un montant qui va arranger tout ça. Je paie toujours en dollars, je peux vous donner une grosse somme tout de suite, tirée de mon compte. Alors, pourquoi est-ce qu'on ne pourrait pas coopérer ?

— Tu n'as toujours pas compris, hein ? fit Draper.

— Comment ça ? s'étonna Gatov. Des flics pourris, ça s'est déjà vu.

— Oui, et regarde ce qu'il leur arrive, dit Draper. Ils se retrouvent au placard, comme Holt et Dickinson.

— Mais ça ne vous ferait courir aucun risque !

Draper demanda :

— Tu as tout enregistré, Ricky ?

— Il y a un ou deux trucs, je ferais peut-être mieux de les effacer.

— Pourquoi se donner tant de mal ? dit Draper. Les seuls que ça gênera, ce sera les gratte-papier du Ministère de la Défense. Ça leur donnera une idée des saloperies qu'on doit faire pour gagner notre croûte. (Il consulta sa montre.) Bon, on va l'embarquer dans la voiture. J'en ai marre de traîner ici, à poser des questions à ce salopard. Où est passé ce chauffeur de merde ?

— Vous vous acharnez contre moi parce que je suis russe ! hurla Gatov. Vous êtes raciste !

— Faux, dit Draper. Mon attitude envers les gens, quelle que soit leur race, est très simple. Je les divise en deux : ceux qui me plaisent, et ceux qui ne me plaisent pas. Toi, tu me déplais fortement, pour ton malheur.

Ils escortèrent Gatov vers une porte de sortie, à l'arrière du bâtiment. Les rares témoins — des employés de l'aéroport — se retournèrent sur leur passage, pour suivre des yeux cet étrange personnage qui courait, pieds nus, en tenant son pantalon tombant.

Sur la route de Londres, Gatov demanda où on l'emmenait.

— À l'Usine, pour commencer, répondit Sladden. On va te coffrer pour usage de faux documents.

— L'Usine ? répéta Gatov. Qu'est-ce que ça veut dire ? Je vais me faire rétamer, ou quoi ?

— Tu es tombé pile, fit Sladden. C'est là qu'on passe les malfrats au laminoir.

— Il doit y avoir un moyen de sortir de là.

— Il y en avait un, dit Draper, mais tu l'as manqué à l'aéroport de Moscou.

— Ça va faire du bruit, quand certaines personnes vont apprendre ce qui m'est arrivé.

— Ma foi, c'est un bruit qui ne te dérangera pas, Yuri, commenta Draper, parce que tu seras dans une cellule.

— Et tu auras à peu près quatre-vingt-quinze ans quand tu en ressortiras, ajouta Sladden.

— Je croyais que la Grande-Bretagne était un pays démocratique.

— De nos jours, la démocratie n'est plus qu'une mascarade,

dit Draper, un spectacle que les gens vont voir. C'est un anachronisme. Dans les théâtres du West End, les places coûtent jusqu'à trente livres. Mais à Parkhurst, ils donnent d'assez bonnes représentations deux fois par an, si bien que ça ne te manquera pas trop. Des productions maison de « Mon cul sur la commode », ce genre de chose. Tu seras mort de rire.

Ils passèrent devant la brasserie Guinness de Park Royal, et Sladden fit remarquer :

— Ça, c'est une usine dont je me contenterais bien. À chaque fois que je la vois, ça me donne soif. Bon Dieu, je m'enverrais bien une pinte.

— Tu bois trop, Sladden, dit Draper. Je te le répète sans cesse.

8

Vers minuit, deux hommes, un grand et un petit, entrèrent chez Marly. Après avoir survolé du regard la salle du club, ils vinrent se poster au bar, de part et d'autre de Gust, en le serrant d'aussi près qu'il leur était possible de le faire. Le club était bondé, et au bout d'un moment ils entamèrent, par-dessus sa tête, une conversation dont Gust faisait les frais. Ils se foutaient de lui comme s'il avait la queue à l'air ou quelque chose de ce genre. Mais c'était une soirée où Gust ne voulait pas d'embrouille, parce qu'il avait des tonnes de soucis. C'est pourquoi il ne prêta pas la moindre attention aux vannes des deux types, ce qui leur sapa le moral. Finalement, le plus petit lui balança un coup de coude. Sans se demander si le geste avait été intentionnel, ou seulement provoqué par la bousculade des danseurs ivres, Gust regarda longuement le bonhomme, après quoi les deux compères lui tournèrent le dos, mais pas d'une façon indiquant qu'ils étaient impressionnés.

C'était leur problème, mais Gust se dit qu'à leur place il se serait fait sérieusement du mouron, même s'ils avaient l'air plutôt costaud. Le plus grand avait les cheveux roux, de l'acné, un tatouage amour/haine sur les phalanges de la main gauche, et un œil ouvert pleurant une larme de sang sur le dos de la main droite.

Le petit avait une épaisse tignasse brune, des dents de devant proéminentes, et des sourcils qui se rejoignaient au-dessus du nez, comme Rudolf Hess. Ils portaient tous les deux un jean et des chaussures de sport qui n'en étaient plus à leur premier tour de piste. Gust ne les avait jamais vus ; la seule chose dont il était sûr, c'était qu'ils avaient tous les deux fait de la taule.

Le grand bouscula Gust à son tour. Il demanda :

— C'est toi, Gust ?

— Oui, répondit Gust. Et après ?

— Eh bien, voilà, dit l'homme. On aimerait bien te laisser vivre si on pouvait, personnellement, on a rien contre toi, mais c'est pas possible. Alors, on va t'éclater la tronche, tu vois. Et puis après, on va t'emmener dans l'arrière-cour, et on va t'achever.

— Ah, ouais ? fit Gust.

Les deux types hochèrent la tête.

— Ouais, parfaitement, dit le grand.

— J'en connais qui vont avoir des surprises douloureuses, prédit Gust, parce que je n'ai pas envie de crever ce soir.

— Dommage, dit le petit.

— Ça ne sera peut-être pas dommage pour moi, dit Gust. Malgré tout, rien vous empêche d'essayer si ça vous chante. Ça vous coûtera moins cher qu'une séance dans une salle de gym.

Il ne fit pas un geste, à part celui de poser son verre, mais il attendit au cas où les autres commettraient une erreur. De toute façon, il n'avait pas la place de bouger. Tous les clients s'écrasaient contre eux, vidant leur verre en regardant les danseurs, et le chanteur beuglait tellement dans son micro qu'on n'aurait pas entendu un lion rugir à un mètre de là.

Le petit type colla ses lèvres à l'oreille de Gust.

— La douleur, chuchota-t-il. T'as une idée de ce que c'est que la douleur ?

— Et comment ! répondit Gust. C'est un truc qui s'incruste toujours trop longtemps, exactement comme vous deux.

Le grand, stupéfait, dévisagea Gust d'un regard respectueux.

— Tu viens de signer ton arrêt de mort, fit-il. On va te massacrer.

Ses yeux avaient la couleur d'un vieil étron.

Pendant ce temps, l'ambiance du club devenait de plus en plus chaude. C'était Marly qui chantait, à présent. Sur la scène, deux travelos se pelotaient près du rideau en lamé, derrière le piano, et un client mal avisé les prit en photo. L'éclair du flash partit en même temps qu'un bouchon d'asti ; un videur s'approcha et arracha la bobine de film de l'appareil. On n'aimait pas la photographie, ici.

Marly était soûl. La chanson qu'il braillait se taillait un chemin dans la foule comme la lame d'une tronçonneuse. Quand il eut fini, il s'assit pesamment. Un client défoncé à l'acide se vit interdire l'entrée du club, et il éclata en sanglots sur l'épaule d'un videur. Dans la rue passa une voiture de police, gyrophare en action, sirène hurlante. Un dealer colombien s'éclipsa aussitôt, escorté de ses anges gardiens. Le décor était planté ; la musique se mit au diapason, présageant des événements graves.

Sur le comptoir, le téléphone sonna. Un serveur presque nu, vêtu seulement d'un tablier rose et d'escarpins à talons hauts, saisit l'appareil et se hissa sur la pointe des pieds, balayant la foule d'un regard interrogateur.

— Chris ? dit-il d'une voix de fausset. Il y a un Chris, ici ? Un appel pour Chris.

Cela n'intéressait personne. Il raccrocha brutalement, puis il confia à une vieil homo :

— Pour ma voix, ce genre de boulot est un vrai supplice. Elle n'a pas changé depuis que j'ai dix ans, tu te rends compte ? Je n'ai jamais mué, tu comprends ?

— Travailler ici te brisera le cœur, chéri, prédit la vieille folle en caressant sa barbe pisseuse, alors, ne t'inquiète pas pour ta voix.

— Tu fais ça pour du fric ? demanda Gust au plus grand des deux acolytes. (Quand le type lui répondit que oui, Gust ajouta :) À ta place, je demanderais le maximum, et je relirais ma police d'assurances pour être sûr qu'elle est à jour et qu'elle couvre les frais d'enterrement. Ta petite amie trouvera sûrement que c'était de l'argent bien placé.

Il estimait que les deux guignols ne devaient pas être très doués pour le boulot qu'on les avait envoyés faire ; ils étaient trop près de lui, pour commencer.

— Y'a pas que le pognon, dit le type qui ressemblait à Rudolf Hess. Je fais ça pour prendre mon pied, aussi. Et ça, c'est un couteau, tu vois ?

Effectivement, c'en était un, et même un cran d'arrêt, dont la pointe tachée de rouge appuyait sur le ventre de Gust, juste à l'endroit du foie.

— D'accord, fit Gust. Je vais seulement aller aux chiottes d'abord, j'ai lu quelque part que c'était malsain, de mourir avec la vessie pleine.

— Pas question, dit le rouquin.

— Est-ce que ce petit scénario ridicule a quelque chose à voir avec une livraison de documents ? demanda Gust. Des petits livrets bleus, par exemple ?

Ils ne dirent pas le contraire.

— Je ne vois pas où est le problème, reprit Gust. Toute la marchandise a été livrée.

— Non, justement, dit l'homme au couteau. Et c'est ça, le problème.

Le plus grand intervint :

— Pourquoi perdre son temps à bavarder, de toute façon ? Finissons-en. (Il dit à Gust :) Au moins, tu mourras riche. On sait que tu te balades avec un gros tas de fric sur toi, et c'est justement notre prime que t'as dans les poches. Alors, tu nous en voudras pas si on te le taxe, s'pas ? De toute façon, à ce moment-là, tu seras déjà plus qu'un tas de viande froide.

En passant près de Gust, une fille du Club de La Tiare lui tapa sur l'épaule, lui disant :

— Salut, Gust, comment tu vas ?

— Au poil ! répondit Gust.

Brusquement, il se rua sur le type au couteau. Écartant la lame, il lui écrasa le pied, de toutes ses forces, brisant les os sous son talon garni d'un fer. Puisqu'il aimait tant la douleur, il eut droit à une dose qui dépassait ses espérances.

— Tu ne peux plus tellement bouger, maintenant, hein? dit Gust.

En souriant, il lui écrasa l'autre pied. L'homme s'effondra en couinant, comme un arbre abattu par un mauvais bûcheron, et lâcha son arme. D'un coup de pied, Gust expédia le couteau au milieu de la piste de danse, tandis que le petit bonhomme hurlait en se tenant les pieds.

Le grand tenta de descendre Gust d'une bonne droite, mais celui-ci bloqua le coup, frappa l'autre au tibia, et entendit l'os céder.

— Quand tu sortiras de l'hôpital, dit Gust, il faudra que tu te payes une bonne paire de godasses. J'ai une adresse.

Le grand type tomba à genoux devant Gust, comme un soupirant dans une pièce du dix-septième siècle. Ses lèvres s'écartèrent, et il leva vers lui un regard qu'on eût dit d'adoration ; puis, quand la douleur le saisit, son expression devint celle d'un empoisonneur fou demandant à la poste si sa victime avait du courrier.

— Je savais que vous étiez trop nuls pour ce boulot, dit Gust en regardant la petite frappe. Ils auraient dû envoyer quelqu'un d'un peu plus coriace.

Il se dit que le nabot aurait pu se faire engager pour jouer Hess dans le nouveau feuilleton télévisé sur la guerre. Gust aurait même glissé un mot à un metteur en scène de sa connaissance, si le gus avait été un copain à lui. Mais comme ce n'était pas le cas, il lui décocha un coup de pied à l'estomac pendant que l'autre tentait de se relever en s'agrippant à la barre de cuivre du comptoir ; puis il se retourna vers le grand échalas.

— Comment tu te sens, ma jolie ? lui demanda-t-il. En forme ?

Il saisit l'une des oreilles de l'homme entre le pouce et l'index. L'oreille était petite, comparée à la taille de la tête ; elle était sale, et pleine de poils. Sur le comptoir, Gust ramassa un bâton de plastique pour mélanger les cocktails, et il l'enfonça dans le conduit auditif de l'homme aussi loin qu'il put. Quand il retira le bâton, celui-ci était rouge, mais un peu plus loin vers le bout il était couvert de quelque chose de gris, aussi. Il hurla au type :

— Je crois que je t'ai pété la jambe !

Mais l'échalas avait plaqué sa main sur le côté de sa tête. Il bavait, balançant en rythme le buste d'avant en arrière. Il ne disait plus rien de sensé ; il roucoulait, il n'écoutait même plus.

Ou alors la musique était trop forte.

Le type s'affala sur le plancher. Il semblait n'avoir aucune intention de se relever, et Gust comprit qu'il avait enfoncé le bâton trop loin.

À ce moment-là, l'homme aux pieds écrasés tenta un nouveau coup. Bien qu'il n'eût qu'une seule main libre, l'autre agrippant la rambarde, il brisa un verre.

— Non, non, fit Gust.

Il bloqua le verre de l'avant-bras, puis écrasa de nouveau le pied droit de l'homme. Cette fois, il sentit nettement les os céder ; le type hurla, et dut lâcher la barre. Mais au lieu de le laisser tomber, Gust le saisit à la taille, baissa la fermeture à glissière de sa braguette, et fouilla dans son pantalon pour trouver ses testicules, qu'il sortit brutalement. Ils sentaient aussi mauvais que des restes de repas de cantine, mais Gust tira dessus joyeusement, comme le Diable sonnant les cloches, jusqu'à ce que le type pousse un hurlement dans la même tonalité de ré mineur que la musique.

— Personnellement, comme tu le disais, je n'ai rien contre toi, fit Gust, mais je crois que tu vas avoir besoin de réapprendre à baiser.

Il essuya sa main, tachée par le sang suintant du sexe du type, sur la veste de celui-ci. Puis, l'agrippant au col pour hisser le visage de l'autre à hauteur du sien, il lui éclata le nez d'un coup de boule. Changeant de tonalité, la musique décolla vers le mi majeur, et le nabot, plié en deux, se réfugia sous un tabouret de bar.

— Buvez donc un verre à ma santé, dit Gust en s'éloignant. Amusez-vous bien.

Le serveur qui n'avait jamais mué se précipita, tenant son tablier devant sa bouche.

— Oh ! glapit-il. Oh ! Oh, mon Dieu !

Il ne fit rien de plus, mais c'était déjà quelque chose. Personne d'autre ne semblait décidé à faire quoi que ce soit.

— Ne te tracasse pas trop pour eux, dit Gust au serveur ; ils n'ont pas envie d'une seconde bière, c'est tout. Il leur faudrait peut-être un taxi, plutôt.

— Ou un corbillard, sanglota le barman. J'ai vu ce que tu leur as fait !

Lui jetant un regard glacial, Gust lui vrilla son index dans la poitrine.

— Fais bien attention à ce que tu dis, Daphné, menaça-t-il. Tu n'as rien vu du tout, compris ?

— Je m'évanouis dès que je vois du sang ! gémit le serveur.

— Du moment que ce n'est pas le tien, dit Gust, tu peux t'estimer bougrement heureux.

Le barman le regarda sans rien dire ; puis son ami s'approcha et le prit par la main. Ils disparurent tous les deux, en sanglotant, par une porte réservée au personnel.

Pendant ce temps, inexplicablement, le petit truand avait réussi à se redresser sur son séant, le dos appuyé au comptoir. Il avait ôté l'une de ses chaussures, et tenait son pied entre ses mains, le lâchant par moments pour éponger sur sa manche le sang qui coulait de son nez brisé. Gust aurait pu lui dire que retirer sa chaussure était une mauvaise idée, s'il voulait essayer de s'éclipser clopin-clopant. Il ne pourrait jamais la remettre, à présent ; il avait les deux pieds fracturés.

Le gérant arriva ; il connaissait Gust.

— Que se passe-t-il ? demanda-t-il. Des ennuis ?

— Je crois que tu n'as plus rien à craindre, maintenant, répondit Gust. Ils ne sont plus en état de te poser des problèmes.

— Je ne les connais ni l'un ni l'autre, reprit le gérant. Comment sont-ils entrés ?

— Comment veux-tu que je le sache ? C'est la première fois que je les vois.

— Tu as vu ce qui s'est passé ?

— Non, j'aurais bien voulu, mais on dirait qu'ils avaient un sacré compte à régler, tous les deux.

— C'est une simple bagarre, décréta le gérant. Ça arrive sans arrêt. Ces connards se soûlent la gueule, mais ils ne tiennent pas l'alcool. Je m'en débarrasserai plus tard. Tout le monde s'en fout, de toute façon.

— Tu as raison, fit Gust. À propos, tu as un barman qui m'a l'air un peu hystérique, un type mince, avec une petite voix étranglée, en bas résille et tablier rose. (Il donna un billet de cinquante livres au gérant.) À ta place, je lui glisserais un mot au creux de l'oreille ; il risque de passer un coup de téléphone idiot.

— Bien sûr, dit le gérant. Je vois de qui tu veux parler, ne t'en fais pas.

Il retourna à sa table où il jouait au poker avec des amis en buvant du champagne frappé.

Après avoir pris tout leur temps, les flics finirent par arriver, l'air décontracté, parce que Marly leur glissait ponctuellement une enveloppe le trente de chaque mois. Mais Gust se dirigea malgré tout vers la sortie, bousculant les couples de danseurs.

— Pardon, marmonna-t-il, j'ai besoin de prendre l'air, j'ai l'estomac barbouillé.

Cela suffit pour que la foule se fende comme les eaux de la Mer Rouge.

Au moment de sortir, il aperçut Marly qui lui adressait un signe derrière sa vodka.

— Tu pars, Gust ? Prends un dernier verre.

— Non, répondit-il, pas ce soir. Demain. Ce soir, je ne suis pas venu, Marly.

— C'est vrai, ça, fit Marly. Je ne t'ai pas vu, ce soir.

À trois de front, les flics se dirigeaient vers les deux corps gisant devant le comptoir.

Gust conclut :

— De toute façon, tu as de la visite.

— Merde, dit Marly, un crétin quelconque a dû les rencarder. Et ils m'envoient encore ce foutu inspecteur, à la place du brave sergent Rawlings. Enfin, bonsoir quand même.

— Bonsoir, fit Gust.

Il sortit, entouré de neuf ou dix personnes.

Il était deux heures trente du matin quand Gust se retrouva sur le trottoir. La pluie âpre commençait à s'estomper, s'éloignant allègrement vers le bout de la rue pour remonter Brewer Street. Le vent qui l'emportait agitait les feuilles mortes, avec un crépitement semblable aux pas d'un invité attardé courant après un taxi en sortant de chez vous.

Gust se retrouva à l'arrêt d'autobus de Regent Street, mais il n'y avait pas de bus de nuit, ni de taxis. De plus, il n'était pas question qu'il retourne à Allison Road, si bien qu'il ne savait même pas où il voulait aller. Il faisait un froid noir. Une vieille femme enveloppée dans deux manteaux somnolait sur le trottoir, entourée de sacs de supermarchés en plastique. Une autre femme, d'une cinquantaine d'années, passa près de lui, vitupérant, le poing brandi, crachant sur les murs. Gust se dit : « Elle va finir au cabanon. » Ses phalanges étaient en feu, après la bagarre. Il les suça pour atténuer la sensation de brûlure, adossé à l'arrêt d'autobus, en contemplant la courbe de la rue qui montait vers le nord, tel un cimeterre glacé pointé sur Oxford Circus, une arme blanche au tranchant dentelé par une suite interminable de panneaux “ À louer ”, séquelles de la politique gouvernementale.

Gust ignorait si les deux types du club étaient secondés par une équipe, mais il entendit dans la rue silencieuse l'écho d'une cavalcade. Un homme cria au loin, il y eut une pause, puis une femme hurla des injures. Bientôt, la pluie se remit à tomber ; ses gouttes espacées avaient le mordant des cristaux de glace.

Il ne pouvait pas rester là, mais il n'avait sur lui que des billets de cinquante livres — dix-sept cents livres en tout — et il ne voyait pas comment, même si un bus survenait, il aurait pu payer son ticket et espérer qu'on lui rende la monnaie dans un véhicule pratiquement vide. Il n'avait pas de petite monnaie sur lui, à part une pièce d'une livre ; il avait dépensé tout le reste chez Marly. Il sépara malgré tout un billet de cinquante de la liasse, puis décida de ne pas l'utiliser ; un tel détail ne pouvait qu'encourager le receveur à se souvenir de lui.

C'était la dernière chose qu'il souhaitait. Pour le moment, ce qu'il voulait par-dessus tout, c'était qu'on l'oublie, qu'on l'ignore, qu'on ne fasse pas attention à lui — comme s'il n'avait jamais vécu, jamais existé, comme si personne n'avait jamais vu son visage ni même entendu son nom.

9

Gust se rendit chez Harry Ford et tambourina à la porte. Il hurla :

— Hé ! C'est moi ! Gust ! (Entre ses dents, il marmonna :) Dépêche toi, bon Dieu !

Il n'obtint pas de réponse ; pourtant, il aurait juré que Ford était chez lui. Mais Harry avait toujours été prudent. Il n'aimait pas ouvrir sa porte la nuit ; il avait peur de se retrouver nez à nez avec l'encaisseur du bookmaker, ou de se faire refouler jusqu'au premier par un dingue brandissant un fusil à canon scié.

Gust n'avait jamais eu beaucoup d'estime pour Harry.

Finalement, renonçant à frapper à la porte, il se dirigea vers les cabines téléphoniques de l'avenue. Il obtint d'un clochard une pièce de cinquante pence en échange de celle d'une livre dont les Telecom ne voulaient pas. Le type n'en croyait pas ses yeux. Il essaya de tordre la pièce entre ses doigts, demandant plusieurs fois à Gust, en lui braillant aux oreilles, si elle était vraie.

— Bien sûr, c'est ton jour de chance, répondit Gust.

Il s'engouffra dans la cabine, claqua la porte derrière lui, et la bloqua avec son pied. La sonnerie retentit longtemps avant que Harry ne réponde.

— C'est moi, Gust. Tu ne m'as pas entendu taper chez toi, à l'instant ? Pourquoi tu ne m'as pas ouvert, bordel ?

— Qu'est-ce qui te prend, de me téléphoner à cette heure-ci ? Tu es cinglé ?

— Je n'ai pas d'endroit où aller, voilà pourquoi je t'appelle, dit Gust. J'ai besoin de passer la nuit quelque part ; le plancher me suffira.

— Pas question que tu viennes ici, hurla Ford. Clarice ne le supporterait pas. Pourquoi tu ne rentres pas chez toi ?

— Je ne peux pas.

— Pourquoi ?

— La baraque est surveillée. Quelque chose a foiré, mais quoi ? Je n'en sais foutre rien. En tout cas, j'ai besoin de me laver, de me reposer un peu.

— Comment tu sais que quelque chose a foiré ?

— Parce que deux mecs ont essayé de me tuer chez Marly, il y a une demi-heure. Mais ce n'est pas tout. Il y a toutes sortes de types qui me collent au train.

— Qu'est-ce qu'ils te veulent ?

— Les deux gars de tout à l'heure m'ont dit qu'ils n'avaient jamais reçu la marchandise. C'est une des raisons.

— C'est impossible, affirma Ford.

— Possible ou pas, fit Gust, c'est ce qu'ils ont dit.

— Mais tu as quand même été payé. Alors, pourquoi tu te plains ?

— Je n'aime pas quand il y a des types qui essaient de me tuer, répondit Gust. Voilà de quoi je me plains.

— Comment tu sais qu'ils ne te racontent pas des salades, à propos de la marchandise ?

— Ne sois pas stupide, dit Gust. Personne ne te lance des tueurs au train sans raison.

— Ma foi, de mon côté, tout est nickel, affirma Harry. S'il y a une embrouille, ce n'est pas ma faute.

— Écoute, fit Gust. Mon problème, ce n'est pas de savoir qui a foiré le coup, c'est que des types veulent me faire la peau. Alors, dépêche-toi, je ne peux pas rester dans une cabine toute la nuit, et je n'ai plus de pièces. Ouvre-moi la porte.

— Désolé, dit Ford, je ne peux pas.

— Écoute-moi bien, reprit Gust. Je sors tout juste d'une bagarre, et même si je ne suis pas pressé de recommencer, je te préviens, Harry : soit tu m'ouvres gentiment ton appartement, soit je défonce ta porte et ta sale gueule avec. Alors, qu'est-ce que tu choisis, Harry ? Où est-ce que tu préfères avoir la tête ? Sur les épaules, ou sous le bras ?

— Tu es cinglé, dit Harry. Tu pourrais nous faire descendre tous les deux.

— Au point où j'en suis, ça ne me dérangerait pas, fit Gust. En ce moment, j'aimerais autant avoir une dalle de granit entre ces types et moi ; je me sentirais beaucoup plus en sécurité que dans la rue. Et je te jure que je t'emmènerai avec moi, Harry. Je parle sérieusement.

— Bon, ça va, dit Harry à contrecœur. Tu ferais mieux de venir tout de suite, alors.

— Je préfère ça, fit Gust. Ce n'est pas trop tôt.

Quand il fit entrer Gust, Harry était pieds nus, vêtu d'une simple chemise, et Gust se dit que personne n'avait jamais été aussi peu content de le voir. Harry faisait de l'effet, quand on le voyait dans la rue, avec ses fringues de luxe. Il avait l'air d'un caïd, et il roulait les mécaniques ; mais sans son costard, il ressemblait à une grosse caisse en équilibre sur une paire de flûtes. Il ouvrit la porte à Gust et le conduisit dans le salon où brûlait une seule lampe. Ford s'assit sur le bord du canapé, et Gust tira à lui une sorte de trône avachi remisé dans un coin.

— Fais attention à ce truc-là, dit Harry, c'est un ancien accessoire de théâtre.

— Vraiment ? fit Gust. Eh bien, il ne marche plus que sur trois pattes, maintenant, il y en a une de cassée.

— Parle moins fort. (Quand Harry ouvrait la bouche, il en sortait une sorte de chuchotement poussif, le bruit d'une pompe à eau pleine de fuites, censé être suffisamment discret pour ne pas réveiller Clarice qui dormait dans la pièce voisine.) Elle devient folle de rage quand on la réveille dans son premier sommeil, c'est-à-dire maintenant.

— D'accord, dit Gust. Alors, apporte-moi à boire, ça m'empêchera de parler.

— Je n'ai rien à boire. Et puis, tu n'es même pas censé te trouver ici. Si ce que tu racontes est vrai, ces types qui veulent ta peau pourraient vouloir la mienne.

— Et ça ne te plairait pas trop, hein ? demanda Gust.

— Réfléchis une minute. À qui est-ce que ça ferait plaisir ?

— Alors, maintenant, tu comprends ce que je ressens.

Gust se fit la réflexion que Harry avait l'air encore plus effrayé que d'habitude. Il en avait sacrément rabattu, en comparaison avec l'assurance tranquille qu'il affichait chez Manny, le jour où, avec Le Marteau, il avait écouté Manny présenter l'affaire. Tout cela semblait bien loin, déjà. Cet après-midi-là, Gust avait observé Harry à travers la fumée de cigarette, et il s'était dit : ce type-là n'a rien dans le coffre. Sur le moment, cela n'avait pas semblé bien grave, Harry n'étant que l'intermédiaire. Mais à présent que le coup avait capoté, tout avait de l'importance, brusquement.

— Il va falloir que je dorme ici cette nuit, annonça Gust.

— Je t'ai dit non. Pas question.

— Je n'ai pas d'autre endroit où aller. Et regarde la pendule : il est quatre heures passées. Qu'est-ce que tu veux que je fasse ? Que je dorme à la dure ?

— Pourquoi pas ? fit Harry. Ça ne serait pas la première fois, et après dix ans de taule, tu devrais avoir de l'entraînement. Les gars comme toi, de toute façon, ils ne commencent à jouer les gros bras qu'au moment où ça va mal pour eux.

Gust garda tout son calme.

— Ces types-là, ce n'est pas à toi qu'ils en veulent, expliqua-t-il patiemment, mais à moi. Ce n'est pas ta vie qui est en jeu.

Harry bâilla.

— Ma foi, fit-il, il faut bien que le Seigneur reprenne un jour ou l'autre ce qu'il a donné. Dis donc, Clarice doit se demander ce que je fabrique ; je ne sais pas comment tu te sens, mais moi, j'ai besoin de sommeil.

Gust répliqua :

— Écoute, ce n'est pas parce que tu as gagné de l'argent, Harry, que tu dois prendre des airs supérieurs comme si tu flottais au-dessus de la mêlée ; tu perds le sens des valeurs.

Il s'exprimait encore sur un ton raisonnable, sans élever la voix. En fait, Harry ne l'avait jamais entendu parler autrement, mais il avait dû remarquer un certain changement chez Gust, car il commença à lui prêter davantage attention.

— Je te le répète pour la dernière fois, Harry, dit Gust. J'ai besoin de dormir sur le plancher.

— Tu ne peux pas, s'entêta Harry. Je te l'ai dit, c'est trop risqué.

Sans rien dire, Gust le fixa longuement, comme s'il était transparent. Harry finit par demander :

— Qu'est-ce qu'il y a ? Pourquoi est-ce que tu me regardes comme ça ?

— Je ne te regardais pas, répondit Gust. J'essayais de voir ce que tu avais dans le ventre, et je me disais que tu étais un salaud, que tu ne valais pas mieux qu'une vieille serpillière.

Harry commença à montrer des signes de nervosité.

— Je sais qu'on est du même côté, ajouta Gust. Ou du moins, j'imagine. Je ne me trompe pas, hein, Harry ? On est bien du même bord ?

— Du même bord ? Bien sûr qu'on est du même bord ! Évidemment !

— Eh bien, dans ce cas, sois plus enthousiaste quand il s'agit d'aider un copain. À propos, ce ne serait pas ton genre de me balancer à quelqu'un ? Tu ferais ça ? Non, jamais ; et je serais même prêt à parier que tu ne l'as pas fait, Harry. Je me trompe ?

Harry pâlit à vue d'œil.

— Moi, te balancer ? Mais tu es dingue d'avoir des idées pareilles ! Jamais de la vie !

— Bon, fit Gust. C'est parfait. Ça me fait plaisir de savoir que tu es régulier, impeccable, franc comme l'or. Parce que sinon... Tu vois ces mains ? Elles sont tout à fait amicales, pour l'instant, Harry, mais elles font des sacrés ravages quand elles ne le sont plus.

— Je le sais, souffla Harry d'une voix rauque. Et comment, que je le sais ! Je les ai vues à l'œuvre.

— Oui, bien sûr. Mais c'est valable dans les deux sens, évidemment. Je ne t'aurais jamais laissé tomber en cas de coup dur.

— C'est vrai, acquiesça Harry.

Il sourit subitement.

— Qu'est-ce qui te rend joyeux ? demanda Gust. Tu viens de penser à quelque chose de drôle ?

— Oui, dit Ford. J'étais en train de me dire que moi, au moins, je suis ressorti comme une fleur de cette affaire, et pas toi. C'est ça, avoir de la chance.

Gust pensa : « Pourquoi est-ce que je ne démolis pas ce guignol ? » Mais il se contenta de lui répondre, de la même voix égale :

— Tu as encore beaucoup à apprendre, Harry.

— Toi aussi, tu as peut-être encore des choses à apprendre, dit Harry. Et pourtant, tu n'as eu que ça à faire pendant toutes tes années de taule. En tout cas, tu ne manques pas d'argent, au moins.

— Les billets de banque n'arrêtent pas les balles, dit Gust. (Il se leva.) Puisqu'on parle d'apprendre, Harry, voilà au moins une chose que j'ai apprise.

Harry se dirigea vers la porte et l'ouvrit.

— Alors, c'est comme ça ? fit Gust. Tu me jettes dehors ? Tu veux dire que je ne peux même pas dormir ici une heure ou deux ?

— C'est ça, confirma Harry. (Portant son index à ses lèvres, il ajouta :) Maintenant, s'il te plaît, va-t-en sans faire de bruit, à cause de Clarice.

— Je n'arrive pas à y croire, dit Gust. Ça me dépasse. Il doit y avoir quelqu'un, dans les parages, qui te fait encore plus peur que moi.

C'était vrai ; Harry redoutait bien plus Sladden qu'il ne craignait Gust. Mais il se sentait plein de courage, à présent que Gust se trouvait devant la porte ouverte.

— Je vais te dire ce que tu peux faire, Gust, déclara-t-il, si tu veux mon avis. Ce que je te conseille, c'est de partir en courant. Cours le plus vite possible, ne t'arrête pas, et ne reviens jamais plus par ici. Compris ? Maintenant, tire-toi.

— Très bien, fit Gust. C'est noté. Merci, Harry. Ce que c'est, tout de même, d'avoir un vrai copain.

Il sortit sur le palier, et Harry parut encore plus satisfait. Il fit mine de tapoter Gust dans le dos.

— Écoute, dit-il, ça s'est mal passé pour toi, mais tu t'en sortiras. Ne t'inquiète pas trop pour ça.

— Non, fit Gust, tu as raison, je ne vais pas perdre mon temps à me faire du souci. Ce que je vais faire, en revanche, c'est te donner un bon tuyau, Harry.

— Tes tuyaux ne m'intéressent pas ; tout ce que je veux, c'est retourner au lit.

— J'ai bien peur, Harry, que ce ne soit pas si simple. (Gust le frappa durement au visage, du plat de la main.) Simple avertissement, ajouta-t-il. Voilà ce qu'on risque quand on laisse tomber un copain, vieille crapule. Maintenant, tâche de bien retenir la leçon. Bonne nuit, et fais de beaux rêves.

Harry rentra chez lui à reculons, le visage dans les mains, et claqua la porte. Gust resta un moment sur le palier ; il entendit Harry regagner sa chambre dont il ferma également la porte, comme si cela pouvait le mettre davantage à l'abri des mauvaises surprises.

Il se demanda si Harry avait jamais appris ce qui s'était passé entre Clarice et lui, autrefois. Il espérait que oui.

La minuterie du palier coupa l'éclairage pendant qu'il descendait l'escalier. Guidé par la découpe pâle de l'imposte, il sortit dans Frith Street. De l'autre côté de la rue, le Dial Club était encore ouvert ; des lumières clignotaient tout autour de l'enseigne au néon, au-dessus des silhouettes de femmes nues. Gust se dirigea vers l'entrée, flanquée d'une affiche grandeur nature représentant une fille en soutien-gorge noir, les cuisses écartées comme les aiguilles d'une horloge marquant quatre heures moins vingt. Il se dit qu'elle ne s'était sans doute jamais laissée aller à caresser des rêves romantiques ; elle avait dû venir du nord de l'Angleterre à l'âge de seize ans, arrivant à la gare de Euston avec un collant filé, pour finir sur le trottoir. Les ennuis, pensa-t-il, n'avaient rien d'un rêve une fois qu'on s'y trouvait plongé jusqu'au cou, et ils guettaient, tout naturellement, ceux qui n'avaient pas de quoi se retourner. Les ennuis avaient la réalité des cauchemars, et les vrais cauchemars étaient ceux qui vous tombaient dessus lorsque vous aviez les yeux ouverts.

C'était à Petal qu'il pensait, en fait. Il ne l'avait pas encore vue, et il n'arrivait pas à se décider à lui téléphoner. Il se dit : « La douleur n'est jamais très loin après le plaisir, Petal. Est-ce qu'il t'arrive de penser à moi ? »

Mais il était resté absent si longtemps...

Les videurs du Dial le connaissaient, malgré tout. Il avait travaillé avec eux, autrefois, entre deux coups, et la chanteuse posa son micro et quitta le piano quand elle le vit entrer.

— Salut, Lynn.

— Prends un verre, dit-elle. Je t'invite.

Il secoua la tête.

— Pas ce soir. Je te remercie, mais j'ai des soucis en tête.

— Quelque chose de grave ?

— Une petite trahison.

— Si tu changes d'avis, fais-moi signe. Quand tu voudras.

— Retourne plutôt chanter, dit Gust. Tu connais *Une dernière chance* ? C'est un vieux classique. Chante-la pour moi.

Lynn échangea quelques mots avec le pianiste. Il joua les premières mesures, et un sentiment bizarre s'empara de Gust tandis que la fille entamait la chanson qui lui donna l'impression d'avoir quatre-vingt-dix ans.

Il analysa ce qu'il ressentait en dégustant un whisky pur malt : la chanson lui plaisait, mais il aurait souhaité une autre interprète.

10

Au matin, il dormit pendant quelques heures dans Soho Square, puis il prit le petit déjeuner Chez Valerie et traversa la rue pour entrer au Diadème, où il espérait trouver Sholly. Mais avant qu'il ait pu entrer, un type en blouson d'aviateur, avec une tête en forme d'ampoule, arriva en courant derrière lui.

— Hé ! Vous !

Gust se retourna.

— C'est moi que vous appelez en braillant comme ça ?

— Oui, répondit l'individu. Je m'appelle Pacey, je suis inspecteur de police.

— Ah oui ? fit Gust. Je vous aurais pris pour un éboueur. Montrez-moi votre carte. (Après avoir examiné le document, il ajouta :) Bon, écoutez-moi bien : je n'aime pas qu'on me coure après en hurlant. Qu'est-ce que vous voulez ?

— Je suis du commissariat de Poland Street. Il y a eu une bagarre chez Marly, hier soir. Vous en avez entendu parler ?

— Non, répondit Gust.

— Ce n'était pas beau à voir, dit Pacey. Il y avait trois types dans le coup, et on raconte que vous en faisiez partie.

— Pourquoi moi ?

— Certaines personnes, là-bas, ont dit qu'elles vous avaient vu, et que vous saviez ce qui s'était passé. Alors, c'est vrai ?

— On n'arrête pas de me demander si je sais ceci ou cela, dit Gust. Le numéro de téléphone de la Reine, par exemple. De quelles personnes parlez-vous, au juste ? Vous avez des dépositions ? Des témoins ?

— Pas qui soient prêts à déposer devant un tribunal, non...

— Alors, vous auriez intérêt à en dénicher quelques-uns, vous ne croyez pas ? En attendant, salut.

— J'ai quand même envie de vous demander si vous étiez au courant ; c'est ce que je fais.

— Non, dit Gust. Ce que vous faites, je vais vous le dire, moi. En vérité, vous me cherchez des poux dans la tête, parce que je suis un ancien taulard en liberté conditionnelle. Vous vous dites : moi, le jeune flic brillant venu de son trou paumé pour travailler dans la capitale, je me demande si je ne peux pas faire tomber ce type pour une inculpation qui va le renvoyer à l'ombre, parce que c'est bien pratique de l'avoir sous la main. Et la réponse est non, mon joli ; vous pouvez toujours rêver, mais ce n'est pas si facile.

— Je ne prendrais même pas la peine de m'occuper d'un type comme vous, déclara Pacey, si je n'avais pas interrogé des gens chez Marly. Vous ne faites pas partie des gens à qui j'adresserais la parole sans y être obligé.

— J'en ai autant à votre service, et à la puissance deux, rétorqua Gust. Et laissez-moi vous dire une chose : ça se voit de loin, que vous venez de débarquer ici. Vous êtes encore bleubite, dans le quartier. Vous devez croire que le cunnilingus est une compagnie aérienne irlandaise.

— Je fais mon métier.

— Ce n'est pas un métier, dit Gust, c'est un vrai gaspillage de fonds publics. Ce que vous appelez un métier, c'est écouter un pilier de bar qui a parlé à un autre soiffard qui a entendu dix autres pochetrons parler d'une bagarre ; sur quoi vous vous pointez chez Marly, vous annoncez à tout le monde que vous êtes flic — comme s'il y avait un risque qu'ils vous prennent pour autre chose — et puis vous les écoutez vous raconter un tas de salades.

Et si vous appelez ça un métier, comment se fait-il qu'on ait trois millions de chômeurs ? J'aimerais comprendre.

— Votre nom a été prononcé.

— Ça lui arrive souvent, dit Gust. Ça ne fera jamais qu'une fois de plus. Et c'est ce qui vous permet de dire que je me suis battu chez Marly hier soir ? Il va falloir le prouver.

— Je ne prétends pas que quiconque ait été aussi catégorique, dit Pacey, bien que je constate l'état de vos phalanges, que vous vous êtes esquintées, bien sûr, en ouvrant une boîte de haricots. Ce qu'on m'a dit, c'est que vous étiez l'une des rares personnes, dans le quartier, qui soient capables de laisser deux types dans un état pareil.

— Ce n'est pas la même chose, n'est-ce pas, comme vos supérieurs s'empresseront de vous le dire (et ne parlons même pas d'un avocat.) Alors, n'essayez pas d'améliorer votre pedigree en y ajoutant une arrestation de plus. Prenez une journée de repos.

— À propos de pedigree, dit Pacey, n'oublions pas le vôtre.

— Compris, fit Gust. C'est automatiquement l'ancien détenu qui porte le chapeau. Et c'est tout ce que vous pouvez retenir contre moi ? Foutez-moi la paix, vous avez un sacré culot d'oser seulement me parler.

— Ces différentes personnes pensent qu'elles vous ont peut-être vu au bar parler aux deux victimes, et la discussion semblait plutôt animée.

— Elles pensent qu'elles m'ont peut-être vu, et ça vous suffit, c'est bien ça ? dit Gust. Vous écoutez ce genre de conneries, et vous partez aussitôt à ma recherche. C'est quand même un peu fort ; en fait, c'est carrément gonflé.

— Je peux vous rendre la vie dure, Gust.

— Je ne vous conseille pas de me menacer, dit Gust. Au lieu de venir me casser les pieds, pourquoi est-ce que vous n'essayez pas de savoir s'ils ne se sont pas entre-tués, ce qui paraît probable ? Ou bien allez renseigner les touristes japonais qui cherchent Piccadilly Circus. Ou alors, venez fouiner ici même, dans le quartier ; vous comprendrez vite que les gens racontent plein de choses, et bizarrement, on finit par découvrir qu'ils n'ont rien vu du tout, sans compter qu'ils sont capables de venir à la barre, dans un procès, pour déclarer qu'ils n'ont jamais dit ce que vous croyez les avoir entendus dire. Particulièrement à Soho. En tout cas, on dirait que la nuit a été plutôt agitée, chez Marly.

— Je suppose que vous étiez au lit, à ce moment-là, en train de lire ou de regarder la télé ?

— Ni l'un ni l'autre, répondit Gust, encore que je ne voie pas en quoi ça vous regarde. Malgré tout, je n'avais pas pensé à ça, être au lit, mais pourquoi pas ? Ce n'est pas une mauvaise idée. Ou alors, j'étais peut-être à l'autre bout de Londres, à bourrer la chaudière.

— Qu'est-ce que ça veut dire, bourrer la chaudière ?

— Tel que je vous vois, marié, deux gosses, et vivant à la campagne, vous ne devez pas connaître l'expression.

— Quoi que cela signifie, de toute façon, ce n'est pas ce que vous faisiez, d'après ces gens-là.

— Je vous le répète, est-ce qu'ils vont dire ce qu'ils pensent que je faisais, ou ce qu'ils pensent m'avoir vu faire ?

— Je ne l'ai pas précisé.

— Bon, fit Gust, parce que j'ai l'impression qu'ils ne vont rien dire du tout, finalement. Et c'est logique, parce que la seule chose qu'ils aient pu voir, probablement, c'était des éléphants roses. Alors, écoutez-moi ; la police manque de personnel, vous êtes sous-payés, et on vous demande de coincer des truands de haute volée. Alors, je m'étonne que vous ne soyez pas en train de leur courir après en ce moment même, au lieu de gaspiller l'argent du contribuable à vous occuper de moi. Un flic, ce n'est pas donné, vous savez. Vous avez une idée de l'argent que vous coûtez pour une heure de travail ?

— Ne commencez pas, parce que moi, je n'en ai pas terminé, dit Pacey. L'un des deux types en question a fini avec une perforation du tympan suivie d'une lésion au cerveau ; il a eu aussi les testicules broyés et un tibia fracturé. Quant à l'autre, il ne remarchera plus jamais droit, ses deux pieds ont été fracturés.

— Il devait avoir des chaussures trop petites, fit Gust, mais je ne vois pas pourquoi je devrais retourner en taule à cause de lui.

— Il n'y a pas que ça, continua Pacey. Les fractures sont une chose, mais le type qui s'est fait crever l'oreille, lui, il est mort. Alors, il va bien falloir inculper quelqu'un de meurtre.

— J'espère bien. Il faut être malade pour faire une chose pareille. Alors, si vous pouvez le coincer, ne le ratez pas, c'est écœurant. L'oreille crevée, vous dites ? Par un flingue ?

— Non. Par un bâton à cocktails.

— Un quoi ? fit Gust. Merde, alors ! (Il se mit à rire.) Je vous demande pardon, c'est plus fort que moi. Un bâton à cocktails ? Vous voulez dire, un de ces machins pour remuer un verre, ou pour manger des petites saucisses ?

— Il n'y a pas de quoi rire.

— Je sais. Mais, bon sang, qu'est-ce que c'est que cette histoire ? Une querelle d'amoureux entre pédés ?

— Je vous dis qu'ils étaient trois, insista Pacey, et vous auriez dû voir jusqu'où ce bâton à cocktails est entré.

— C'était peut-être une brouille politique, suggéra Gust. Il y a une tension terrible dans le pays, en ce moment ; je suppose qu'il vous arrive, même à vous, d'ouvrir un journal de temps en temps. C'était probablement des fans de John Major et de Maggie Tas-de-Chair qui discutaient de la politique gouvernementale pendant une soirée trop arrosée ; tous ces serveurs nus en tabliers coquins, ça a dû leur monter à la tête. Vous voyez, je fais pratiquement votre boulot à votre place.

— C'étaient deux durs qui venaient d'une autre ville.

— Il y a des types qui se prennent pour des durs, et qui feraient mieux de rester dans leurs pantoufles à préparer une bouillotte pour bobonne.

— C'est quand même un meurtre, dit Pacey. Alors, arrêtez de vous payer ma tête.

— Ma foi, vous savez ce qu'on répond dans ces cas-là, dit Gust. Si vous ne voulez pas qu'on se paye votre tête, il vaut mieux la cacher tout de suite.

— Doucement, dit Pacey, on ne me parle pas sur ce ton-là. Et vous avez si peu d'amis que vous n'avez pas besoin d'ennemis.

— Prêtez-moi donc cinq mille livres, alors, proposa Gust, et vous ne serez pas loin de devenir mon pote.

— On a découvert un couteau à cran d'arrêt sur le plancher, après coup, au moment de faire le ménage. À l'opposé de l'endroit où a eu lieu la bagarre.

— Quelqu'un a sans doute eu la présence d'esprit de l'envoyer valser d'un coup de pied, dit Gust. Du moment qu'on l'a trouvé par terre, et pas dans le ventre de quelqu'un, il n'y a pas de mal à ça, non ?

— C'est une arme illégale, malgré tout.

— Alors, vous feriez mieux de chercher à qui elle appartient. Il y avait des empreintes, dessus ?

— Seulement de l'un des deux types.

— Alors, il n'y a pas de quoi pavoiser, hein ? (Levant les yeux, il regarda l'heure à l'horloge de la Tour Ste Anne.) Bon, il faut que je file.

— Vous ne pouvez rien me dire qui puisse m'aider, alors ?

— Non, répondit Gust. Et à la façon dont vous racontez cette histoire, je ne serai pas le seul.

— Si vous entendez quelque chose...

— Oui, mais je n'entends jamais rien, dit Gust, parce que je n'écoute jamais, ce qui est un bon principe, dans ce quartier.

— À propos, où habitez-vous, en ce moment ?

— Là où mon contrôleur judiciaire dit que j'habite. Touchez-lui-en deux mots.

— Où avez-vous passé la nuit dernière, par exemple ?

— Devant la porte d'une librairie de Charing Cross Road, qui se spécialise dans les romans d'horreur. J'étais bien à l'abri de la pluie, je me suis trouvé un beau carton. Une bonne planque, quand j'ai eu fini de virer les boîtes de bière. Et qu'est-ce que vous voulez savoir, encore ?

— Beaucoup de choses, dit Pacey. Vos explications baignent un peu trop dans l'huile.

— Mettez-y un peu de sable, alors, conseilla Gust. Mais faites-le à vos moments perdus, pas aux miens. À la prochaine.

Il poussa la porte du pub, et le flic ne le suivit pas. Sholly n'était pas dans la salle, mais Gust commanda une pinte de bière quand même. Au bout d'un moment, l'un des serveurs s'approcha et lui tendit une lettre portant son nom. Ouvrant l'enveloppe, Gust déchiffra ce message griffonné sur une feuille : *Attends un peu que je sorte de l'hôpital espèce de salaud tu te prends pour un boxeur amateur, t'as bu quelques verres et t'as tué mon pote, je sais tout sur toi, t'as tué mon copain qu'est-ce que tu te crois d'abord ordure tu t'en tireras pas comme ça la prochaine fois espèce de raclure de bidet ils prétendent que t'es un Héros dans le secteur fais-moi plaisir va mettre la tête dans un four à gaz ou passe sous un camion toi et ta copine à moitié Chinetoque je prie pour ta mort fumier t'es pas près de revenir dans ce Club ils auraient dû T'EXÉCUTER charogne quand tu liras ce message tu riras bien mais t'es à l'endroit même où tu mourras bientôt.*

Grattant une allumette, Gust mit le feu à la lettre et la regarda brûler.

11

Quand Gust quitta le pub, l'après-midi était bien avancé. Toujours à la recherche de Sholly, il remonta Dean Street jusqu'au Club de La Tiare. Sholly était bien là, assis à une table d'angle, pas tout à fait à jeun, et Gust l'agrippa par-derrière. Le manteau de fourrure qu'il portait donnait à son épaule une consistance graisseuse, comme de la viande d'agneau froide. Sholly sursauta.

— Pas la peine de faire des bonds, lui murmura Gust à l'oreille. Ça n'aurait servi à rien si j'avais voulu te descendre.

Sholly n'était pas un héros. Personne ne savait même si son nom était bien Sholly. C'était quelque chose qui y ressemblait vaguement, et que les gens utilisaient parce que cela faisait partie du personnage, comme ses combines incessantes et les pardessus qu'il portait le col relevé, même en été. Il était encore assez jeune, mais avec le passé qui était le sien, il avait toujours dû paraître vieux. En arrivant dans le quartier, des années plus tôt, il avait commencé par hanter les pubs de Soho à la recherche de renseignements pour le compte du KGB, en échange d'une carte de séjour et de quelques livres par semaine; cependant, la formation qu'il avait reçue à Smolensk était tellement nulle qu'il ne voyait pas la différence entre un révolutionnaire homosexuel du ministère de la défense et son propre arrière-train. Il était tellement bidon qu'il racontait à tout le monde qu'il jouait au cricket, ajoutant dès sa onzième pinte de bière qu'il avait été colonel. Mais à présent que l'URSS n'existait plus, il s'était mis à son compte, ne pouvant plus travailler pour quelqu'un d'autre.

— Qu'est-ce que tu veux ? demanda-t-il.

— Un flingue, bien sûr, répondit Gust. De quoi d'autre est-ce que je pourrais avoir besoin ? De ton carnet d'adresses ? Il me faut quelque chose de pas trop gros, de bonne qualité, et surtout pas un de tes neuf millimètres russes, je n'ai pas envie de descendre les lustres.

— Un vingt-cinq, alors.

— Non, fit Gust, pas un vingt-cinq. Je veux un trente-huit sans antécédents.

— C'est faisable, bien sûr, dit Sholly, mais ce n'est pas donné. S'il n'a jamais servi, deux cent cinquante livres. Ça irait chercher dans les trois, quatre cents dans le commerce.

— Espèce d'escroc ! fit Gust, tout en sachant que c'était le cours en vigueur. Qu'est-ce que tu as là, dans ton verre ? De l'eau ?

— Ne t'inquiète pas de ça ! dit Sholly. Tu veux le flingue, moi je veux voir un peu de fraîche sur le tapis.

— Tu l'auras quand j'aurai le calibre en main, pas avant, et il me le faut tout de suite.

— Tout de suite ? s'écria Sholly. Tu veux dire, à la minute même, c'est ça ? Tu me prends pour qui ? Pour l'armurier du coin ?

Quelques piliers de bar se retournèrent pour regarder les deux hommes par-dessus leurs verres.

Gust saisit l'index que Sholly brandissait vers lui et le tordit en arrière, à lui toucher le visage.

— Tu veux que je te le casse ? demanda-t-il.

— Lâche mon doigt ! hurla Sholly, tu me fais un mal de chien ! Qu'est-ce qui te prend ?

— Élève encore une fois la voix quand tu t'adresses à moi, dit

Gust, et tu peux laisser tes fausses dents à ta grand-mère. Compris ?

— Ce que j'ai compris, c'est que t'étais dingue.

— Je suis un dingue de la sécurité, dit Gust, et avec le métier que tu as choisi, tu devrais l'être aussi. Alors, baisse un peu le ton, on n'est pas au Bolchoï, bordel !

— Écoute, fit Sholly, je suis d'accord, mais ce que tu appelles tout de suite, ça ne sera pas avant demain soir. Qu'est-ce que tu crois ? Que je peux dégotter des flingues tout neufs en claquant des doigts ? Que je peux les faire sortir d'un chapeau ? Que j'en garde un assortiment sous la table ?

Gust déclara :

— Demain, ce sera trop tard.

— Alors, tant pis, fit Sholly. Je vais rater une vente, mais je ne peux pas faire plus vite.

Il haussa les épaules.

Gust était coincé. Il ne connaissait aucun autre fournisseur capable de lui procurer l'objet plus tôt ; il fut obligé d'acquiescer :

— C'est d'accord. À quelle heure, demain soir ?

— Dix heures à l'Eclipse, et je veux cent cinquante livres maintenant.

Gust s'étonna :

— Cent cinquante sur deux cent cinquante ? Tu pourrais me faire davantage confiance, ce n'est pas la première fois qu'on traite ensemble.

— Je ne ferais pas confiance à la peau de mes balloches, dit Sholly. Tout comme toi, d'ailleurs.

— Très bien, fit Gust. Seulement, ta tête finira dans le caniveau s'il y a la moindre embrouille.

— Il n'y en aura pas, assura Sholly. Je préfère que ma tête reste où elle est pour me regarder dans la glace.

Gust sortit l'argent, puis il ajouta :

— Je n'ai pas besoin de te rappeler ce qui est arrivé à un ou deux types. Je te dis ça, Sholly, parce qu'il paraît que tu perds la mémoire.

— Il n'y aura pas de problèmes.

— Bon, dit Gust ; parce que sinon, je pourrais devenir méchant.

— Tu auras exactement ce que tu as demandé, affirma Sholly, et la balle que tu tireras avec ne ratera pas sa cible.

— Parfait, conclut Gust. On peut se détendre un peu, maintenant.

Il offrit à Sholly une double vodka. Puis, regardant à quelle vitesse Sholly vidait son verre, il se demanda si sa commande ne risquait pas de finir noyée dans l'alcool. Sholly n'était pas très amusant, ces temps-ci. Il gagnait trop d'argent, et ses traits s'avachissaient tout comme le reste du personnage, que ce soit à cause de ses perpétuels verres de Stolichnaya, de sa Porsche de jeune cadre dynamique, ou de son mode de vie en général. Gust était déjà allé chez lui, un duplex en rez-de-chaussée à Balham, meublé chez Ikea, avec un salon tapissé d'appliques abominables aux ampoules aveuglantes. Le décor avait cessé d'attirer les filles, contrairement à ce qu'il prétendait, et ses luxueux costumes ne parvenaient plus à masquer sa panse ; seul un idiot aurait cru le contraire. Mais Sholly était dangereux, malgré tout, parce qu'il avait le foie malade, et les nerfs aussi. Il était perpétuellement de mauvaise humeur, à présent, et il hésitait à prendre des risques, bien qu'il fût tout aussi prêt à les courir. Si l'on voulait avoir recours à ses services, il fallait conclure l'affaire rapidement, et ne rien lui confier qu'il n'ait pas besoin de savoir.

Quoi qu'il en soit, même Gust ne lui donnait pas longtemps à vivre, et aucun parieur n'aurait misé un sou sur lui.

12

Gust se rendit à l'Eclipse. Quand on lui servit son verre, il l'emporta à une table placée derrière la piste, et il s'assit pour regarder les danseurs. La bande magnétique diffusait quelque chose de paisible, pour une fois, parce qu'il était encore tôt, et Gust se laissa bercer par la musique. Soudain, Petal apparut au bord de la piste en compagnie d'un homme, marquant une brève pause pour saisir le tempo. Pour Gust, ce fut comme si cette arrivée soudaine effaçait le décor : il ne voyait plus que Petal, la salle semblait soudain noyée dans l'ombre. C'était pour cela qu'il n'avait pas cherché à la revoir ; de plus, il savait que Petal vivait avec un autre homme. Et quand on prend dix ans de placard, on emmène ses sentiments dans sa cellule, mais ils n'y survivent généralement pas.

Le faisceau d'un projecteur balaya la piste et se posa sur Petal. Elle portait une robe de soie rouge frangée d'or, et elle parut plus jeune aux yeux de Gust que la dernière fois qu'il l'avait vue, dix ans auparavant. C'était l'image qu'il garderait d'elle, à présent : ses yeux bleus, ses cheveux noirs tombant droit de part et d'autre d'un visage typiquement chinois figé dans un demi-sourire. Elle ne s'était toujours pas aperçue de sa présence ; quant à lui, il ne parvenait pas encore à se convaincre tout à fait qu'elle était là, mais le fait de la voir le ramenait à ses nuits en cellule, quand il se rongeait les poings après avoir rêvé d'elle. Mais ses rêves se terminaient toujours de la même façon : juste avant qu'il se réveille, elle se détournait de lui, lui reprochant : « Pourquoi ne t'es-tu jamais occupé de moi ? », et il avait envie de crier — jusqu'à cette nuit où, effectivement, il s'était mis à hurler, tant et si bien que ses compagnons de cellule durent le plaquer au sol et l'immobiliser pour l'empêcher de se ruer sur la porte.

Peu de temps après son incarcération, il écrivit à Petal. Ce n'était pas son premier séjour dans cette prison ; les murs et la cour n'avaient pas changé. Au-dessus des bâtiments aux lignes fonctionnelles, le ciel était toujours du même bleu. Gust se rappelait encore mot pour mot cette lettre, rédigée sur le papier réglé que l'administration fournissait aux détenus comme si elle les prenait pour des quasi-demeurés incapables d'écrire droit sur une feuille blanche ; il en avait noirci les lignes, écrivant comme jamais il ne l'avait fait.

P. Gust, matricule 220
Bât. 5, Prison de Wayland

Ils nous ont embarqués à l'aube, Petal, un plein fourgon, et on s'est retrouvés ici. J'en ai pris pour quinze ans, et tout ce que je peux dire, c'est que les années qu'on a passées ensemble en valaient la peine, malgré les hauts et les bas qu'on a connus.

Le fait que je me retrouve entre quatre murs signifie que j'ai échoué, encore que, une fois que les cartes ont été distribuées, on n'y puisse plus grand-chose. Je ne me plains pas, mais quand on récolte une mauvaise donne, on est obligé de faire avec. On ramasse ses cartes, et on sait qu'on va prendre une veste, mais on ne peut rien faire contre les as qu'on n'a pas en main. Alors, qu'est-ce qu'on fait ? On triche, ou on joue le jeu quand même ? J'ai toujours été optimiste, j'ai toujours cru que je pouvais gagner, mais maintenant, je regrette de ne pas avoir été réaliste, au contraire ; au moins, je ne serais pas dans ce pétrin, aujourd'hui, et toi non plus.

Il y a une chose que je veux te dire, et qui n'arrête pas de me trotter dans la tête ; un soir, la semaine précédant mon arrestation, je me trouvais dans un bus de nuit à quatre heures du matin. C'était le dernier N16, il était bondé, et j'étais debout au niveau supérieur. En me retournant, j'ai remarqué un vieux bonhomme écroulé sur son siège. Il avait l'air vraiment fatigué, harassé, et il était dans les bras d'une jeune femme. C'était peut-être sa fille, elle était assez jeune pour ça, mais elle se comportait plutôt comme une épouse, ou même comme une mère, bien que je doute qu'elle ait eu plus de dix-huit ans. Elle le tenait serré contre elle, ils étaient dans les bras l'un de l'autre. Mais, bien qu'ayant mes propres soucis, je me suis dit : ces deux-là ont un air bizarre. Je me suis même demandé s'ils ne rentraient pas chez eux pour se suicider. Bien sûr, je n'ai rien fait pour le savoir, mais maintenant que je suis en taule, je me surprends à penser à eux, je me rappelle ces rues sombres qui défilaient de l'autre côté de la vitre et ces deux passagers immobiles, le vieillard avec ses cheveux gris et ses sandales en plastique, et elle, le visage enfoui dans l'épaule du bonhomme, dormant à moitié tout en veillant sur lui.

Alors, je me suis mis à penser à toi, bien sûr, et à tout ce que tu as fait pour moi, ce qui m'aidera à garder les idées claires mieux que n'en seront capables les pauvres types enfermés ici, particulièrement ceux qui font de la prison pour la première fois de leur vie. Certains d'entre eux commencent déjà à taper du poing sur le sol en béton, et à se cogner la tête contre les murs. C'est la dernière des choses à faire, dans un endroit comme celui-ci ; on reste sur le carreau et ça ne mène nulle part.

D'après ce que j'ai entendu, et avec tout le battage qu'on a fait autour de mon histoire, il me semble qu'on se méfie de moi, et je m'attends à rester cantonné dans des prisons difficiles comme celle-ci, loin de la capitale. Dans ce cas, ça m'étonnerait que je reçoive beaucoup de visiteurs. Ça ne sert à rien de faire du sentiment, alors, j'aime autant te dire tout de suite que si tu ne veux pas demander d'autorisation de visite, je le comprendrai parfaitement. J'ajouterai également que si tu décides de ne plus jamais me revoir, on pourrait au moins ne pas oublier les bons moments. Les années que nous avons passées ensemble ont pu te paraître courtes, à moins que tu n'en gardes, comme moi, un souvenir mitigé : parfois le passé défile à toute vitesse, parfois il fait du sur-place.

Cela dit, une fois de plus, je m'habitue à la vie en prison. Le secret, c'est de refuser de tourner en rond comme un ours en cage ; il faut apprendre à « se ranger ! » On est trois parqués dans la même cellule, et les deux autres ne disent pas grand-chose, ce qui me convient. Ce que je ne supporte pas, c'est les types qui rabâchent à longueur de temps à quel point ils se sentent seuls, en essayant de te draguer, ou ceux qui parlent en dormant ou qui commencent à te raconter leurs cauchemars, leurs souvenirs, etc. Bon sang, qui est-ce que ça pourrait bien intéresser ?

Ta présence au tribunal quand on m'a jugé, ton signe de la main quand on m'a passé les menottes : voilà qui me fait chaud au cœur lorsque j'y repense. Mais ce qui m'attend, à présent, c'est l'examen de mon appel, le mois prochain. Je crois que je vais le perdre, et il faut que je me fasse à l'idée d'une peine de prison interminable. Voilà comment je vois les choses, Petal : un minimum de dix ans en taule, c'est un sacré morceau de l'existence d'un homme, bien trop long pour que j'espère te voir à la sortie quand je serai libéré. Je comprendrai parfaitement, par conséquent, que tu refasses ta vie pendant que je suis « en vacances ».

J'ai pris conscience que les vrais amants sont les amants éperdus. Un homme et une femme doivent avoir éperdument besoin l'un de l'autre pour tout se donner l'un à l'autre ; beaucoup de gens ne comprennent pas ça. Alors, ce que je souhaite, c'est que tu fasses de ta vie ce que bon te semble, mais que tu me gardes quand même un petit coin dans ton cœur, pour que nous puissions rester amis. Parce qu'un jour ou l'autre je serai libéré, et quand on ressort de prison longtemps après y être entré, on a besoin de tous les amis que l'on possède encore, et ce serait bien, au moins, de boire un verre ensemble à ce moment-là.

Bon, je vais bientôt être à court de papier, mais je veux seulement te dire que je t'aime. D'accord, j'ai été condamné pour attaque à main armée, et c'est vrai que le chauffeur a été tué, mais même la police et le tribunal ont reconnu que ce n'était pas moi qui avais tiré. Je ne suis pas un tueur à la petite semaine, Petal, et personne, ici, ne me considère comme tel.

Tu seras toujours au centre de mes pensées, et même si ceci est une lettre d'adieu, je vais la sceller par un baiser.

Je suis obligé d'utiliser le bord de la feuille pour terminer, mais je voulais que tu saches que, tout bien considéré, je ne tenais pas à ce que tu viennes me voir tant que je ne serais pas tiré d'affaire. Pense plutôt à moi comme je pense à toi, et notre amour ne disparaîtra jamais, l'amour ne sait pas ce que disparaître signifie.

Comme toujours, salue bien de ma part tous les amis du quartier.

Gust se rappelait encore chaque mot de sa lettre, mais il n'y avait pas dit ce qu'il aurait vraiment voulu faire comprendre à Petal : *Nous vivons dans un monde cauchemardesque de trahison et de tromperie.*

Il se souvint de ce qui était arrivé un jour de pluie, un jour de grisaille, juste avant son arrestation. Quand il était rentré, ce soir-là, il n'avait trouvé aucun message pour lui, et il avait compris qu'il ne supportait plus les silences, de plus en plus fréquents, des autres membres de la bande. De plus, il ne tenait pas en place, parce qu'il s'attendait à être coincé par les flics. Alors, il avait annoncé à Petal qu'il sortait.

« Ça ne me briserait pas le cœur si tu ne rentrais pas, » avait-elle répondu.

Croyant qu'elle plaisantait, il n'avait pas pris conscience qu'elle avait déjà décidé de le quitter. Cela ne se révéla que plus tard, quand elle lui écrivit un certain temps après son incarcération. Aujourd'hui encore, il gardait en lui des traces du chagrin éprouvé alors. En la regardant tourner sur la piste, où elle dansait avec un autre homme, il souffrait comme jamais.

Petal ne l'avait toujours pas vu. Gust se dit : « Pourquoi ne pas l'aborder, tout simplement, pour lui dire deux mots ? »

L'homme avec qui elle dansait, âgé d'une trentaine d'années, était empâté, saucissonné dans un costume à cinq cents livres dont la veste restait fermée grâce à une boutonnière fatiguée. Par deux fois, il surprit Gust à les observer, et cela lui déplut. Gust pensa qu'il avait dû inviter Petal pour un dîner aux chandelles, pensant avoir trouvé une fille pour la nuit, ce qui expliquait pourquoi il regardait autour de lui au cas où un autre type essaierait de la lui piquer. Mais l'Eclipse n'avait rien de commun avec un pub de quartier où l'on vient jouer aux fléchettes, et Gust aurait parié qu'il ne savait pas se battre autrement qu'à la régulière. Il avait l'allure d'un gars qui joue au football le week-end, son gros derrière flasque flottant dans son short couvert de boue quand il remontait dans son Alfa, après le match, pour retrouver Bobonne à la maison, avant de reprendre le chemin de la City le lundi matin. Après le travail, le vendredi soir, il allait sans doute se poivrer dans un bar à vin, puis il affrétait un taxi pour monter à Soho. Si bien qu'au moment de débarquer à l'Eclipse, il ne devait plus avoir les idées très claires.

Petal n'éprouvait aucune attirance pour lui, Gust s'en rendait bien compte : elle regardait dans le vide, quelque part derrière l'oreille du type. Il ne supportait pas de la voir tourner ainsi sur la piste, l'air absent. Alors, quittant sa table, il traversa la salle.

Petal l'aperçut dès qu'il se leva, et elle vint vers lui.

— Qu'est-ce que tu fais ici ? demanda-t-elle à voix basse. Je ne savais même pas que tu étais sorti.

Son cavalier les rejoignit, et il tenta de comprendre la situation. Petal lui conseilla :

— Pourquoi ne retournes-tu pas à la table pour commander du champagne ?

— J'en ai déjà payé deux bouteilles! protesta l'homme. Qu'est-ce qui te prend, de parler à ce type ? Est-ce qu'il va rester ici toute la nuit ?

— Il restera aussi longtemps qu'il le faudra, Crispin, répondit Petal.

L'autre n'apprécia pas la répartie, d'autant moins que Petal suivait Gust. Il courut après eux, en braillant :

— Qui c'est ce guignol, d'abord? Comment il a dit qu'il s'appelait, déjà ?

— Je ne l'ai pas dit, fit Gust.

— Justement ! triompha le micheton. Alors, moi, je te dis : Dégage !

Gust prit Petal par la taille, et il éclata de rire.

Crispin menaça :

— Je n'aime pas qu'on me rie au nez. Pour qui tu te prends, connard ?

— Du calme, conseilla Gust. Tu as peut-être été finaliste au championnat de boxe de ton école, mais ici, ça ne te servira à rien. Alors, écoute-moi : tu tiens déjà une bonne muflée, et il vaudrait mieux que tu rentres chez toi. Tu ne tiens pas à prendre un mauvais coup, n'est-ce pas ?

— Dis donc, insista Crispin, je lui ai quand même offert deux bouteilles de champagne.

— Et le prix que tu as payé, intervint Petal, ne te donne pas droit à autre chose qu'à du champagne.

— Alors, tu vois ? fit Gust. La dame vient de te l'expliquer elle-même. Maintenant, tire-toi.

— Je veux en avoir pour mon fric ! hurla Crispin.

— Travaille à la banque, alors. Je passerai peut-être te demander un prêt.

— Je te conseille de faire attention, dit Crispin. Je connais pas mal de gens, ici.

— Alors, paye-leur un coup à boire, et fous-nous la paix. (Gust emmena Petal au bar, ajoutant pour elle seule :) Tu leur en fais sacrément baver.

Elle haussa les épaules.

— Il sait ce qu'il lui reste à faire. J'ai mérité ce qu'il m'a offert, de toute façon. C'est lui qui m'a draguée à La Tiare. Tu m'invites ?

Gust désigna deux tabourets libres d'un signe de tête.

— Prenons un verre ici.

Mais Crispin ne voulait pas lâcher prise. Il les suivit au bar, vacillant sur ses jambes. Les rares danseurs s'ennuyaient ferme ; ils commencèrent donc à s'intéresser à la situation.

Le barman reposa le verre qu'il essuyait, et sa main rampa vers le téléphone.

Gust secoua la tête en le regardant.

— Ne te donne pas cette peine, dit-il. Ça ne vaut pas le coup d'appeler les flics pour si peu. (Comme il n'avait pas envie d'envenimer les choses avec Crispin, il proposa :) Écoute, mon vieux, je te rembourse le champagne, laisse courir.

— Arrête de me prendre pour un minable ! explosa Crispin.

Il agrippa Petal, saisissant son bras qu'il commença à tordre.

— Nom de Dieu ! fit Gust.

Crispin lui lança un coup de poing. Gust le bloqua net, puis il rassura le barman : « Ne t'inquiète pas, c'est le coup que je réserve pour les mômes », avant de frapper Crispin du plat de la main sur l'oreille. Pour les mômes ou pas, le coup envoya Crispin au tapis dans un fracas impressionnant qui étonna tout le monde, même Gust lui-même.

— Je t'ai laissé une oreille, ajouta Gust, alors profites-en pour m'écouter : maintenant, tu vas te tirer, compris ?

Péniblement, Crispin se remit debout et s'éloigna vers le fond de la salle. Peu après, Gust le vit se diriger vers une cabine téléphonique.

— Est-ce que je t'ai gâché ta soirée ?

— En tout cas, tu en as changé le cours.

— Je ne pensais pas te rencontrer.

Petal lui demanda franchement :

— Tu veux quelque chose, je te connais. De quoi s'agit-il ?

Mais il ne comprit ce qu'il désirait vraiment qu'en entendant Petal lui poser sa question.

— Tu pourrais me rendre un service.

— Entre nous, c'est fini, dit-elle. Je vis avec quelqu'un, maintenant.

— C'est ce qu'on m'a dit. Qui est-ce ?

— Connor.

— Connor ? Tu veux parler de French Connor, celui qui magouillait en bourse, et qui boit de la Lowenbrau ?

— Il a fait son chemin.

— Il s'occupe bien de toi ?

— Mieux que tu ne l'as jamais fait.

À cela, Gust ne répondit rien ; ils gardèrent tous les deux le silence, contemplant leurs verres.

Petal finit par demander :

— Quel service attendais-tu de moi, au fait ?

— J'ai besoin d'un toit. Seulement pour deux ou trois jours.

Elle réfléchit à la question.

— C'est d'accord, dit-elle au bout d'un moment. Justement, Connor est parti dans le nord. Il y a une condition, cependant. Je veux bien te loger si tu ne me demandes rien d'autre. Tu comprends ce que je veux dire ?

— Oui, il me faut seulement un endroit où loger. Rien d'autre.

— Je devrais te détester, et au fil des années, j'ai essayé de toutes mes forces. Il y a combien de temps que tu es libéré ?

— Deux mois.

— Merci de ne pas m'avoir prévenue.

— J'ai pensé que, comme tu vivais avec quelqu'un d'autre, il valait mieux ne rien dire.

— Quand tu commences à penser, dit Petal, tu fais n'importe quoi.

Brusquement, comme si on avait actionné un interrupteur, le courant passait de nouveau entre eux deux, et Gust comprit que Petal s'en rendait compte, elle aussi. Il eut l'impression que s'il la touchait, des étincelles jailliraient entre leurs mains. Elle se recula pour prendre ses distances, puis elle fouilla dans son sac.

— Les clés.

— Mais… c'est mon ancien trousseau ! dit Gust, les examinant d'un air surpris.

La plaque qu'elle avait fait graver à son nom, lorsqu'ils s'étaient installés dans Berwick Street, était toujours attachée à l'anneau.

Gust.

— J'avais oublié de la retirer, dit Petal en rougissant. Tu peux la garder si ça te fait plaisir. La plaque, je veux dire.

— Elle va me faire penser à toi tout le temps, comme autrefois.

En même temps, Gust surveillait Crispin qui regagnait sa table après son coup de téléphone.

— Ton cavalier n'a toujours pas compris à quel moment il devait prendre congé, dit-il.

Crispin, le mouchoir à la main, se tamponnait l'oreille.

Au bout d'un moment, la porte d'entrée s'ouvrit et un homme corpulent entra. Crispin lui fit signe, et le nouveau venu alla s'asseoir à sa table. Tout en discutant, ils regardèrent Gust à plusieurs reprises, et bientôt le gros homme vint au bar.

— Bonsoir, dit Gust. C'est moi que vous cherchez ?

Il se leva de son tabouret.

— Ouais, on vous a désigné à moi.

— C'est charmant, dit Gust. Qu'est-ce que vous faites, dans la vie ?

— Parfois, je suis boxeur professionnel, et puis aussi, de temps en temps, je tue un homme.

— Espérons que vous n'êtes pas de service ce soir, alors.

— Eh bien si, justement, dit le boxeur. En fait, je suis passé vous donner une leçon, mon petit. Alors, il vaut mieux ne pas me chercher, parce que je suis du genre coriace.

— Ça doit remonter à pas mal de temps, dit Gust. Vous m'avez plutôt l'air d'un tonneau de bière avachi.

— En ce qui me concerne, reprit le boxeur, je ne sais pas de quoi vous avez l'air, sinon d'un vrai con. Parce qu'il faut vraiment en être un pour me parler sur ce ton-là.

— D'accord, fit Gust. Je suis un con. Et maintenant, qu'est-ce qu'on fait ? On reste assis là à parler de ça toute la nuit ?

— Sûrement pas. Vous avez mis en rogne mon copain, qui est là-bas, et je suis venu régler ses comptes à sa place.

— Ça ne va pas être facile, prévint Gust.

— Je ne crois pas que ça me posera le moindre problème, dit le boxeur. Si vous voulez bien me suivre dehors ?

— Pas la peine. Je connais tout le monde, ici. Le barman peut faire l'arbitre ; il vient de voir Crispin se prendre une claque, alors il a de l'expérience. Ce n'est pas la place qui manque, sur la piste. Ça va distraire les clients.

— Il va y avoir des dégâts.

— Non, dit Gust. Ça ne durera pas assez longtemps pour qu'il y en ait.

L'argument rendit le boxeur pensif.

— Si vous y réfléchissez deux minutes, reprit Gust, il est plus logique de se battre à l'intérieur. Si on se bagarre dans la rue, on va se faire ramasser tous les deux. Ici, on sera tranquilles ; personne n'appellera les flics.

— Vous vous croyez vraiment très fort, hein ?

— Comparé à vous ? Et comment ! Je parie dix livres que vous ne tenez pas trente secondes, le barman peut tenir le chronomètre. Vous êtes partant pour dix livres ? Alors, préparez votre billet.

— Écoutez, vous vous êtes conduit comme un sagouin, en ce qui concerne cette dame.

— Il faudra me le prouver avec des arguments frappants.

Le boxeur réfléchit un peu plus. Il était court et trapu, avec de petites mains qu'il frottait constamment l'une contre l'autre. Il faisait sans cesse, aussi, des mouvements d'esquive et de feinte que Gust trouvait parfaitement ridicules.

— Bon, je n'ai pas spécialement envie de vous flanquer une correction, mon petit, dit le boxeur. Si vous êtes prêt à présenter vos excuses à mon ami, et si la petite dame veut bien retourner à sa table, je pourrai peut-être passer l'éponge. Sinon, il va vraiment falloir que je vous apprenne à chanter une autre chanson.

— Et une belle, si possible, fit Gust. Comme le carillon de Westminster, vous en avez sans doute entendu parler.

Le boxeur ne sut pas quoi ajouter à cette dernière réplique, parce qu'il n'avait pas de réponse toute prête. Il était perdu ; le dialogue n'aurait jamais dû prendre une telle tournure. En fait, il n'aurait jamais dû y avoir de dialogue du tout, le scénario prévoyait un film d'action. Quelque part en cours de route, on lui avait changé son script.

— Bon, décidez-vous, dit Gust. J'en ai assez de tous ces gens qui me cherchent querelle, d'autant plus que celle-ci n'est même pas la vôtre. Et arrêtez de danser sur place comme ça, on dirait une perruche avec une jambe de bois.

Le boxeur regarda Gust de nouveau. Il avait été à deux doigts de le frapper, mais, changeant d'avis, il remit ses mains dans ses poches de pantalon. Il venait de prendre conscience que ce type était prêt à passer aux actes ; seul un fou, sinon, aurait osé le traiter de cette façon, en allant jusqu'à parier dix livres sur ses propres chances.

— Vous n'êtes peut-être pas ce que je croyais, après tout, dit-il. Je vous prenais pour un pauvre type.

— Vas-y ! hurla Crispin du fond de la salle. Démolis-le, bon sang !

— Du calme ! répondit le boxeur.

— Finalement, vous n'avez pas envie de prendre des coups, constata Gust.

Le boxeur reconnut que c'était vrai. Tout bien pesé, il n'était pas spécialement chaud.

— Dommage ! dit Gust. Je peux dire adieu à mes dix livres.

— Et puis, je vais à un mariage dans quelques jours. Je veux être présentable. J'ai une idée. Pourquoi est-ce qu'on ne boirait pas plutôt une bière ensemble, un de ces soirs ?

— Non, mais, vraiment ! brailla Crispin.

Bondissant sur ses pieds, il renversa sa chaise et fonça vers la sortie. Personne ne fit attention à lui, à part le barman, qui s'exclama : « Ce salaud n'a pas réglé sa note ! » et s'apprêta à bondir par-dessus le comptoir.

— Ne te foule pas la cheville pour ça, dit Gust. Le videur va le bloquer au passage, c'est son boulot. (Puis, se tournant vers le boxeur :) Si vous voulez bien m'excuser, je dois m'occuper de madame.

Et l'affaire en resta là. Le boxeur s'attarda encore une ou deux minutes, mais il n'avait plus personne à qui parler, si bien qu'il finit par adresser un signe d'adieu à tout le monde avant de s'éclipser.

Il ne restait plus qu'un tableau intimiste dans la pénombre du club presque désert : Gust, Petal, et le barman essuyant interminablement le même verre.

*

Quand ils entrèrent dans l'appartement, Petal lui servit un verre, puis elle lui demanda aussitôt :

— Bon, maintenant que nous sommes seuls, dis-moi ce que tu fais en ce moment.

— J'ai quelque chose en train, reconnut Gust, mais rien de très important.

— Tu veux bien m'en parler ?

Gust avait oublié avec quel acharnement Petal aimait aller au fond des choses.

— Non, je n'en ai pas envie, répondit-il.

— Alors, ça doit être plus sérieux que tu ne le prétends, mais c'est ton problème. De toute façon, le marché est simple : tu me dis de quoi il s'agit, ou tu t'en vas tout de suite.

— Si je ne te dis rien, c'est parce que ça vaut mieux pour toi.

— Laisse-moi en juger par moi-même.

Petal avait changé pendant son absence ; elle avait acquis une curiosité aussi pénétrante qu'une perceuse électrique. Une voix intérieure soufflait à Gust de ne rien lui révéler.

— J'attends. Tu as fait un braquage ?

Gust choisit de ne pas écouter sa voix intérieure. Il valait mieux en dire le moins possible, ne pas révéler que c'était une affaire considérable dont beaucoup d'aspects lui échappaient totalement, car Petal serait montée sur ses grands chevaux. Mais il fallait bien lui dire quelque chose.

— Oui, reconnut-il, un petit braquage. Mais je ne sais pas par quoi commencer.

— Commence n'importe où.

— Bon. L'autre jour, il y avait un type qui m'attendait, à la sortie du contrôle judiciaire.

— Qui était-ce ?

— Quelle importance ?

— Il doit bien avoir un nom.

— Il s'appelle Sladden. Mais ne le répète surtout pas, tu es la seule personne à qui je l'aie dit.

— Ne t'inquiète pas pour ça. Qui c'est, ce Sladden ? Un truand ?

— Dans son genre, oui. C'est un salopard sournois qui adore le chantage.

— Il a barre sur toi ?

— Écoute, fit Gust, on ne peut pas parler d'autre chose ?

— Pas question, dit Petal. Je veux savoir dans quoi je me suis embarquée. Il faut que je pense à Connor, et à moi aussi. C'est chez moi, ici. Je ne veux pas voir une bande de voyous ou les flics débarquer en force.

— C'est ce qu'on risque quand on est en liberté conditionnelle, dit Gust.

— Qu'est-ce que tu risques ? Explique-toi. J'attends.

— Bon, fit Gust. Voilà ce qui s'est passé. Ce Sladden m'aborde quand je sors du contrôle judiciaire. Je ne l'ai jamais vu, et il me dit : « Salut. Ce n'est pas trop difficile de te trouver. »

« Vous êtes qui, vous ? » je lui demande. « Qu'est-ce que vous voulez ? »

« Boire un coup », me répond Sladden. « Et toi, tu vas avoir besoin d'en boire plusieurs. »

« Vous travaillez pour qui, à propos ? Pour la police ? »

« Pire que ça », il me dit. « Est-ce qu'il y a un pub correct, par ici ? Un endroit calme. »

Alors, on se trouve un pub. Sladden paye les bières, et il m'annonce :

« Tu es dans un sacré pétrin, Gust. »

« Sûrement pas », je lui rétorque. « J'ai tiré dix ans de taule, et j'en ai cinq qui me pendent au nez si je dérape, alors je fais très attention où je mets les pieds. »

« Qu'est-ce que tu viens de dire ? Tu fais attention où tu mets les pieds ? Pourtant, ils sont déjà bien couverts de merde. »

« Au contraire », j'insiste. « Je n'ai pas manqué un seul rendez-vous avec mon contrôleur judiciaire. J'en sors à l'instant, vous le voyez bien. Il est très content de moi. »

« Ce n'est pas du contrôleur judiciaire que je veux parler », reprend Sladden, « mais du coup que tu es en train de monter avec Manny Farb et Harry Ford. Réunion de malfaiteurs en vue d'organiser une attaque à main armée, ça va faire de l'effet comme motif d'inculpation. Finie, ta liberté conditionnelle ! »

« Qu'est-ce que vous racontez ? Je n'ai jamais entendu parler de ces gens-là. »

« Ne le prends pas sur ce ton-là », menace Sladden. « Ça ne marche pas, avec moi. »

« Farb, Ford », je répète, « non, vraiment, je ne vois pas. » Je finis mon verre et je me lève. J'ajoute : « Eh bien, salut. Il faut que je file. À la prochaine. »

« Reste assis à ta place, connard », me dit Sladden. « Et je te conseille de m'écouter. Un lot de passeports vierges va quitter l'imprimerie pour être livré à Londres le vingt-huit, et j'ai appris que tu étais engagé pour braquer le fourgon. C'est exactement le genre d'exploit pour lequel tu te crois tellement doué. »

« Je n'ai jamais pensé attaquer un fourgon. »

« Oh, que si », dit Sladden, « tu ne pensais même qu'à ça juste avant qu'on se rencontre, à l'instant. »

« Il faudrait encore le prouver. »

« Je peux le faire », dit Sladden, « et pas plus tard que tout de suite. J'ai les preuves dans ma poche. »

« Tout ça, c'est des histoires. »

« Des histoires d'indics », répond Sladden. « J'en raffole. Ça coûte cher, d'ailleurs, et j'aime en avoir pour mon argent. Les indics, c'est le cauchemar des truands, pas vrai ? » Alors, ce salaud-là sort une enveloppe et me la balance. « Vas-y, jette un coup d'œil. Non, je vais faire mieux que ça, je vais te les montrer moi-même. »

Il sort les photos et les étale sur la table. Je les regarde, Petal, et je me prends une sueur froide. On y voit Harry, Manny et moi, en train de sortir de chez Manny. « Alors, tu ne les connais pas, hein ? » me dit Sladden. « Invente autre chose, je t'écoute. »

« Rangez ces putains de photos », je lui demande. « Ne les laissez pas traîner comme ça. »

« Avec des types comme vous trois », reprend Sladden, « toi, Farb et Ford, plus le témoignage du type qui a pris la photo, bien sûr, il suffit de prouver qu'il y a complot de malfaiteurs et tu retournes à l'ombre, Gust, sans toucher terre. »

« Qui nous a balancés ? Qui a pris ces saloperies de photos ? »

« Le type de l'imprimerie, bien sûr », répond Sladden, « avec un appareil miniature qu'on lui a prêté. Il a eu la trouille, et il a appelé les flics, ce qui, pour diverses raisons, nous a permis d'intervenir. »

Comme tu le vois, Petal, j'étais coincé. Je n'avais pas voulu que l'imprimeur vienne à la réunion, pour commencer, mais Manny avait prétendu que c'était indispensable. Je l'ai expliqué à Sladden. Je pouvais bien le lui dire, il savait tout le reste. « Bon », je lui dis, « autant aller tout de suite à la prison la plus proche. Qu'est-ce qu'on attend ? »

« Tu ferais mieux de ne pas me tenter », dit Sladden, « mais non, ce n'est pas ce qui est prévu. Sauf que ça dépend de toi, en fait, de tes talents d'acteur, et de tes capacités à réaliser ce qu'on désire. Ça dépend aussi de ton sang-froid, d'un tas d'autres choses. »

« Je ne comprends pas. »

« Non, dit Sladden, tu ne comprends pas, et de plus, tu n'es pas près de comprendre. La seule chose que tu as une chance de comprendre, c'est la petite partie de l'opération dans laquelle tu entres. »

Je lui réponds que je n'entrais nulle part sans savoir où j'allais, que je ne l'avais jamais fait auparavant, et je n'allais pas commencer aujourd'hui.

« Tu commenceras ce qu'on te demandera de commencer, bon sang ! » fait Sladden, « et tu continueras jusqu'à ce qu'on te dise d'arrêter. Prends un autre verre, c'est moi qui paye, réfléchis bien. »

Quand il revient avec les chopes, il me demande : « Alors ? »

« Bon, c'est d'accord », je lui réponds, « je joue le jeu. » Qu'est-ce que je pouvais faire d'autre, Petal ? « Je vous jouerai le Roi Lear si ça vous fait plaisir », j'ajoute. « Si ça peut m'éviter de retourner à Maidstone, je jouerai même au billard avec une grenade. »

« C'est exactement ce que tu vas faire », dit Sladden, « et ça ne sera pas un coup facile. »

« Qu'est-ce que vous allez me demander, au juste ? » je lui demande.

« Tu vas braquer ce fourgon, exactement comme prévu », me répond Sladden. « Seulement, au lieu de le faire pour eux, tu le feras pour nous. »

« Écoutez », je lui dis, « soyez raisonnable. Ces types-là, ce ne sont pas des plaisantins, et ils sont fous à lier. S'ils trouvent que le plus petit détail sent le faisandé, ils voient rouge, et vous connaissez la seule destination qu'ils réservent aux balances : la sortie définitive. »

« Alors », il conclut, « il ne te reste plus qu'à tirer le reste de ta peine de prison. Tu as peut-être raison ; Maidstone, ce serait plus tranquille, en comparaison. »

« C'est justement le genre de tranquillité dont je n'ai pas besoin », je réponds. « Vous ne comprenez peut-être pas. Quand on vient de sortir, la dernière chose qu'on souhaite, c'est d'y retourner aussi sec et d'en reprendre pour cinq ans de plus. Et si ça m'oblige à baiser Farb, il se trouve justement que je n'aime pas ce salaud-là, et qu'il ne m'a jamais plu. C'est à cause de lui que mon beau-frère a pris trois ans de placard. Je n'ai jamais eu confiance en lui, et j'ai seulement accepté de faire ce coup parce que j'étais raide. »

« Et tu le feras », insiste Sladden. « À notre façon. »

Alors, on finit par tomber d'accord, Petal. Qu'est-ce que je peux faire d'autre ? Il me donne de l'argent, cinq cents livres, sous la table. « C'est pour les frais », il m'explique, « mais je te préviens tout de suite : si ça tourne mal, on ne te couvrira pas, on ne te connaît pas, on n'a jamais entendu parler de toi. Mais si tu fais ce boulot, on passe l'éponge sur les cinq ans qu'il te reste à tirer, on les oublie. » Et c'est tout, Petal. Voilà comment l'affaire se présentait à ce moment-là, il me tenait par les couilles et il le savait.

— Et tu as fait le braquage, hurla Petal, mais pas pour les gens qui croyaient que tu travaillais pour eux ? Tu es complètement fou, je devrais te flanquer à la porte séance tenante. Parle-moi un peu plus de ce Sladden.

— Impossible, dit Gust. Je ne sais rien d'autre, et je n'ai aucun moyen de le contacter.

— Et moi qui te demandais si tu étais fréquentable...

— À ce moment-là, je ne savais pas que tu étais avec Connor.

— Qu'est-ce que tu veux dire par là ?

— Je pensais que, si je ramassais un magot confortable, et qu'on me faisait cadeau de mon ardoise de cinq ans de taule, il y avait peut-être une chance pour qu'on puisse revivre ensemble.

Froidement, Petal déclara :

— Tu peux oublier ça tout de suite.

— Très bien, fit-il. Tu veux que je m'en aille, maintenant que tu sais tout ça ?

Petal détourna les yeux sans répondre.

— Je ferais peut-être mieux...

Elle baissa la tête.

— Mon Dieu, murmura-t-elle au bout d'un moment, quel cauchemar... Comment arriverons-nous, tous autant que nous sommes, à nous en sortir ?

— Parce qu'il le faut bien, répondit Gust. Parce que la fin est là, et que ce n'est pas autrement.

— Je t'aime encore, dit Petal, tu le sais, mais pourquoi ne m'as-tu jamais fait que du mal ?

C'était ce qu'elle disait à Gust dans les rêves qu'il faisait en prison.

— Parce que je ne me suis jamais fait que du mal à moi-même, répondit-il. Je tourne sur un manège infernal dont je ne peux pas descendre. J'en ai assez de la violence, j'aimerais un peu de paix, mais je ne semble pas pouvoir la trouver, et je suis fatigué.

— Toi ? Fatigué ?

— Je suis fatigué d'être toujours au cœur de la mêlée.

— Ce n'est pas moi qui pourrai t'en arracher si tu n'y arrives pas toi-même. J'ai déjà essayé.

— Cette fois, pourtant, je n'aurais pas gâché ma chance.

C'était une réflexion stupide. Petal allait le mépriser d'avoir dit cela, mais il n'avait pas pu s'en empêcher.

Elle se détourna brusquement de lui.

— Ça suffit comme ça ! fit-elle. En attendant, tu es bel et bien là.

— Seulement pour un jour ou deux.

— Écoute, dit Petal, tu as tiré dix ans de prison, et aujourd'hui, tu es dehors. La voilà, ta chance.

— Non, je n'en profiterai pas tant que j'aurai ce Sladden sur le dos, si j'arrive à m'en débarrasser un jour.

— Si tu retournes en prison après cette histoire, tu es fini. Tu t'en rends compte ?

— Je le sais.

— Et encore, si Farb ne te tue pas avant.

— Il essaiera, prédit Gust, mais il est trop tard, maintenant. Le braquage a eu lieu, et si je veux essayer de décrocher le gros lot, c'est le seul moyen.

— Je te conseille de prier que tout aille pour le mieux.

Gust n'avait pas l'intention de lui dire jusqu'à quel point, déjà, l'affaire se présentait mal.

— Pour ce soir, au moins, faisons comme si la vie nous donnait une nouvelle chance. (Le désir montait en lui comme les vapeurs d'un explosif liquide ; il lui semblait que s'il faisait un geste vers Petal maintenant, ils seraient tous deux réduits en pièces. Il ajouta :) Pour une minute seulement, suppose qu'on soit revenus au bon vieux temps.

— Mais on n'y est pas, dit Petal.

— D'accord, mais tout de même...

— Je te le répète : c'est non.

C'était catégorique. Pourtant, il restait une question importante que Gust voulait régler avec Petal, s'il parvenait à aborder le sujet. Mais à cause de ce qu'elle venait de lui dire, de la vérité irréfutable de sa constatation, il se sentit creux, et il comprit que rien ne pourrait jamais se régler entre eux, et que cela était irrémédiable.

Quelque part, derrière eux, le voisin écoutait un vieux disque de jazz, et une voix de femme chantait cette complainte :

J'ai eu pitié de toi et je t'ai recueilli,
Et tu n'as rien à m'offrir que deux doigts de whisky ;
Pourquoi ne fais-tu pas comme les autres voyous :
Débarrasse le plancher, et ramène-moi des sous.

— J'ai réfléchi à beaucoup de choses pendant que j'étais en prison.

Comme d'habitude, elle comprit tout de suite où il voulait en venir.

— Je sais à quoi tu penses. Mais si on faisait l'amour, pour moi, ce serait seulement comme si je couchais avec un type dans le genre de Crispin.

— Je n'ai pas droit à la moindre erreur, n'est-ce pas ? dit Gust.

— Tu les as toutes faites. Quelques-unes de plus, qu'est-ce que ça changerait, maintenant ?

— On est tombés bien bas, constata Gust.

Il sourit, mais Petal eut un frisson.

— Tu t'es coupé la main droite, dit-elle. C'était facile. Ta main droite, c'était moi.

Gust ne répondit pas, mais il pensa : *facile, je ne sais pas, mais je l'ai fait,* et les années remplies du chagrin qu'il avait éprouvé à cause d'elle, ces années dont il croyait avoir maîtrisé le souvenir, se mirent à vaciller et s'écroulèrent sur lui. C'est à ce moment qu'il comprit ce qu'était l'enfer : la beauté lui était à présent inaccessible. Sourde, indifférente, elle le regardait derrière une vitre, ne sachant même plus qu'elle était à sa recherche. Elle avait cherché Gust, en y croyant de moins en moins, puis sans aucune conviction, perdant ses forces jusqu'à dépérir, tandis qu'il était là, du mauvais côté de la vitre qu'il n'avait pas la force de briser. Il souhaita qu'il n'y ait pas de vie après la mort.

Ils tombèrent sur le lit.

— La vie ne nous donne pas de dernière chance, murmura Petal. N'en parle plus, et ne me touche pas. Dors.

Malgré tout, Gust la prit contre lui. Il la sentit résister, mais pas beaucoup. Il pensa : *La joie la plus douce est celle qui se refuse à vous.* Ils s'endormirent après avoir fait l'amour comme si c'était la première fois ; bien sûr, ce ne serait plus jamais possible, et il sentit que Petal le savait aussi. Plus tard, elle déclara :

— C'est la réalité que tu ne peux pas assumer. C'est peut-être pourquoi je pense à toi comme si tu étais mort.

— Nous ne sommes pas morts, nous sommes des gosses.

À ces mots, Petal se redressa brusquement sur le lit.

— Quoi ? cria-t-elle. Des gosses ? *Nous* ? Tu ne parles pas sérieusement.

— Comme tu voudras, dit Gust. Quand cette histoire sera finie, vous n'entendrez plus jamais parler de moi, Connor et toi.

— Je te prends au mot.

Choqué, il ajouta :

— Mais j'étais fait pour toi.

— Ne sois pas ridicule, dit Petal. Personne n'est fait pour personne. Bon, finit-elle par reconnaître, Connor n'est peut-être qu'un succédané. Il est même possible qu'il s'en rende compte, et que je le sache aussi, mais on a besoin l'un de l'autre, il prend soin de moi, et j'ai besoin qu'on me protège.

— Et moi qui te croyais si dure... dit Gust.

— Oh, non, personne n'est aussi dur que tu le crois, mais ça t'arrange de croire le contraire.

Ils essayaient de faire tenir l'éternité dans l'espace de cinq minutes ; ils étaient pressés, trop pressés. Ils étaient comme deux esprits qui conversaient, mêlés l'un à l'autre sur une piste de danse éternelle, ensemble un moment, pareils à des fantômes l'instant d'après.

— Je t'aime, dit Gust. Connor ou pas.

— Non.

— Je te prouverai que c'est vrai.

— C'est trop tard. Dors.

Pourtant, elle ne cessait de répéter : *Encore. Prends-moi encore.*

— Tu n'en as pas assez de moi ? demanda-t-elle à l'approche de l'aube.

— Non, répondit Gust. Je n'en aurai jamais assez de toi, et c'est comme ça.

— Je te dis que ce n'est pas possible.

— On pourrait avoir une vraie maison à nous, dit-il. Je pourrais travailler.

— Ne te raconte pas d'histoires.

— On pourrait vivre quelque part ensemble. Ici.

Mais Petal se contenta de rire.

— Tu peux toujours rêver, idiot. Regarde ce que j'ai dû endurer ne serait-ce que pour obtenir cet appartement. On n'aura jamais un endroit à nous, et tu le sais. De plus, comment pourrais-tu rester cinq minutes tranquille, toi qui es toujours en cavale ?

Seule une femme amoureuse peut transformer une insulte en invitation. Plongeant les doigts dans les cheveux de Gust, elle l'attira vers elle de nouveau.

— Nous avons besoin d'un peu de paix, dit-il.

Mais ils n'auraient jamais la paix, et il le savait ; ils avaient tiré les mauvaises cartes. Ce qui aurait pu être une rencontre absolue se résumait à quelques moments d'intimité dans le noir ; c'étaient deux êtres séparés réunis de façon aussi aléatoire que deux étoiles entrant en collision. Dans Berwick Street, les réverbères s'éteignirent et la pluie se mit à tomber, grêlant le trottoir d'un prurit humide. Puis, à huit heures précises, le réveil de Petal sonna. Quittant le lit, elle annonça :

— Je sors.

— Tu sors ? répéta Gust. Pour aller où ?

— Ne me pose pas de questions. Je ne t'ai jamais rien demandé, moi.

— Tu t'en vas tout de suite ?

— Je te laisse du café.

— Attends, dit-il. Qu'est-ce qu'on va faire, en ce qui concerne Connor ?

— Ce qu'on va faire au sujet de Connor ? Comment ça ?

— Je veux dire, pour toi et moi. À partir de maintenant.

— Il n'y a pas de « à partir de maintenant ». Je te l'ai dit. C'est Connor qui s'occupe de moi, à présent. C'est lui qui paie le loyer.

— Je croyais qu'on avait décidé de changer ça.

— Eh bien non.

— Et moi ?

— Toi ? fit-elle, citant une fois encore ses rêves de prison. Toi, tu es le passé.

— Et la nuit dernière ?

— Elle n'a jamais eu lieu.

Au centre de la souffrance qu'elle lui infligeait, Gust éprouva un répit absurde, un soulagement négatif, parce que Petal venait de tout dire sans qu'il eût besoin d'exprimer quoi que ce fût.

— Et si on se retrouvait à l'Eclipse ce soir ? proposa-t-il. Je dois y rencontrer quelqu'un.

— Je ne suis pas sûre.

— Il faut que je te revoie, dit Gust. Ce soir ; je ne suis pas moi-même quand tu n'es pas là.

— Ça ne durera pas.

— On pourrait aller dîner. Au Blackjack, par exemple.

— Appelle-moi au club.

— Attends ! dit Gust. Une dernière fois. Reviens.

Elle protesta quand il lui demanda de revenir, mais elle obéit quand même, si bien que, tout compte fait, elle n'alla nulle part, et à la fin ils tombèrent de sommeil, s'abandonnant l'un à l'autre dans l'obscurité pâlissante. Quand Petal s'écarta de lui, Gust tomba tout droit du plaisir dans le désespoir qui lui apparut comme une forme oblongue et noire, tandis qu'il contemplait le ciel de novembre d'un blanc sale auquel les nuages semblaient soudés. Il entendait les marchands de fruits, en bas, au marché de Berwick Street, criant : « Bananes vertes ! Qui veut mes bananes vertes ? »

Les voix des marchands qui parvenaient à Gust semblaient quelque chose de banal qui aurait été transfiguré, un peu comme Petal, à l'instant, en parlant de Connor, était passée d'un seul coup de la condition de déesse à celle de croupier d'un jeu triste et subtil réservé aux perdants, ou encore comme la vue lointaine de l'usine de ciment, depuis la fenêtre de sa cellule, prenait un aspect particulier quand le soleil l'éclairait d'une certaine façon. Dans la confusion d'esprit qui était la sienne au réveil, les litanies des marchands lui rappelaient un chant polyphonique, ou les cloches d'une église de l'East Anglia reproduisant un changement de tonalité qu'il aurait pu entendre en bêchant un lopin de terre appartenant à la prison.

Cela le fit penser à son compagnon de cellule, un gérant de banque arrêté pour fraude, et qui, parlant des cours de peinture qu'il suivait, expliquait à quel point le présent est subjectif, comme dans un tableau, où tout ce que l'on voit est présent dans le cadre : il n'y a rien à droite, ni à gauche, ni derrière, et il n'existe qu'un futur suggéré, encore qu'il ne figure même pas dans certaines toiles.

Gust se tourna vers Petal. Il avait envie de dire une fois de plus : *je t'aime*, mais les mots ne venaient pas. Elle s'était levée, de toute façon, et s'habillait.

— Est-ce que tu vas revenir pendant la journée ?

— Je n'en sais rien.

Contre son gré, il se rendormit, et elle était partie depuis longtemps quand il se réveilla. Le café qu'elle lui avait laissé était froid. À un certain moment, le téléphone sonna ; Gust ne répondit pas.

Ils s'étaient mis d'accord en ce qui concernait le téléphone.

— Je ne m'en servirai pas. Je me contenterai des cabines.

— Comme au bon vieux temps, dit Petal.

Mais ce n'était plus comme au bon vieux temps.

Gust l'avait regardée dans les yeux ; ce n'était pas la première fois qu'ils lui rappelaient ceux de sa grand-mère, le jour où il avait dû lui dire qu'elle n'entrait à l'hôpital que pour une opération bénigne.

Il avait sorti de sa poche trois billets de cinquante livres pour les donner à Petal.

— Pour faire les courses, ou acheter ce que tu voudras.

Elle ne voulait pas accepter l'argent, mais elle finit par le prendre. De toute façon, elle était partie, à présent, et Gust réfléchit au fait que, sans que personne y attachât beaucoup d'importance sur le moment, on découvrait un jour que l'amour était devenu une habitude, puis avait fini par mourir, ne laissant que des souvenirs. Quels souvenirs ? Tout et rien, en fait : des instants saisis au hasard, des détails, agréables quand vous étiez tous les deux ensemble, effrayants quand vous ne l'étiez plus ; le doux visage aimé arborait alors des crocs acérés et pouvait sucer le sang.

13

Gust sortit dans l'après-midi ; il pleuvait à verse. Les rares SDF de Frith Street restaient accroupis sous les entrées d'immeubles, le plus loin possible de la rue, immobiles sous leurs couvertures, leurs sacs en plastique près de leurs genoux, le regard fixé sur une autre planète ; des cadres pressés pataugeaient à la recherche d'un taxi, le *Standard* sur la tête.

Mais Gust ne faisait pas attention à la pluie. Il avait besoin de réfléchir, et cela lui était plus facile à l'extérieur que dans l'appartement, où tout lui rappelait Petal. Elle incarnait un certain aspect de la situation où il se trouvait ; mais il y avait un autre aspect — Manny, Sladden — qu'il ne parvenait pas à cerner. S'il voulait s'en sortir indemne, il allait devoir comprendre ce qui lui arrivait, et surtout ne pas se tromper dans ses conclusions.

Il pensa à Manny. Il était vrai que Gust ne l'aimait pas, avec juste raison. Ce que Gust avait dit à Sladden était vrai aussi : s'il n'avait pas été à court d'argent, il n'aurait jamais accepté de travailler avec aucun d'entre eux. Au tout début de l'affaire, bien avant l'apparition de Sladden, Gust avait dit à Manny :

— Des passeports ? Depuis quand tu donnes dans les passeports ?

— Je donne dans tous les genres, avait répondu Manny, et des passeports vierges représentent une grosse valeur marchande, particulièrement si on a un client intéressé, ce qui est mon cas. J'ai un contact avec un type de l'imprimerie, aussi ; il m'a fourni l'itinéraire du fourgon, la date, l'horaire du transfert, tous les détails de l'opération, tout est prévu, c'est du gâteau.

Du gâteau, vraiment ?

Quand il eut fini d'examiner le cas de Manny Farb, Gust se dit qu'il serait bien inspiré de lui rendre visite, mais pas seul. Il essaya donc de trouver Frankie Petrosa. Il commença par se rendre chez Jackie, un sandwich-bar situé à côté du Diadème. Jackie était la petite amie de Frankie.

— Salut, Jackie, dit Gust. Frankie est dans le coin ?

— Il devrait revenir dans une dizaine de minutes, il est coincé dans City Road, à cause d'un embouteillage.

— Ce n'est pas une vie, de faire le taxi.

— Ça l'empêche de retourner en taule, dit Jackie. Pour un moment, en tout cas. Et puis, ça te va bien, de critiquer ! Tu veux un pain de seigle-saucisse de foie ?

— Écoute, fit Gust en attaquant son sandwich, quand il reviendra, dis-lui que j'ai demandé à le voir. Je l'attendrai au Diadème. Merci.

Gust paya son sandwich et entra au pub en finissant de l'avaler.

Une demi-heure plus tard, Frankie apparut.

— Excuse-moi, dit-il, j'ai été retardé.

— Je sais, répondit Gust. Jackie m'a prévenu.

— Saloperies d'embouteillages, reprit Frankie. Et le client a oublié sa mallette...

— Ça te dirait de m'emmener à Clapham ? demanda Gust. Tu m'attends sur place et tu me ramènes. Ils racontent dans le journal qu'on réduit la pollution, mais j'ai découvert un coin, dans Marjorie Grove, qui aurait besoin d'un bon nettoyage.

— Comme d'habitude ?

— Bien sûr, dit Gust. J'ai besoin de toi en renfort. Je ne sais pas combien ils seront, là-dedans, alors j'aimerais que tu sois prêt, parce que ces types-là ont l'air de trouver normal de me chier sur la gueule, et s'ils ne veulent pas se montrer raisonnables, j'aurai sans doute besoin de leur flanquer une raclée. Et c'est là que tu me seras utile. Tu es chargé ?

— Juste ma lame. Et toi ?

— Pas avant ce soir. D'ici là, je n'ai que mes mains.

— Ça devrait suffire.

— Je ne veux pas leur filer une danse tout de suite, expliqua Gust. J'aimerais surtout leur flanquer les jetons, pour le moment. On verra. Si je m'en sors tout seul, je te paierai le prix de ta course, mais si j'ai besoin d'un coup de main, ce sera en supplément, bien sûr. En tout cas, voici cent livres d'avance. Ramasse-les vite, je ne veux pas qu'on nous repère. Ici, c'est le paradis des balances.

— Il y a une embrouille qui se trame ? demanda Frankie.

— Il est possible qu'on essaie de me doubler, répondit Gust. Et un doublage, c'est la pire des embrouilles.

— Moi non plus, je n'aime pas les faux derches, dit Frankie. Je serais d'avis qu'on les descende tous. À chaque fois qu'on en supprime un, on rend service à tout le monde.

— Je vais t'expliquer mon problème, reprit Gust. Je suis en cavale, mais je ne sais pas à quoi j'essaie d'échapper. Je ne peux pas rentrer chez moi, l'endroit est surveillé, mais je ne sais pas par qui. Et j'ai même eu les flics sur le dos, ce matin. Tu te rends compte ?

— Tu n'as pas le temps de t'ennuyer, on dirait, commenta Frankie en avalant sa bière. Alors, allons-y, je suis garé en double file.

Les deux hommes sortirent.

— C'est celle-là, ta voiture? demanda Gust. La BMW? Sympa. C'est avec ça que tu fais le taxi ?

— Jamais de la vie, dit Frankie. La 513, c'est pour mon usage personnel. Avec son moteur trafiqué, elle laisse sur place n'importe quelle bagnole de la police.

Dans la voiture, Gust expliqua :

— Quand on arrive sur place, tu montes avec moi. C'est au second, sur le devant. S'il se passe quoi que ce soit, si tu m'entends crier, tu rappliques aussitôt. Tu défonces la porte et tu entres. Si tu n'entends rien, tu m'attends sur le palier. Ce sera un après-midi très agité, ou bien très calme. Comme je te le disais, ce n'est pas la peine d'amocher qui que ce soit, tant qu'ils ne sont pas assez idiots pour chercher la bagarre.

— Qui est-ce qui risque de faire le malin ? Quelqu'un que je connais ?

— Je ne pense pas que tu le connaisses, mais le gros problème, ici, c'est un type qu'on appelle Le Marteau.

— Jamais entendu parler.

— Je vais t'expliquer ça dans une minute, continue à rouler.

— Le danger, comment tu vois ça, toi ? demanda Frankie en chemin.

— Pourquoi tu me le demandes ?

— Parce que je veux savoir ce que tu en penses.

— S'il faut choisir entre prendre un risque ou rater une affaire, tu prends le risque. C'est ça, le danger. Tu le sais bien.

— Les risques, c'est comme le crack, dit Frankie. Plus tu en prends, plus tu veux en prendre.

— Tu n'es pas obligé d'en faire un mode de vie.

— Je pense que si.

— Comme tu voudras.

— Tu ne peux trouver toutes les explications par toi-même. Parfois, tu as besoin de les demander à quelqu'un.

— Du moment que ce n'est pas à moi que tu les demandes... fit Gust. Moi, je ne demande jamais rien à personne, même pas à mes copains. De cette façon, on ne risque pas de se faire doubler.

— Les copains... répéta Frankie. C'est vrai, c'est souvent les premiers à te glisser des peaux de banane.

— Ça, je n'en sais rien, fit Gust. Je ne sais pas grand-chose, en fait. Je ne pense pas. Je me contente de survivre.

— Ne parle pas comme ça, dit Frankie. Moi, je n'ai que vingt-trois ans. J'essaye de savoir si j'ai de l'avenir.

— Bien sûr, que tu as de l'avenir. En taule. De l'avenir ! Ne sois pas idiot, on n'a même pas eu de passé. C'est Papa et Maman qui en ont eu un pour nous.

— Ça ne m'étonne pas que j'aie autant de problèmes, alors, déclara Frankie. Ça explique beaucoup de choses.

— Et de toute façon, ajouta Gust, penser... Qu'est-ce que tu entends par là ? Tu veux parler du genre de gamberge que tu t'offres, le soir, bien calé dans ton lit en fumant un joint, un oreiller moelleux sous la tête ? Ou bien de l'autre sorte de gamberge, celle qui se déclenche quand tes rêves te tombent dessus ?

— Chez moi, les rêves, c'est zéro, dit Frankie. Je ne rêve jamais.

— Quoi ? Jamais ? Même pas à cette sale histoire du parking de Carshalton ? Tu te rappelles ce qui s'est passé là-bas, quand même ?

— Quand l'autre type s'est fait cogner trop fort ? Je n'y pense jamais. Ça ne m'empêche pas de dormir.

— Eh bien, tant mieux. Pourvu que ça dure... De toute façon, n'oublie pas qu'on finit tous par y passer.

— Bon, d'accord, dit Frankie. On finit tous par y passer. Toi qui t'es déjà fait tirer dessus, qu'est-ce que tu penses de la mort ?

— C'est juste une sorte de vent glacé, sans plus.

— Il y a sûrement autre chose. Et la douleur ?

— Tu veux bien arrêter de parler une minute ? fit Gust. Roule un peu, bon sang !

— On y arrivera, dit Frankie. Qu'est-ce que tu veux que je fasse, avec toute cette circulation ? Que je passe par-dessus les autres voitures ? Allez, parle-moi de la mort.

— Très bien, dit Gust. Tu l'auras voulu. Voilà comment je vois les choses : quand les gens meurent, tout le monde s'en fout. La dernière fois que la mort de quelqu'un t'a fait quelque chose, ça remonte à quand ? Même s'il s'agissait d'un copain, il t'est arrivé une seule fois qu'un type meure et que tu ne te contentes pas de hausser les épaules ? Est-ce que tu as seulement dit autre chose que : Et puis merde, il y a sans arrêt des gens qui meurent, on doit tous y passer un jour ? Et c'est très bien comme ça, jusqu'au moment où vient ton tour. Ce jour-là, tu t'adresses à ton corps, et tu lui dis : Hé, toi, on a travaillé ensemble toute notre vie, et voilà que tu tombes en panne, tu te traînes par terre, tu ne sens plus rien, qu'est-ce qui t'arrive, tu vas nous laisser tous les deux dans la merde ? Cet instant-là, c'est celui de la terreur, de la panique. Imagine : c'est comme si tu venais de braquer une banque, les flics rappliquent à fond de train, et ta saloperie de bagnole ne veut pas démarrer. Tu n'as jamais connu ça, Frankie. Tu as peut-être reçu une ou deux raclées, dans ta vie, ce qui t'a obligé à porter quelques jours des lunettes noires pour traîner dans le quartier, entouré de petites nanas qui te demandaient : qu'est-ce qui t'est arrivé, Frankie, raconte-nous tout, Frankie. Mais ça n'a rien à voir avec le fait de retourner ta dernière carte, et de t'apercevoir qu'elle est vierge.

Ils atteignirent le carrefour de Queenstown Road ; il y avait des travaux, sous le pont, qui ne laissaient qu'une file libre, et la circulation était épouvantable.

— C'est un chouette itinéraire que tu nous as choisi, commenta Gust. À ce train-là, on va rester coincés ici comme deux cons jusqu'à ce que le gouvernement démissionne.

— Ce serait un itinéraire génial, si seulement il y avait une route, répondit Frankie. À propos, tu as entendu parler de ce qui s'est passé dans Lexington Street ?

— Tu veux dire, quand Lenny Arnold a passé l'arme à gauche, l'autre jour ?

— C'est ça. Juste après qu'il a eu ramassé la récompense pour le coup de filet contre les dealers de coke, mille cinq cents livres.

— Mille, rectifia Gust.

— D'accord, mille. Alors, bon, ses copains l'emmènent faire la tournée des grands ducs, ils lui font prendre une biture à tout casser, ils le ramènent chez lui, le mettent au lit, l'arrosent d'essence, et pfuit ! ... plus de Lenny.

— Le problème avec Lenny, dit Gust, c'est qu'il n'avait jamais eu la réputation d'être très généreux. Il croyait malin de ne jamais payer sa tournée. Et puis, non seulement il ne donnait jamais un sou à ses potes, mais il ne voulait même plus les connaître une fois qu'il a eu touché le gros lot.

— Je me demande ce qu'il en pense, maintenant.

— Il ne pense plus rien du tout, dit Gust, il n'a plus ce qu'il faut pour penser. On m'a dit qu'il ressemblait à une tranche de bacon qu'on aurait oubliée sur le gril.

— Tu te rappelles qu'un journaliste voulait écrire un bouquin sur lui, et que Lenny faisait la tournée des bars en racontant qu'il allait passer à la télé ?

— Oui, mais le bouquin n'a jamais été écrit, finalement, et il n'est pas passé à la télé non plus ; son histoire a été étouffée.

— Peut-être qu'on est tous étouffés, dit Frankie. C'est pour ça qu'aucun de nous n'arrive jamais à rien.

— Qui a envie d'arriver quelque part, demanda Gust, sinon pour échapper aux emmerdements ? À ce détail près, l'endroit où tu vas n'est pas différent de celui que tu viens de quitter.

— Ta façon de présenter les choses est décourageante. Du coup, je me demande si ça vaut la peine que je continue à faire des braquages et de la taule. En fait, je ne vois même plus très bien pourquoi on va à Clapham en ce moment même. Pourquoi on se complique la vie si ça n'avance à rien ?

— Tu te compliques la vie pour rendre celle de Jackie plus facile, répondit Gust. Quant à Clapham, il y a quelques requins qui rôdent par là-bas, et je laisse une odeur de sang derrière moi. Mais c'est une simple question de survie. Tout le monde a envie de survivre, à part les suicidés ; et même pour se supprimer, il faut un sacré cran.

— Je ne ferais jamais un truc pareil, déclara Frankie, quoi qu'il arrive. J'ai Jackie, moi. Tu ne penserais pas comme ça si tu avais quelqu'un, Gust ; je ne parle pas d'une simple rencontre d'un soir, mais d'une fille comme Jackie.

— Mais c'est justement le problème, fit Gust. Je n'ai personne.

La file de voitures se remit à avancer, lentement.

— Il y a autre chose que j'aimerais savoir, dit Frankie.

— Bon sang, Frankie, arrête un peu, tu veux ? Tu es pire que mon ex-belle-mère.

— Ça ne te dérange jamais de ne pas avoir une fille qui tient à toi ?

— Non, mais il y a autre chose qui me dérange, c'est de me traîner à une allure pareille. Tu pourrais peut-être accélérer un peu.

Ils s'arrêtèrent à un nouveau feu rouge.

Frankie demanda :

— De quoi on parlait, déjà ?

— On ne parlait pas, répondit Gust. Je réfléchissais.

— À quoi ?

— Bon, d'accord, fit Gust. Si tu veux vraiment le savoir, je me disais qu'un jour, je me réveillerai encore un peu plus tremblotant que la veille, que je ne serai plus capable de descendre tout seul de mon tabouret de bar, que j'entendrai quelqu'un dire : « ce pauvre vieux a dégueulé dans sa bière », et je pensais que je ne mettrais jamais les pieds dans une maison de retraite, je ferai tout ce qu'il faut pour que ça ne m'arrive jamais.

— Mais tu aurais tes souvenirs, si tu acceptais de vieillir, dit Frankie. Qu'est-ce qu'il y a de mal à vieillir ?

— Tu t'en rendras compte par toi-même quand ça t'arrivera.

— Pourquoi est-ce que tu présentes tout comme une perte de temps ?

— Parce que c'est tout ce qu'on sait faire avec le temps : le perdre.

— Comment tu te vois finir, alors ?

— Je me vois mort, comme tout le monde.

Ils étaient bloqués à un rond-point, près d'une église, un pub et une banque ; sur le trottoir, le chauffeur d'un bus de location chargeait des autistes qui avaient passé l'après-midi au pub et serraient la main aux clients avant de repartir dans leur établissement spécialisé.

— Qu'est-ce que tu regardes ? demanda Frankie. Le bus des nonos ? C'est la sortie hebdomadaire des handicapés mentaux, rien de plus. Et on peut s'estimer heureux de ne pas être à leur place, bon sang !

Pendant qu'il regardait le bus, Gust pensait à ce qu'il aurait dû dire à Frankie : écoute, pour répondre à toutes tes questions, j'ai vieilli, et j'ai compris que je m'étais fait avoir. J'ai quarante-six ans, j'ai fait dix ans de placard, j'ai lu, j'ai réfléchi, j'ai pris de l'exercice dans ma cellule, mais maintenant, je vois la fin qui arrive sacrément vite. Dommage, je n'ai jamais vraiment eu le choix, dans la vie (à gauche au prochain carrefour, Frankie). Je continue à prendre le même chemin, à chaque fois, je me dis : pas la peine d'essayer, tu n'y arriveras jamais, la route est barrée. Tu peux imaginer comment ça va finir ? Comme un mauvais rêve. Plus de femmes, plus de bière, tu n'es plus qu'un vieillard délabré dans un mouroir, qui gueule : « J'ai envie de pisser ! J'ai envie de chier ! », jusqu'à ce qu'une infirmière finisse par passer. Elles sont gentilles, bien sûr, mais elles marmonnent : « Bon Dieu, qu'est-ce que ça chlingue, ici, oh, non, c'est encore le vieux Gust, regarde-moi ça, il va falloir qu'on le change, c'est la deuxième fois aujourd'hui, le pyjama et le reste, des pieds à la tête, et les draps aussi, il y a de la merde partout, il y a de quoi te passer l'envie de voir ton petit ami, non ? Bon, finissons-en, et après on pourra descendre boire un coca, c'était chouette avec Ted hier soir à la cantine, Mandy, il a des yeux superbes, tu ne trouves pas, ils sont verts par moments, il dit qu'il est Gallois du côté de sa mère, ma foi, il me plaît bien, on peut jeter ce drap, retiens ton souffle, une à chaque bout, on arrache tout et on le balance à la poubelle, on ne pourra jamais le ravoir il est noir de merde, les couvertures aussi, il n'y a pas de machine qui pourrait récupérer ça, ce n'est même pas la peine d'essayer. »

Gust regarda Frankie qui avait réglé la radio sur Kiss FM.

— Bon, dit Gust, on approche, tourne encore à gauche. S'il faut que tu interviennes, il y a des chances pour que tu te trouves nez à nez avec Le Marteau, le type dont je te parlais, c'est l'encaisseur de Farb. Méfie-toi de lui. Ce n'est même pas un cloporte, c'est une sorte de rat invertébré, qui frappe par derrière ; je t'aurai prévenu. (Tapant sur l'épaule de Frankie, il ajouta :) On y est, avance encore de cinquante mètres et gare-toi où tu peux, on reviendra sur nos pas. (Levant la tête quand ils passèrent devant l'immeuble, il vit des hommes à la fenêtre, et il entendit une musique rock.) On dirait qu'ils sont tous là, annonça-t-il.

Frankie demanda :

— Ils nous attendent ?

— Non, répondit Gust en descendant de voiture. Sinon, ils passeraient la marche funèbre.

Ils retournèrent jusqu'à l'entrée de l'immeuble et franchirent la porte. Ils n'eurent pas besoin d'utiliser l'interphone, parce que la serrure était cassée. Ils montèrent au second. Gust dit à Frankie :

— Bon, tu restes là.

Quand Gust enfonça le bouton de la sonnette et laissa le doigt dessus, la musique finit par s'arrêter. Un gros type bedonnant leur ouvrit ; juste derrière lui, se tenait un deuxième homme, un imperméable jeté sur les épaules.

— Salut, Manny, dit Gust.

Le deuxième type était Le Marteau ; il salua Gust d'un signe de tête.

Son nom, abrégé, était Le Marteau, à présent, parce que c'était celui de l'arme qu'il utilisait. Mais quelques petites frappes qui le prenaient pour un caïd, dans le coin, l'appelaient Le Marteau Aveugle, sans savoir pourquoi. Autrefois, effectivement, il avait été connu sous ce nom-là, mais ce n'était pas parce qu'il était aveugle ; la raison, c'était qu'il avait rendu aveugle une caissière, dans un braquage de banque à deux, en lui lançant de l'acide au visage. Ensuite, il s'en était vanté un peu partout, ce qui lui valut d'être arrêté et de tirer neuf ans de prison.

Gust aurait préféré qu'il en prenne pour trente ans.

Quand Le Marteau vit Gust, son visage s'éclaira, reflétant

cette sorte de joie malsaine qui n'enchante personne. Il détestait Gust; celui-ci lui avait conseillé, un jour, de laisser tomber le milieu et de faire carrière dans le cinéma. Le Marteau recula dans la pièce, comme un tireur qui évalue la distance à sa cible, affichant un sourire de cannibale en train de faire cuire de la chair humaine.

— Entre donc, dit Manny.

— Je suis bien où je suis, répondit Gust. (S'adossant au mur du salon, il dit au Marteau :) Tu portes toujours un imper à l'intérieur, Trouduc?

— Tu n'as rien à faire ici, dit Manny. Mais puisque tu y es, reste au moins poli, bordel!

— Je vais faire encore mieux que ça, annonça Gust. Je vais dire franchement ce que je pense. Ça nous changera vraiment.

Quatre autres hommes que Gust ne connaissait pas étaient alignés sur le canapé. Ils ne disaient rien, ils n'avaient même pas bougé à l'arrivée de Gust, ils se contentaient de l'observer. Ils fumaient des cigares qui sentaient le vieux tapis brûlé, et leurs vêtements crissaient quand ils faisaient un geste. Ils passaient peut-être pour des figures de mode à Irkutsk, et il était même possible qu'ils aient fait tourner la tête de quelques filles, là-bas, au cours de soirées mortelles. Et encore...

— Tu ne m'as pas répondu, Le Marteau, reprit Gust. (S'approchant de lui, il examina l'imperméable.) Et qu'est-ce que tu as là, dans ta poche? Ça m'a l'air bien lourd, c'est sûrement ton dossier pénitentiaire.

— Non, dit Le Marteau. C'est plus lourd que ça.

— Un char blindé, alors. Ce qui montre bien à quel point tu es foireux : tu as peur qu'il pleuve à l'intérieur, et tu trimbales ta quincaillerie pour aller boire un coup.

— Tu as le don de mettre de l'ambiance dans une soirée, fit remarquer Le Marteau. Je ne sais pas comment on a pu se passer de toi.

Les étrangers du canapé sourirent, mais pas avec leurs yeux.

Manny demanda :

— Qu'est-ce que tu veux, à propos ?
— Des explications.
— À quel sujet ? Qu'est-ce que je pourrais avoir à t'expliquer ?
Gust se tourna brusquement vers Le Marteau.
— Je déteste ton imperméable, dit-il. (Il l'arracha des épaules du type, et le vêtement tomba par terre avec un bruit sourd. Puis, le ramassant, il en fouilla les poches et trouva un neuf millimètres.) Eh bien, regarde-moi ça, Manny, reprit-il. Il n'y a que les vieux retraités qui ont besoin d'un outil de ce calibre entre quatre murs.
Il déchargea le pistolet, et balança le chargeur de quinze cartouches contre la fenêtre, qui était fermée. Puis il lança l'arme vide et l'imper au visage du Marteau.
— Du calme, Gust, dit Manny quand le fracas de verre brisé se fut éteint. On ne veut pas de violence.
En fait, Manny était bien connu pour redouter la violence ; c'étaient ses hommes de main qui se chargeaient des basses besognes. Les quatre occupants du canapé se penchèrent en avant, attentifs, comme s'ils regardaient un film à la télévision.
— Tu veux tenter ta chance ? demanda Gust au Marteau qui ramassait son pistolet. Maintenant que tu n'as plus d'arme, ce serait un plaisir pour moi. Tu chercheras ta tête à quatre pattes sur le plancher quand j'en aurai terminé avec toi.
— Voyons, soyons raisonnables, dit Manny. Qu'est-ce qui te chagrine, d'abord, Gust ? Tu as reçu ta part.
— Oui, fit Gust. Mais j'aimerais que tu voies tous les ennuis qui sont venus avec. À vrai dire, ce fric, il ne m'a rapporté que des problèmes depuis que je l'ai touché. C'est à se demander s'il est vraiment à moi.
— Peut-être que non, suggéra Le Marteau.
— On raconte que tu es allé chez Harry la nuit dernière, dit Manny. Ce n'est pas bien, ça. Tu n'aurais pas dû.
— Je l'ai fait, expliqua Gust, parce que deux types sont descendus chez Marly pour essayer de me tuer. Ils ont un rapport quelconque avec toi ? Tu es au courant de quelque chose ?

— Absolument pas.

— Et l'autre raison pour laquelle je suis allé chez Harry, reprit Gust, c'est que ma piaule, dans Allison Road, est sous surveillance. Ça te dit peut-être quelque chose ?

— Rien du tout, dit Manny.

— Tu n'as l'air au courant de rien, conclut Gust. C'est bizarre. Enfin, pour les deux types de chez Marly, ça vaut sans doute mieux pour toi, parce qu'il y en a un qui a passé l'arme à gauche à l'hôpital, ce matin. Tu le savais ?

Les étrangers changèrent légèrement de position sur le canapé, et l'un d'entre eux posa son cigare.

— En plus, ça doit être contagieux, ajouta Gust, parce que l'autre guignol n'est pas très frais non plus.

— Tu l'as tué aussi ? demanda Manny.

— Moi ? Non, fit Gust. Il ne me l'a pas demandé, alors, pourquoi est-ce que j'aurais fait une chose pareille ?

— Parce que tu es vraie brute, dit Le Marteau.

Gust ne releva pas.

— Non, dit-il à Manny. Ton type m'a sauté dessus, alors je lui ai flanqué une paire de baffes ; je crois qu'il a dû un peu trop forcer son talent. Il a voulu faire quelques pas de danse, je pense, mais il s'y est mal pris. Il s'est emmêlé les crayons, et en tombant, il s'est planté un bâton à cocktail dans l'oreille. Je ne sais pas comment il a fait son compte, mais c'est le genre de truc qui peut arriver à n'importe qui, tu ne crois pas ? En tout cas, tu comprends pourquoi j'ai des raisons de ne pas apprécier la situation.

— Tu as ton fric, dit Manny. Moi, c'est tout ce que je vois.

— Non, fit Gust, ce n'est pas tout ce que tu vois. Les deux tueurs du club, Manny, c'était des hommes à toi ?

— Je ne sais rien d'eux ! hurla Manny.

— Comment se fait-il, dans ce cas, qu'ils aient été si bien renseignés ? J'ai parlé de passeports, et ils savaient exactement de quoi il retournait. Ils savaient aussi que j'avais dans ma poche, en liquide, la somme qu'ils devaient toucher pour me descendre, et je me demande par qui ils l'ont appris. Tu vois pourquoi, maintenant, j'ai des raisons de ne pas être heureux.

— Alors, va plutôt chialer ailleurs, conseilla Le Marteau.

— On t'a demandé quelque chose, à toi ? fit Gust. Écoute, Manny. Voilà comment ça s'est passé. Je livre la marchandise. Harry me paye. Et ensuite ? J'apprends que le colis n'est jamais parvenu à son destinataire. Et qui se retrouve dans la merde ? C'est moi. Et qui a la tête de l'emploi ? C'est encore moi ; en liberté conditionnelle après dix ans de taule, et cinq de plus si je dérape, je suis taillé sur mesures pour endosser le costard. Alors, Manny, j'aimerais bien savoir si c'est toi qui m'as doublé. (Gust entendit Le Marteau bouger ; sans se retourner, il lança :) Ne touche pas à ça, Trésor. Je n'attends qu'un bon prétexte.

— Je ne t'ai jamais raconté de salades, dit Manny.

— Impossible, affirma Gust. Tout ce que tu dis sent le faisandé, et c'est sûrement la même chose pour les bobards que tu veux me fourguer.

— C'est un simple conseil d'ami, fit Manny, mais tu devrais faire attention à ce que tu dis.

— C'est un mauvais conseil. Le dernier qui m'ait dit ça, on l'a enterré — enfin, les morceaux qu'on a pu retrouver.

Le fumeur du canapé posa son cigare sur le bord de la table basse en verre, puis, changeant d'avis, le remit dans sa bouche.

— Qui sont ces types, d'abord ? demanda Gust, parlant des visiteurs.

— Ils n'ont pas le moindre rapport avec l'affaire qui vous concerne, Harry et toi. Ils sont dans le commerce de voitures.

— Ils iront loin, ici, à Londres, dit Gust. Je parie qu'ils ne savent même pas comment on appelle une bougie en anglais.

— Ils vendent à l'étranger.

— Je vois, fit Gust. Un simple trafic de Trabants et de Ladas d'occasion. Les petits livrets bleus, ça ne les intéresse pas du tout.

— Effectivement, confirma Manny, et comme nous sommes très occupés, en ce moment, tu vas devoir nous laisser. Excuse-moi si je ne t'offre pas à boire.

— Ça m'est égal, répondit Gust. Je ne bois pas avec les salauds, de toute façon.

— Tu ne dois pas te biturer souvent, alors, commenta Le Marteau.

Gust regarda tout droit à travers lui, comme s'il était transparent.

— Où est passée la livraison, Manny? demanda-t-il.

— Ce n'est pas tes oignons, répondit Manny. Tu as eu ton argent ; maintenant, fous le camp.

— Je suis comme une boule de billard, au bord du trou où elle va tomber d'un instant à l'autre, dit Gust. Mais je découvrirai le fin mot de toute cette histoire, et je vais devenir méchant quand j'aurai trouvé, Manny. Il y en a quelques-uns qui vont se faire sérieusement botter le train.

— Je ne vois pas quel arrière-train risquerait de se faire botter, répliqua Manny, à part le tien. Tu es sur la pente fatale, Gust. Plus personne ne te fait confiance ; tu as trop d'ennemis, pas assez d'amis. Raccompagne-le, Le Marteau, referme la porte derrière lui. Et n'insulte pas les gens, Gust, si tu veux rester dans mes petits papiers. Où est-ce que tu trouverais un autre copain comme moi ?

— Partout sur le mur des chiottes, répondit Gust, et le reste sur le plancher.

— Eh bien, mon vieux, vous ne mâchez pas vos mots, dit l'un des types du canapé.

— Exact, dit Gust. C'est pour que vous puissiez les apprendre par cœur.

— Restons calmes, fit Manny. (S'adressant aux étrangers :) C'est une simple discussion d'affaires, il ne pense pas vraiment ce qu'il dit. Les gens comme notre ami Gust sont tous les mêmes : ils ne gagnent pas beaucoup d'argent, alors, ça les travaille, ils s'échauffent pour un rien.

— Oui, dit Gust, ils sont tous comme ça, sauf ceux qui sont trop gourmands ; ceux-là, on les refroidit. À la température de la morgue.

— Je regrette que tu sois dans le pétrin, c'est tout ce que je peux te dire, reprit Manny. Maintenant, tu m'excuseras, mais il faut que je m'occupe de ces messieurs, nous allions partir dîner dans le West End.

— Au Red Wok ? demanda Gust.

— Pourquoi pas ? répondit Manny. Ça a été un vrai plaisir de travailler avec toi.

— Je te donne une dernière chance de m'expliquer cette embrouille.

— Va te faire foutre.

— Très bien, dit Gust, si tu le prends comme ça...

Il sortit de l'appartement et retrouva Frankie dans l'escalier.

— J'ai trouvé ça décevant, commenta Frankie lorsqu'ils furent remontés dans la voiture. Je ne sais pas comment tu as pu te retenir de démolir cette saloperie de Marteau.

— Tu as écouté toute la conversation ? demanda Gust.

— Et pourquoi pas ? Je n'avais rien d'autre à écouter.

— Je les ai avertis.

— Je t'ai entendu, dit Frankie tandis qu'ils s'arrachaient du trottoir. Ils poussent un peu, tu ne trouves pas ?

— Si, dit Gust. Mais ils vont finir par pousser comme le chiendent. Au cimetière.

14

Gust arriva tôt à l'Eclipse. Il était au bar, en train de commander un scotch, quand un chauve obèse se hissa sur le tabouret voisin du sien et lui glissa à l'oreille :

— J'ai deux mots à vous dire, mon vieux.

— Ça ne m'intéresse pas, répliqua Gust. Tirez-vous.

Gust ne l'avait jamais vu. Le type avait la voix enrouée, il sentait le graillon, sa panse avachie débordait par-dessus sa ceinture, et son visage luisait sous une pellicule de sueur grasse. Il portait un jean et une veste de treillis, et faisait de son mieux pour avoir l'air crasseux ; il n'aurait pas dû se forcer autant.

— Je m'appelle Spaulding.

— Parfait, dit Gust. Alors, allez vous taper un dix-huit trous, et revenez quand vous les aurez enfilés tous.

— Beaucoup de gens me disent ça, mais je m'appelle quand même Spaulding.

— Ce n'est pas ma faute.

— Il faut qu'on parle.

— Écoutez, ce que j'essaie de vous faire comprendre, c'est que je ne suis pas pédé. Alors, trouvez quelqu'un d'autre pour tirer un coup.

— Je comprends pourquoi les gens disent que vous n'êtes pas un type facile, dit Spaulding.

Il posa la main sur celle de Gust. On aurait dit une bouillotte froide.

— Ôtez votre main de là, dit Gust.

— C'est un geste purement amical.

Saisissant le bras du type, Gust le lui tordit jusqu'à ce que sa main se retrouve plaquée derrière sa nuque.

— Ne refaites jamais ça, dit Gust en le relâchant. Compris ?

— Bon sang, dit Spaulding. (Ramenant son bras devant lui, il le plia en faisant la grimace.) Vous êtes vraiment agressif.

— Les types comme vous, expliqua Gust, du genre paternel, ce sont les pires.

— Je pourrais presque être votre père, dit Spaulding. Et un père plutôt strict, d'ailleurs, vu que je suis du quartier.

— Je ne sais pas de quoi vous parlez. Je vous dis seulement que vous vous trompez de bar. Pourquoi vous n'essayez pas ceux de Brewer Street, ou le Mutin si vous avez un peu de fric ? Écoutez, mon vieux, j'essaie d'être gentil, mais j'ai l'impression que vous n'avez rien compris. Foutez le camp, ne m'obligez pas à employer la manière forte.

— Ce ne sera pas nécessaire, dit Spaulding, parce que j'ai des arguments valables, moi aussi.

— Eh bien ! fit Gust en découvrant la carte de police. Inspecteur principal ? Commissariat de Poland Street ? Bon sang, je savais que vous étiez tous pédés, à l'Usine, mais je ne me serais jamais douté que vous en étiez réduits à chasser à l'extérieur.

— Ne forcez pas trop votre chance, Gust, conseilla Spaulding. Vous êtes déjà au-dessus du gouffre, et vous ne tenez plus que par la peau des couilles.

— Enfin, vous êtes le deuxième de la journée ! expliqua Gust. Ça commence à bien faire. Poland Street ? Je connais. Vous ne seriez pas copain, par hasard, avec un certain Pacey ? Et ce type charmant qui s'appelle Charlie Bowman, vous le connaissez ? Vous travaillez dans quel service, à Poland Street ?

— À l'A14.

— Les Décès non élucidés ? Vous enquêtez sur un décès ?

— Oui, dit Spaulding. Deux, en fait.

— Ça n'explique toujours pas pourquoi les flics me collent au train.

— Parce que vous êtes encore dans les ennuis jusqu'au cou, voilà pourquoi. Je vous vois très mal parti.

— À cause de cette éruption que j'ai sur le visage ? demanda Gust. J'ai attrapé ça en taule, mais ce n'est pas grave. Rien à voir avec le sida. J'ai consulté un toubib, et on ne risque rien si on me touche comme vous venez de le faire.

— Vous ne me comprenez pas bien.

— Je ne fais aucun effort pour ça.

— Vous devriez, conseilla Spaulding. (Il but une gorgée de whisky, en faisant tourner le glaçon dans son verre.) Alors, ça vous surprend qu'un inspecteur de police vous pose des questions ?

— Je ne vois pas pourquoi vous vous donnez tant de mal.

— Pour des tas de raisons, dont certaines sont bien plus inquiétantes pour vous que les autres.

— Mais sans rapport, j'espère, avec la petite fable de Pacey au sujet d'une bagarre dans un bar ? J'en ai marre, de cette histoire, j'ai déjà fait le tour de la question avec lui.

— Pacey a dû se tromper, à propos de cette bagarre. C'est drôle. En général, on est plutôt bien informés. Remarquez, je ne dis pas qu'on ne se trompe jamais, vous savez bien...

— Non, répliqua Gust. Je ne sais pas. Je n'en sais foutre rien.

Spaulding soupira.

— Vous faites tout ce qu'il faut pour être désagréable, hein ? Vous êtes vraiment le genre de type dont on se passerait volontiers ; on a déjà suffisamment d'emmerdeurs sur les bras.

— Et même plus que vous ne pouvez en supporter, je parie, dit Gust. Malgré tout, vous êtes payés pour ça.

— C'est vrai, reconnut Spaulding. Mais vous, Gust, vous êtes vulnérable. À votre première bourde, vous pouvez dire adieu à la liberté jusqu'en l'an 2000.

— Je le sais, fit Gust. C'est pourquoi je regarde bien où je mets les pieds. Vous pouvez me croire.

— Peut-être pas assez bien tout de même, dit Spaulding.

Il finit son verre et en demanda un autre d'un signe de la main, mais la fille derrière le comptoir ne fit pas attention à lui.

Gust demanda :

— C'est votre jour de congé ou quoi? Vous allez traîner là toute la nuit?

— Pourquoi? Vous attendez quelqu'un?

— Ma vieille grand-mère, répondit Gust. Elle n'est plus très vive, bien sûr, elle a quatre-vingt-huit ans, mais sa compagnie est plus amusante que la vôtre. Sans doute parce qu'elle n'a pas une tête de bois.

— C'est agréable d'entendre un langage fleuri, commenta Spaulding. Il y a tellement de gens, de nos jours, qui écorchent notre belle langue...

— C'est vrai, renchérit Gust. Rien n'est éternel. Et comment avez-vous fait pour me retrouver, à propos?

— Sans vous révéler de secret, répondit Spaulding, ça n'a pas été bien compliqué. Je flânais dans le quartier quand je vous ai vu sortir d'une BMW volée avec Frankie Petrosa. Alors, je vous ai suivi jusqu'ici.

Gust ne savait rien de Spaulding. Il n'avait jamais entendu parler de lui, mais personne ne peut connaître tous les flics. Il roulait un peu les mécaniques à la manière de Pacey, mais il était plus malin. C'était l'un de ces flics qu'on va pêcher Dieu sait où pour les transférer dans le West End; au bout d'un mois, ils s'imaginent qu'ils connaissent mieux Soho que les portiers de nuit. Bien sûr, il avait encore du chemin à faire, dans la vie — et qui n'en a pas? Le seul hiatus, c'était son appartenance à l'A14; Gust n'aimait pas ça.

— Vous prenez quelque chose? proposa Spaulding.

— Pas avec vous, répondit Gust. De quoi voulez-vous me parler?

Spaulding fit claquer ses doigts par-dessus le comptoir et demanda à la serveuse :

— Un double scotch avec de la glace, ma jolie. Un ! (La fille servit trois autres clients, puis lui tira la langue dans le miroir du bar. Dans le regard bleu pâle de Spaulding passa une lueur de colère. Il dit à Gust :) Je vous le demande gentiment, une fois de plus : vous voulez qu'on discute ici, ou au commissariat ?

— Pas question d'aller à Poland Street par un temps pareil, répondit Gust. Avec les nouvelles restrictions de budget, le chauffage sera encore coupé. C'est un crime de faire travailler les gens dans une turne pareille. À propos, vous devriez acheter des pastilles pour la gorge, avec la voix que vous avez.

— Non, pour vous, le chauffage fonctionne. Pour les individus de votre espèce, ça chauffe même sérieusement.

— Pour moi, ça ne change rien, dit Gust. Ce soir, je ne peux pas vous parler, de toute façon. Ni ici, ni ailleurs. J'ai cette réunion familiale dans une minute, je vous l'ai dit. À moins que vous vouliez m'arrêter, bien sûr.

— Je ne peux pas encore me le permettre, malheureusement, fit Spaulding. Dommage.

— Ah bon ? s'étonna Gust. Et moi qui pensais que vous étiez venu pour ça...

— J'enquête sur ce décès chez Marly, entre autres choses. Plus précisément, sur ces deux hommes — le premier est mort, l'autre infirme à vie, ce qui ajoutera une inculpation pour violences aggravées à une inculpation pour meurtre quand j'aurai épinglé le coupable.

— Pour moi, cette histoire ressemble plutôt à un accident du travail, commenta Gust. Et puis, j'en ai déjà parlé en long, en large et en travers avec le bouseux qui sort de son champ de navets, votre copain Pacey.

— Eh bien, on va en reparler quand même, dit Spaulding. Alors, commençons par le fait que vous ne fassiez pas semblant de n'être au courant de rien, ce qui nous simplifiera la vie.

— Vous allez être surpris, fit Gust, mais en fait je ne sais vraiment pas ce qui s'est passé. Et ça ne devrait d'ailleurs pas vous surprendre tant que ça, parce que j'ai dit la même chose à Pacey. Alors, je vous écoute, trouvez autre chose.

— Très bien, dit Spaulding. (Il se gratta la joue ; sa chair vira furieusement au rouge.) C'est difficile à dire de but en blanc, malgré tout.

— Essayez.

— Ça ne va pas vous plaire.

— Dommage. De toute façon, je n'espère jamais apprendre de bonnes nouvelles de la bouche d'un flic. (Il demanda à la serveuse :) Double scotch avec des glaçons, Sherry. Un seul. (Quand son verre arriva, il dit à Spaulding :) Ça ne vous gêne pas de rester devant un verre vide ?

— Si, répondit Spaulding. C'est un lieu public, ici, où les clients ne se bousculent pas, d'ailleurs. Je suis comme tout le monde, je déteste ne pas être servi.

— Non, vous n'êtes pas comme tout le monde, rectifia Gust. Vous êtes flic, et ça se voit à trois kilomètres.

— Très bien, fit Spaulding. Alors, comme je suis flic, revenons-en à cette bagarre chez Marly. Est-ce que vous pouvez justifier de votre emploi du temps pour la soirée ?

— Ne soyez pas stupide. Par où voulez-vous que je commence, puisque je n'étais pas là ?

— Vous n'avez pas du tout mis les pieds dans ce club hier soir ?

— Non.

— C'est drôle, fit Spaulding, parce qu'on vous y a vu.

— Ça, c'est encore du Pacey tout craché, dit Gust. Enfin, si ça vous fait plaisir... Vous avez des témoins, bien sûr ?

Spaulding perdit son calme, tout à coup.

— N'essayez pas de faire le malin avec moi, Gust. C'est une affaire de meurtre. Vous ne savez pas ce qu'on a contre vous, ni ce qu'on n'a pas.

— Excusez-moi, dit Gust, mais après dix ans de taule, plus rien ne m'impressionne.

Spaulding le regarda dans les yeux.

— Il n'y a pas que l'affaire Marly, dit-il. Vous ne savez pas encore ce que je vais vous apprendre, parce que vous ne pouvez pas être déjà au courant. Je n'aurais jamais cru dire ça à un type dans votre genre, mais je suis navré pour vous.

— Pourquoi ?

— Parce que c'est une affaire qui vous concerne personnellement. Vous avez une demi-heure ? Je sais que vous attendez votre grand-mère, mais je crois que vous devriez me consacrer un peu de temps et lui laisser un message. Ce nouvel événement s'est produit cet après-midi, pendant que vous étiez en balade avec Frankie.

— Vous me faites marcher ?

— Non, dit Spaulding. Mais si vous ne me croyez pas, pourquoi ne venez-vous pas vous rendre compte par vous-même ? Vous voulez me suivre pour aller voir Mlle Chang ?

— Petal ? fit Gust. Qu'est-ce que vous lui avez fait, bande de salauds ? Vous l'avez arrêtée, ou quoi ? Elle va bien ?

— On ne lui a rien fait du tout. On l'a trouvée, c'est tout. Et pourquoi voulez-vous savoir si elle va bien ? Il vaudrait mieux demander si elle *allait* bien.

— C'est censé vouloir dire quoi ?

Gust sentit ses tripes se nouer.

— À votre avis ? fit Spaulding avec brutalité. Ça veut dire qu'elle est morte, bien sûr. Qu'est-ce que vous croyez ? Les gens tombent comme des mouches, dans votre entourage.

Je ne peux pas vivre sans toi, pensa Gust. Il avait dû entendre ça dans une chanson quelconque que Petal et lui avaient écoutée ensemble. Sans aucune raison, il se souvint d'un réveil qu'elle lui avait offert pour Noël, une fois. Leurs fonds étaient au plus bas, et ils avaient passé tout l'après-midi au chaud dans un grand magasin pour le choisir. Il fallait qu'il se raccroche à quelque chose.

— On y va ? proposa Spaulding. À propos, quand j'ai posé ma main sur la vôtre, tout à l'heure, c'était un geste de sympathie.

— Arrêtez de parler, vous voulez bien ? dit Gust. Allons-y, et puis c'est tout.

Il remonta quatre à quatre les marches menant vers la rue.

— Vous tiendrez le coup ? demanda Spaulding. Il faut s'attendre au pire.

— Oui, ça ira, répondit Gust d'un ton sinistre.

15

L'équipe du labo était déjà repartie quand Gust et Spaulding arrivèrent ; ils furent accueillis par l'officier de police chargé des premières constatations. À ses côtés, se trouvait un jeune flic, appelé par la voisine de palier quand elle n'avait pas obtenu de réponse en sonnant chez Petal. Deux autres policiers en tenue attendaient en haut de l'escalier, munis d'un sac pour transport de cadavre.

— Nous vous attendions, M. Spaulding, dit l'officier. Nous avons relevé deux séries d'empreintes, en plus de celles de Gust et de la victime. Il y a du sang sur l'une d'elles.

Gust se tenait tout près de la porte, juste à l'intérieur de l'appartement.

— Vous comprenez bien, lui dit Spaulding, que votre présence ici est parfaitement contraire aux règlements.

Gust ne répondit pas ; il regardait ce qui gisait sur le plancher.

— Si je puis me permettre une remarque, poursuivit Spaulding, vous ne manifestez guère d'émotion à la vue de ce spectacle.

Gust ne dit rien, ne fit rien.

— Vous aviez de l'affection pour Mlle Chang, cependant, n'est-ce pas ?

— Vraiment ?

— Je vous posais la question.

— C'est vous qui menez l'enquête, pas moi, dit Gust.

Il se rendit compte que sa bouche lui jouait des tours quand il essayait de parler.

— En ce cas, vous feriez mieux d'entrer franchement.

On aurait dit un agent immobilier faisant visiter un appartement à un client.

Gust suivit Spaulding dans le salon. Imbibée de sang, la pièce semblait tout autre, à présent ; son aspect n'avait plus aucun rapport, même lointain, avec celui qu'elle présentait la nuit précédente. Le corps de Petal était étendu au milieu du plancher, les yeux révulsés. Ses paupières à demi fermées étaient celles d'une femme qui lance une injure, et elle était entourée par les débris d'un miroir que Gust et elle avaient acheté ensemble. Quand il finit par prendre véritablement conscience que c'était bien le cadavre de Petal qu'il regardait, que l'objet jeté sous le lit où ils avaient dormi la nuit précédente était le sac à main avec lequel elle avait tenté de se défendre, toutes les images qui avaient jamais existé dans l'esprit de Gust furent annihilées, laissant place à un brouillard rouge.

— Alors, caïd, elle n'est plus aussi agréable à regarder, hein ? fit Spaulding.

Gust pensait : *Quand je suis tombé amoureux de toi, bien avant que tu le saches – mais l'as-tu jamais su ? – je suis resté toute la nuit dans la rue à regarder la fenêtre de la chambre du quatrième où tu habitais alors, dans Carlyle Street, jusqu'à ce que la lumière s'éteigne, et j'aurais voulu être celui qui l'avait éteinte. T'es-tu jamais demandé – je ne t'ai pas posé la question – si c'était une simple coïncidence qui avait voulu que je te rencontre dans la rue quand tu es sortie de chez toi, le lendemain ? Tu t'es moquée de moi parce que je n'étais pas rasé, puis nous sommes allés prendre un chili con carne à la Cucaracha ; j'ai payé le repas avec mes derniers sous. C'était il y a dix-huit ans.*

Derrière lui, Gust entendit l'un des flics dire à son collègue :

— C'est à vous fendre le cœur, dis donc.

Gust pensa : « C'est moi que cela touche. *Moi !* »

— Vous n'avez donc aucune pitié ? demanda Spaulding.

Gust entendit quelqu'un s'étouffer, et il se rendit compte que ce devait être lui. Il avait envie de partir, de foncer vers la porte sans se retourner, mais il était trop tôt ; s'il faisait cela maintenant, ce serait comme s'il quittait un enterrement au milieu de la cérémonie. Il comprit soudain l'intérêt des obsèques : ce n'était pas le prêtre, la musique ou l'église, c'était une façon de remettre l'impossible au pas de la raison, du rationnel.

Mais ici, rien n'était raisonnable ; il n'y avait que l'odeur du sang refroidi. Une odeur métallique, comme le fil aiguisé d'une lame, capable de trancher n'importe quoi.

— Ayez un peu de respect, vous voulez bien ? dit Gust. Taisez-vous, c'est tout ce que je vous demande.

— Le respect s'use vite dans notre métier, répondit Spaulding. Heureusement, sinon, on finirait tous à l'asile.

— J'aimerais que vous y soyez déjà, dit Gust.

Il se pencha pour regarder le visage de Petal, mais il n'en restait rien, à part l'arête du nez.

Spaulding demanda :

— Vous l'avez embrassée, ce matin ? (Comme Gust ne répondait pas, il ajouta :) Je parie qu'elle serait encore en vie et en bonne santé, si elle ne vous avait pas rencontré.

— Si vous ne la fermez pas, dit Gust sans élever le ton, je vous tue en présence de vos propres hommes. Compris ?

Il s'agenouilla près du cadavre.

— Ils ne t'ont pas loupée, lui dit-il à voix haute. Ils ont attaqué au rasoir, ou peut-être au couteau, puis le coup de grâce en travers des mâchoires ; ce devait être quelque chose de lourd, hein, Petal ? Disons une barre de fer ou une batte de base-ball.

— Quelle qu'ait été l'arme utilisée, ils ne l'ont pas laissée, précisa Spaulding.

— Non, fit Gust. C'étaient des ordures, pas des amateurs.

— Qu'est-ce que cela vous inspire, alors ? demanda Spaulding.

— Vous essayez de me faire craquer, c'est ça? dit Gust. C'était votre seule raison pour m'amener ici.

S'approchant des deux hommes, l'inspecteur chargé des premières constatations déclara :

— Aucun des témoins interrogés jusqu'ici n'a rien remarqué de suspect.

— Évidemment, dit Gust. Tout le monde a l'air suspect dans Berwick Street.

— Vous êtes un salaud dénué de la moindre sensibilité, déclara Spaulding. Je serais surpris que ce spectacle vous coupe seulement l'appétit.

— Pas de danger, répondit Gust, parce que je n'ai pas faim.

— Vous devez quand même éprouver quelque chose ?

— Bien sûr, fit Gust. Je viens de vous le dire. Je sens que je n'ai pas faim.

— Les gens comme vous, dit Spaulding, c'est à peine s'ils appartiennent à l'espèce humaine.

— Pourquoi ne gardez-vous pas ces conneries pour les tueurs ? demanda Gust. Quand vous les arrêterez, si vous les arrêtez un jour, vous pourrez les leur resservir.

— C'est vous qui donnez des leçons de morale, si je comprends bien ?

Gust agrippa Spaulding par les revers de sa veste.

— Pourquoi vous n'essayez pas de marcher à tâtons dans le brouillard, un de ces jours ? dit-il. Un brouillard rouge. Et si les vivants ne le font pas, j'espère que les morts vous jugeront pour m'avoir amené ici. (Il repoussa Spaulding.) Laissez-moi passer, dit-il aux flics.

— Une minute ! fit Spaulding. J'ai peut-être besoin que vous passiez au commissariat pour faire une déposition. Il y a l'affaire Marly, et maintenant, ça ; où habitez-vous ?

— Nulle part, répondit Gust.

— Vous allez regretter de ne pas coopérer avec moi.

— La vie est pleine de regrets, dit Gust.

Il sortit, et personne n'essaya de l'en empêcher.

Il retrouva le chemin de la rue. Il parvint jusqu'à Shaftesbury Avenue, s'appuya contre le mur du cinéma, puis vomit dans le caniveau. Une passante dit à son compagnon :

— Ne regarde pas, Perry. Franchement, comment le gouvernement pourra-t-il jamais empêcher de boire ces individus épouvantables ?

Gust s'était vidé l'estomac, mais ses pensées restaient les mêmes, pesantes et confuses. Dans sa tête, il parlait à Petal, lors de leur première rencontre : *Je suis encore jeune. Oui, c'est vrai, j'ai eu des démêlés avec la justice, ce n'est pas un secret, je suis allé en prison, et alors ? Je suis couvert de cicatrices, je me bagarre facilement, comment faire autrement quand on fréquente des malfrats ? Mais les types à qui je flanque une raclée le méritent tous, ce sont des indics ou des salauds. Toi et moi, on pourrait vivre ensemble ; tu es heureuse, je suis heureux, avec toi je pourrais me ranger. Il me reste un peu d'argent de quelques affaires qui se sont bien terminées, et on ne dépense pas beaucoup dans notre milieu.*

Il se rappela aussi un de ses meilleurs copains, l'Irlandais, débarquant au bar du Contract Club sans avoir dessoûlé depuis une semaine, et lui demandant, tu me payes une bière, Gust ? Et Mick descend la première pinte, la moitié de la seconde, et vomit le tout. Cela remontait donc à si longtemps, à dix ans déjà, le fourgon blindé sur la M12 ? *Dix ans ?* Il lui semblait que c'était hier. Gust s'envola sur les ailes décharnées des cauchemars qui l'avaient hanté en prison au point qu'il redoutait le sommeil, revenant à cette nuit où l'Irlandais était mort pendant l'attaque, le garde parvenant à le frapper en travers du visage avec sa matraque. L'Irlandais s'effondre, crachant des fragments de l'intérieur de sa tête, du rouge, du noir et du blanc, des morceaux de dents de ci, de là, un magma jaillissant dans un flot sanglant. C'est tout ce que le regard de Gust a le temps de saisir dans la panique de l'action ; puis il voit bouger une masse indistincte, et le Maltais fait sauter la tête du garde d'un coup de feu. Abandonnant tout sur place, ils ramènent l'Irlandais à leur planque d'Hammersmith. « Du thé, du thé ! » réclame sans cesse l'Irlandais. Mais il n'y en a pas ; ils n'ont que du whisky.

Il avait survécu pendant les trois quarts de la journée suivante, gémissant sans cesse, et c'était à cette occasion que Gust avait appris comment parlait un homme à qui il manquait la moitié inférieure du visage. Il roucoulait, aussi, parce qu'il ne pouvait pas crier, émettant un son qui évoquait un pigeon faisant sa cour au printemps. Gust, assis près du lit, fermait les yeux parce qu'il ne supportait pas de voir sa langue à nu, cherchant en vain un maxillaire qui n'existait plus.

Ils l'avaient emmené à l'hôpital de Fulham Palace Road à la nuit tombante, parce que le whisky ne lui avait servi à rien ; il y était mort une heure plus tard, et les flics leur étaient tombés dessus peu de temps après.

Gust commençait à peine à comprendre que Petal était morte aussi. Planté à l'angle de Peter Street, il tâta le rouleau de billets de banque rangé au fond de sa poche. S'adressant au ciel noir, il demanda, brandissant le poing : « Tu vas tuer tous mes amis, espèce de salaud ? »

Il avait encore des vomissures plein la bouche, et il se pencha de nouveau au-dessus du caniveau. Quelques vers lui revinrent en mémoire ; il avait dû les lire en prison :

J'entends résonner tes pas
Dans l'escalier que tu descends en hâte
Et il me rend sourd, le bruit des portes
Que devant moi on claque.

Traversant le brouillard qui lui emplissait la tête, la folie se rua vers Gust, et se mit à le pétrir entre ses mains agiles.

16

Le même soir, à l'heure où il aurait dû retrouver Sholly à l'Eclipse, il était au Diadème, en fait, et il s'y soûlait consciencieusement. Il n'avait pas encore assez de cran pour affronter l'Eclipse.

Une demi-heure plus tard, il se trouvait toujours au pub, contemplant le fond de son verre. Il regarda autour de lui ; l'existence lui paraissait désespérément sale, comme le cendrier d'un joueur de cartes croulant sous les mégots. Il tentait d'imaginer ce que Petal avait dû subir en mourant ; il ne pouvait toujours pas se résoudre à croire que, sans sa réapparition soudaine dans la vie de Petal, la jeune femme serait en train de danser à l'Eclipse en ce moment même.

Se retournant, il découvrit le boxeur de la veille assis près de lui.

— Bonsoir, dit le boxeur. Comment ça va ?

— Pas bien.

— Vous avez une sale tête. Vous êtes malade ? Vous semblez avoir besoin d'un ami.

— Oui, dit Gust. Mais en ce moment, je n'en ai pas.

— C'est moche, dit le boxeur. On a tous besoin d'amis. Vous n'en avez jamais eu ?

— Si, répondit Gust. Seulement, je les ai perdus dans le brouillard.

— Dans quoi ?

— Le brouillard que j'ai dans la tête.

Le boxeur recula légèrement son tabouret.

— Vous devriez voir un toubib, pour ça.

— Pas la peine.

— Alors, je ne sais pas ce que vous pourriez faire. De toute façon, ça ne me regarde pas. Je ne pose jamais de questions idiotes.

— Vous ne vous en êtes pas privé, hier soir.

— C'était un malentendu. Comment va la petite dame ?

— Il ne lui arrivera plus rien, maintenant.

— Je suis content de l'apprendre, dit le boxeur. C'est une beauté, un vrai bijou. (Il se leva.) Bon, il faut que je file, tenez-moi au courant si vous avez des ennuis. (Sortant un stylo à bille du pari mutuel, il griffonna quelque chose au dos d'un paquet de cigarettes.) Voilà le numéro de téléphone du gymnase de Wally, dans l'Île des Chiens. Ils savent toujours où me trouver.

— Merci, dit Gust, mais je me débrouillerai.

— Prenons un autre verre, alors.

Ils en prirent cinq.

Avant de partir, le boxeur dit à Gust :

— Surtout, ne vous laissez pas bouffer par ce brouillard qui vous envahit la tête. Faites bien attention à vous.

Il partit en titubant, entrant en collision avec la porte.

Ce ne fut pas la porte qui gagna le combat.

*

Plus tard dans la nuit, alors que Gust était toujours au Diadème, quelqu'un lui tapa sur l'épaule.

— Il y a un type, là-bas, qui veut vous parler.

Connor l'attendait à la porte.

— Sors ! dit-il quand Gust le rejoignit.

Ils traversèrent la rue, s'enfonçant dans l'obscurité.

— Alors ? fit Connor. Je t'écoute. Parle !

— De quoi ?

— Tu sais foutrement bien de quoi, espèce de salaud.

— Comment as-tu appris la nouvelle ?

— De la pire façon. Je suis rentré chez moi, et les flics étaient là.

Gust ne dit rien.

— Qu'est-ce qui t'arrive, tout à coup ? demanda Connor. Tu es devenu muet ?

— Oui, fit Gust. Je suis muet.

— C'est tout ce que tu trouves à dire ?

— C'est suffisant, répondit Gust. C'est comme ça. Je n'ai rien à dire.

— Tu n'as même pas un amen pour elle ?

— Tu crois qu'elle l'entendrait ?

— Je n'arrive pas à y croire, dit Connor. Que tu sois une ordure pareille, ça me dépasse.

— J'ai des souvenirs d'elle, tout comme toi.

— Ça ne vaut pas grand-chose, les souvenirs, non ? En comparaison...

— Mais il faudra bien s'en contenter, dit Gust.

— Ce qui lui est arrivé, c'est à cause de toi, il n'y a pas de doute.

— Oui, reconnut Gust. Je suis responsable de la mort de Petal, parce que je n'ai pas réfléchi à ce que je faisais ; qu'est-ce que tu veux de plus ?

— Et moi qui croyais te connaître... dit Connor.

Il frappa Gust, durement. Gust ne se défendit pas ; il s'écroula sur le trottoir et Connor le roua de coups, visant particulièrement le visage. De temps en temps, il lui lançait un coup de pied. Quand il en eut assez, il déclara : « Tu ne vaux pas la peine qu'on te tue », et il s'en alla vers le bout de la rue, empruntant l'avenue sans se retourner. Toujours étendu sur le trottoir, Gust le regarda s'éloigner. Au bout d'un moment, il épongea le sang qui lui maculait le visage et se releva.

Il retourna au bar et commanda un double scotch. L'alcool brûla ses lèvres, qui étaient fendues. Autour de lui, les autres clients le regardaient d'un air gêné, mais personne ne s'approchait de lui. À travers le brouillard, il entendit des gens crier : « Nous ne voulons pas qu'il nous arrive ce que Petal a dû subir ! Nous voulons que la mort vienne vite quand ce sera notre tour ! »

Gust leur promit : « Ce qui vient de m'arriver sera comme le baiser de l'ange de miséricorde quand je découvrirai le coupable. »

Il resta au comptoir, à boire de l'alcool, en sifflant un air sans queue ni tête. Il inventait les notes au fur et à mesure, comme s'il choisissait les touches d'un piano pour Petal, les blanches et les noires qui racontaient tout ce qu'ils avaient vécu ensemble, en mineur et en majeur. C'était la seule cérémonie funèbre qu'il pût lui offrir.

Il avait vu des gens moins affectés que lui quitter une tombe fraîchement refermée.

17

Sholly était furieux que Gust arrive si tard ; ce que cachait sa colère, en fait, c'était sa peur que Gust se soit fait coincer par les flics et qu'il leur ait dit quelque chose.

Quand il vit Gust, il brailla :

— Mais qu'est-ce que tu foutais, bon Dieu ?

— J'avais à faire.

Sholly le regarda de plus près.

— Tu as vraiment une sale gueule. Merde, qu'est-ce qui t'est arrivé ?

— Ne t'inquiète pas de ça, dit Gust. (S'asseyant en face de Sholly, il demanda :) Alors, tu l'as ?

— Si je l'ai ? répéta Sholly. Bien sûr. Et toi, tu as le fric ? Crache.

— Pas tout de suite, Tête-de-nœud. D'abord, où est-il ?

— Dans les chiottes, deuxième porte, à l'intérieur de la chasse d'eau, et ne te tire pas sans payer.

— Par où je passerais ? En suivant les étrons ?

Sholly était assez furieux pour avoir envie de répliquer : Pourquoi pas ? Mais il regarda Gust de nouveau et changea d'avis.

— Comme tu vois, dit Gust, je ne risque plus de gâcher mon physique.

Quand il arriva au premier, les toilettes pour hommes étaient vides. Il s'enferma dans la deuxième cabine, sortit l'arme du réservoir d'eau, et fendit l'enveloppe en plastique qu'il jeta à la poubelle. Le pistolet était sec, mais il le passa quand même sous le jet d'air chaud du sèche-mains. C'était bien un 38 tout neuf, un Beretta.

Il sourit à l'arme et lui dit : « J'ai du travail pour toi. » Il la chargea et la mit dans sa poche, puis il rejoignit Sholly. Il lui versa le reste de la somme, qu'il fit passer sous la table, en précisant :

— Tu pourras compter plus tard, tout est là. À propos, tu connais Petal Chang ?

Sholly répondit :

— Celle qui a une poitrine somptueuse ? Bien sûr. Je l'ai reluquée souvent quand elle dansait les seins nus au Contract Club. Bonne danseuse, elle passe souvent à La Tiare. Elle vivait avec toi, non ? Qu'est-ce qu'elle a fait ?

— Rien. Elle ne fera plus jamais rien. Elle est morte cet après-midi.

— Morte ? Comment ça ?

— Elle a été tuée, avec quelque chose comme une barre de fer, ou peut-être une batte de base-ball. On ne sait pas encore.

Le visage de Sholly prit une couleur de poisson pas frais. Il vendait la mort sept jours par semaine, comptant ou même à crédit ; mais, personnellement, il ne comptait pas la Femme à la faux parmi ses fréquentations.

— Merde ! fit-il, nerveux. Ils ont arrêté le coupable ?

— Non, répondit Gust. Mais, toi qui es toujours dans le coin, tu ne l'aurais pas vue avec quelqu'un en particulier, ces derniers temps ?

— Tu connais Petal, dit Sholly. Elle se faisait payer à boire par toutes sortes de types. (Gust le vit se creuser la tête, à la recherche d'un prétexte pour partir. La mort de Petal avait secoué Sholly ; les mauvaises nouvelles l'affectaient toujours, à présent.) Jour et nuit, on l'invitait tout le temps. Si elle n'était pas accompagnée, elle dansait avec le premier venu, il paraît. (Il regarda la bosse dans la poche de Gust.) C'est pour régler tes comptes qu'il te fallait un flingue ?

— Si tu t'occupes de ça même dans tes prières, dit Gust, je te transforme en viande froide, Sholly.

— Écoute, dit Sholly, se reculant en faisant grincer sa chaise sur le plancher, tant que ce n'est pas sur moi que tu braques ton flingue, tu peux viser qui ça te chante, et faire ce que tu veux avec, d'accord ? Je m'en vais.

— C'est la meilleure chose que tu puisses faire, conclut Gust. Mais si tu as des renseignements concernant Petal, je suis prêt à te les acheter.

Mais Gust parlait déjà dans le vide. Sholly avait un dossier au ministère de l'Intérieur, et il ne voulait pas faire de vagues.

Gust remonta Greek Street à la recherche d'un taxi.

Il s'attendait presque à trouver un abruti quelconque prêt à l'assommer à la sortie de l'Eclipse. Mais, comme c'est souvent le cas, plus vous êtes équipé pour affronter une situation, et plus celle-ci oublie de se présenter à vous.

C'est toujours celle à laquelle vous n'avez pas pensé qui vous laisse sur le carreau.

18

Le taxi emmena Gust chez Johnny Laray, à Brockley. Johnny était derrière sa maison, en train de nourrir ses lévriers, et il portait un seau quand il vint ouvrir la porte. En voyant Gust, il s'exclama :

— Bon Dieu ! Tu t'es fait renverser par un camion ?

— J'ai pris une raclée, expliqua Gust. Je peux entrer ?

— Bien sûr.

Johnny était son ex-beau-frère, et les deux hommes s'étaient toujours bien entendus. Quand Gust s'était séparé de Cheryl, la sœur de Johnny, cela n'avait rien changé entre eux. En fait, Johnny lui avait dit : « Tu as bien fait de te débarrasser d'elle. Qu'elle soit ma sœur ou pas, c'est quand même une salope. »

Johnny continua de nourrir ses chiens ; Gust le regarda faire. Les lévriers avaient tous des noms de chiens de course, mais Johnny n'utilisait jamais ceux-ci à la maison.

— Micky, Michelle, Vic ! Vic s'est étiré un ligament dans la patte arrière droite, expliqua-t-il, mais un type de St Albans m'en a quand même offert cinq mille livres en liquide. Pour la reproduction. Bien sûr, j'ai refusé. La vie ne serait plus pareille sans Vic.

Il caressa le museau du chien.

Gust regarda l'animal se frotter contre la jambe de Johnny. Il comprenait parfaitement Johnny et ses chiens ; entre eux, c'était l'amour parfait tous les jours de la semaine, même quand le lièvre électrique tournait en grinçant autour de la piste de Walthamstow le samedi après-midi.

— Bon, fit Johnny, qu'est-ce qui t'amène ?

— Ce n'est pas une visite de politesse, dit Gust. Je ne suis pas simplement passé pour te taper d'un billet de dix livres. Ça va mal. Je finirai bien par tout t'expliquer, mais ça va prendre du temps.

— Pas de problème. Attends un peu que j'aie terminé ici, et puis on va rentrer prendre un verre.

— Il m'en faudra un bien tassé.

Les chiens tournaient autour de Johnny dans l'espoir d'obtenir une double ration. Il caressa une jeune chienne.

— Je te présente Princess, dit-il. C'est la petite nouvelle. Elle est sacrément rapide. Elle pourrait bien nous faire gagner mille livres. Je l'ai inscrite dans une course samedi en huit.

Le chien courait de long en large, se faufilant entre les jambes de Gust.

Johnny termina son travail et les deux hommes entrèrent dans la maison.

— Comment sont les nouvelles ? demanda Johnny.

— Mauvaises. Aussi mauvaises que possible.

— Prends ton temps.

— Bien obligé, fit Gust. Je ne sais même pas encore très bien où j'en suis. Tout de suite après, je suis sorti dans la rue et j'ai dégueulé. Et depuis, il me semble que je ne ressens plus rien.

— Écoute, dit Johnny, il vaudrait peut-être mieux ne pas en parler tout de suite.

— Pourquoi ? demanda Gust tandis qu'ils passaient dans le corps principal de la maison. On n'est pas seuls, ici ?

— Non, répondit Johnny. Telle que je la connais, elle ne restera pas longtemps, elle s'ennuie en fin de journée, mais il y a Shirley dans le salon. Ce n'est pas le genre de fille qui plaît à tout le monde, je te préviens. Et elle n'est pas de très bonne humeur, ce soir, tu verras, elle est passablement échauffée par le gin et les revendications féministes. (Il cria :) Shirl ? C'est moi ! Tu es dans le salon ?

Une voix de femme glapit :

— Où veux-tu que je sois, bordel ?

Ils entrèrent dans la pièce. Une fille plus très fraîche était vautrée sur le divan. Elle portait une jupe qui commençait à la taille et se terminait plus ou moins à la taille aussi. Elle exhibait une cuisse large comme une autoroute, des jarretelles écarlates, et elle regardait une vidéo de Bruce Lee. On aurait dit qu'elle était tombée du sapin de Noël d'un maquereau. Johnny annonça :

— Je te présente Shirley.

Elle demanda sèchement à Gust :

— Vous êtes qui, vous ?

— C'est mon ancien beau-frère, expliqua Johnny.

— L'ex-mari de Cheryl ?

— Tu n'as pas pu le rencontrer avant, dit Johnny. Il a été longtemps absent.

— Ah, oui, je vois le genre...

— Quel genre ? demanda Gust.

— Le genre de type qui prend toujours de longues vacances, fit-elle avec un sourire méprisant.

— Ça ira comme ça, dit Johnny. Arrête.

— Pourquoi ? dit-elle, secouant ses fanfreluches sur le canapé. J'aimerais en savoir plus. Tout ce que j'entends, dans ce trou, c'est des renards dans le jardin et des pets de chien dans la cuisine.

— Laisse tomber, Shirley. Tu t'en es déjà tapé quelques-uns.

— Quelques-uns ? dit-elle. Je regrette de ne plus faire le trottoir à Kings Cross.

— Tu vas y retourner, menaça Johnny, si tu ne fermes pas ta grande gueule.

— Et puis après ? (Balayant l'espace d'un grand geste de la main, Shirley renversa son verre, qui était posé sur un napperon brodé *Olé, España !* Elle écarta largement les cuisses, montrant sa chatte.) Pourquoi est-ce que je la cacherais, dans cette baraque ? dit-elle. Tout ce qui intéresse Johnny, c'est ses putains de clébards, et je n'ai que lui à me mettre sous la dent.

Son haut était tellement décolleté qu'il n'existait pratiquement plus, et Gust jeta un coup d'œil à ses nibards ; cela ne lui posa pas de cas de conscience, puisque, de toute façon, Shirley exhibait en permanence les sept huitièmes des avantages en question. Ils lui rappelèrent les citrouilles qu'il vendait, au temps de sa jeunesse, quand il donnait un coup de main à un marchand de légumes du marché de Berwick Street.

À tâtons, Shirley ramassa son verre et le lança à Johnny.

— Remplis-le moi, et n'oublie pas la glace.

Johnny renifla l'intérieur du verre.

— Ce gin espagnol bon marché, ça te démolit la tête en un rien de temps.

— Tu m'emmerdes, avec tes commentaires. Sers-moi, c'est tout.

— J'ai l'impression de déranger, dit Gust.

— Déranger ? répéta Shirley. (Ramassant la télécommande, elle coupa le son.) Vous n'interrompez rien du tout. (Arrachant l'une de ses pantoufles couleur framboise, elle la lança à travers la pièce, renversant une poupée portugaise.) Allez, les vieilles pédales, hurla-t-elle, ne vous gênez pas ! Vous pouvez discuter tant que vous voudrez, ne faites pas attention à moi !

— C'est à Johnny que je suis venu parler, expliqua Gust. Je n'ai pas envie d'étaler mes histoires en public.

— Il ne faut pas être timide, dit Shirley. Je n'ai rien de public, je suis sa vie privée. Enfin, pour le moment.

— C'est pour votre bien.

— Oh, c'est pour mon bien ? Vous êtes trop bon. (Elle se tourna vers Johnny :) J'aimerais bien que tu finisses un jour ou l'autre par te débarrasser de ta saloperie de passé. (Lui arrachant son verre des mains, elle avala une longue gorgée, puis se remit à zapper d'une chaîne à l'autre. Dans un spasme, l'écran explosa en une multitude de feuilles dorées, puis un plan de coupe montra un singe grignotant une noix de coco; après quoi, grâce à une technique de pointe en matière d'infographie, l'image tout entière se replia sur elle-même et disparut.

— Vous avez vu ça? demanda Shirley. Il s'est évaporé. Comme le fric de Johnny. (À présent, penchée sur le canapé, elle semblait vraiment furieuse.) À propos de fric, dit-elle, je pars à la discothèque, maintenant. Tu as cent livres à me donner, connard? Je vais prendre un taxi, et je vous emmerde tous les deux.

Johnny sortit l'argent de son portefeuille et le lui donna.

Shirley rapprocha avec son pied un téléphone lilas, et composa un numéro. Au-dehors, le vent gémissait sur Brockley Park, faisant trembler les vitres.

— Cent livres... répéta-t-elle d'une voix pâteuse. Au bon vieux temps, j'aurais même pu lui faire cracher une carte de crédit trafiquée.

Au bout d'un moment, la sonnette retentit. Shirley se leva, annonçant :

— Mon taxi. Faites un gros câlin, mes tourtereaux. Je vous reverrai en couverture de *Hello Magazine*.

Elle tendit le bras pour s'appuyer sur le dossier du canapé, le manqua, reprit son équilibre et se dirigea vers la porte d'une démarche mal assurée. En sortant, elle se cogna à Gust.

— Gust, dit-elle. (Elle lui rota au nez. Puis, s'adressant à Johnny :) Pourquoi est-ce que tu fréquentes des minables pareils, d'abord?

— Pour la dernière fois, dit Johnny, tiens ta langue, Shirl!

— Les taulards..., dit-elle. La prison, c'est comme un virus. Les types comme ça le traînent partout avec eux. Espérons que ce n'est pas contagieux.

D'un mouvement d'épaules, elle se glissa dans une loque qui aurait voulu passer pour un manteau noir, puis elle sortit en claquant la porte.

— C'est une fille qui a des idées larges, tu ne trouves pas? (Johnny semblait fier d'elle.) Enfin, elle est partie. On va pouvoir parler, maintenant. Commence par où tu voudras.

— J'ai besoin de renfort, Johnny, annonça Gust. J'en ai salement besoin, et tout de suite, ce soir. Ce sera risqué, mais je n'ai personne d'autre.

Au moment même où il prononçait ces mots, il eut l'impression de trahir la confiance de son ami, de lui parler à travers un masque d'hypocrisie, un masque qui lui collait à la peau comme le maquillage d'une prostituée. Car, en dépit de l'état d'esprit qui était le sien, Gust était conscient de la folie de ce qu'il allait entreprendre contre Manny. C'était comme s'il disait à Johnny : « Fais-moi confiance », et qu'il allait sauter sa femme dans la maison d'à côté. Mais la nécessité, comme le désir, demandait à être satisfaite.

— Risqué ? Jusqu'à quel point ?

— Au point de se prendre une balle dans la peau.

— Bon sang, aie un peu pitié de moi ! dit Johnny. Pourquoi tu n'essaies pas de trouver quelqu'un d'autre, comme Frankie Petrosa ?

— C'est ce que je viens de faire, répondit Gust. Frankie est bien jusqu'à un certain point, mais cette histoire-là, c'est différent, c'est nettement plus sérieux. Je ne t'ai pas encore dit pourquoi j'avais besoin de toi. (Il marqua une pause ; puis tout sortit d'un jet.) Elle est partie, Johnny.

— De quoi tu parles ?

— Petal.

— Partie où ?

— Ce n'est pas de cette façon-là qu'elle est partie.

— Qu'est-ce que tu veux dire, alors ? Où elle est ?

— Nulle part, dit Gust, même si elle est loin de nous. Elle est partie depuis cet après-midi. Elle est morte.

— Petal ? répéta Johnny. (Il s'assit brusquement.) Je n'arrive pas à y croire. Comment c'est arrivé ?

— Ça s'est passé chez elle, expliqua Gust. Je lui avais demandé de m'héberger. Ils lui ont tailladé le visage, pour commencer, et puis ils l'ont achevée avec une batte de base-ball. En fait, il ne reste plus grand-chose de sa tête.

— Comment tu le sais ?

— Ne commence pas à me regarder comme si c'était moi qui avais fait le coup, dit Gust. Je le sais, parce que les flics m'ont emmené la voir.

— Quoi ? hurla Johnny. Tu délires, mon vieux. Les flics ne font jamais un truc pareil. C'était qui, le poulet en question ?

— Spaulding, un inspecteur de l'Usine. Il travaille pour l'A14.

— Connais pas. De toute façon, il doit être à côté de ses pompes pour prendre ce genre d'initiative. C'est complètement illégal, ça pourrait lui retomber sur la gueule. Et pourquoi il a fait ça, bordel ?

— Il cherche à me faire craquer, Johnny. Peut-être parce que j'étais dans une bagarre, chez Marly, où un type est mort. Ou alors parce que j'ai participé à un coup ; il n'y a que deux mois que je suis sorti de taule, et j'avais besoin d'argent. J'ai accepté de me joindre à une équipe, mais avant même que le braquage ait lieu, un type est venu me faire chanter, avec des photos où on me voit avec les autres. Il m'a donné le choix entre faire ce qu'il me demandait, ou retourner en prison pour tirer les cinq ans qui me restent.

— Qui c'est, le gars qui t'a mis le couteau sous la gorge ?

— Personne que je connaisse. Mais lui, il me connaissait bien.

— Il a un rapport quelconque avec Petal ?

— Comment veux-tu que je le sache ? dit Gust. Je n'en sais encore rien.

— C'était quoi, ton coup ?

— Ça se présentait comme un simple vol de passeports à livrer à un client. Tout ce que j'avais à faire, c'était braquer le fourgon, et je l'ai fait. Seulement, je n'ai pas volé les passeports pour les gars qui ont monté l'affaire, mais pour le type aux photos. Si bien que le petit boulot tranquille du début s'est transformé en un gigantesque merdier qui part dans tous les sens, et je suis en plein dedans.

— Il faut que tu fasses quelque chose, dit Johnny, au sujet du mec aux photos.

— Impossible, dit Gust. Il est intouchable.

— Personne n'est intouchable. Pourquoi lui ?

— Il travaille pour le gouvernement.

— Bordel de merde, fit Johnny, dans quoi tu t'es fourré ? Non, attends. Qui est-ce qui t'a branché sur l'affaire, pour commencer ?

— Manny.

— Manny Farb ? Qu'est-ce qui t'a pris ? Tu es malade ? Bon sang, je ne peux pas saquer ce salopard. Manny, c'est une balance, c'est connu. Tu es bien placé pour le savoir, c'est lui qui m'a fait tomber en 86. Et à part lui ? Le Marteau, il était dans le coup, lui aussi ? Et cette petite ordure de Harry Ford ? Et tu dis que tu as marché avec eux parce qu'il fallait bien vivre ? Bon Dieu, mais travailler avec ces sacs à merde, c'est la mort assurée.

— Quand tu sors de dix ans de placard, dit Gust, c'est comme si tu étais mort, de toute façon, tu n'existes plus. J'ai dû prendre ce que je trouvais. Et maintenant, Petal. Écoute, Johnny, Petal et moi, on a eu des hauts et des bas. On s'est séparés quand je me suis retrouvé en taule, oui, mais on est restés amis, ce qui explique pourquoi elle m'a hébergé quand j'en ai eu besoin. Maintenant, imagine que tu sois à ma place et que tu l'aimes encore, sans te demander qui a eu tort, qui a eu raison, comment tu réagirais si elle était assassinée ?

— Comme toi, répondit Johnny. Mais je n'arrive toujours pas à le croire. Petal était une perle.

— Je le sais. Et ce qu'il faut comprendre, et qui est pire que tout, c'est qu'elle serait encore en vie si je ne l'avais pas revue. Ce dont je suis sûr, c'est qu'en la tuant, c'est moi qu'on cherchait à atteindre, mais je ne sais pas de quel côté chercher les coupables. Ça pourrait être une vengeance de ceux qui ont envoyé des tueurs chez Marly, où il y a eu cette bagarre, ou bien un coup de la bande à Manny. Et à bien y repenser, c'est du côté de Manny que doit se trouver la solution.

— Qu'est-ce qui s'est passé chez Marly, au juste ?

— Deux types étaient venus là pour me tuer, expliqua Gust. C'est eux qui me l'ont dit. Alors, j'en ai rectifié un et j'ai laissé l'autre sur le carreau, infirme à vie. C'est vrai, c'est moi qui ai fait ça. Je n'avais pas le choix. C'était eux ou moi. Mais les flics m'ont dans le collimateur à cause de cette histoire-là, aussi. Encore Spaulding.

— Ce Spaulding, il t'a soutiré quelque chose ?

— Comme n'importe quel autre flic : que dalle. Mais Manny, c'est autre chose. Si c'est lui qui a fait assassiner Petal, il est déjà aussi mort qu'une capote usagée. Seulement, j'ai besoin qu'on surveille mes arrières.

— Tu veux le descendre ?

— Je n'ai rien à perdre.

— Pourquoi bouger ce soir ? demanda Johnny. Réfléchis-y. Tu fais peur à voir, tu as vraiment l'air mal en point.

— Non, dit Gust, je suis dans une telle merde que le temps presse, il faut que je m'en occupe ce soir. Essaie de comprendre ce que j'endure depuis la mort de Petal. Tu n'imagines pas à quel point elle me manque. J'ai pensé à elle tout le temps où je suis resté au placard, et je suis sorti pour apprendre qu'elle était avec Connor, mais malgré tout, la nuit dernière, c'était comme si on n'avait jamais été séparés.

— Je comprends, dit Johnny. Non, tu ne peux pas laisser passer ça. Tu as déjà ramassé du fric avec cette affaire ?

— Oui, à propos... (Gust sortit son rouleau de billets et compta mille livres.) Prends ça, dit-il, et aide-moi. Je trouverai ceux qui l'ont tuée, je fouillerai toute la ville. Il y a un autre problème, aussi : je risque d'avoir besoin de me planquer. Ma piaule est surveillée, et je n'ai pas d'endroit où me loger.

— Tu peux venir ici. Shirley ne prend pas beaucoup de place même quand elle est là, et il n'y a qu'elle, moi, et les chiens.

— Tu garderais quelque chose pour moi si je te le confiais ?

— Du moment que ça n'explose pas.

— C'est seulement de l'argent, dit Gust. L'argent est la seule chose que je possède, et, crois-moi si tu veux, ça ne me permet même pas de me payer un toit.

— Tu n'auras rien à craindre, ici.

— Je sais. Mais n'oublie quand même pas que les flics s'intéressent beaucoup à moi en permanence, surtout maintenant qu'il y a du sang répandu.

— Revenons à Spaulding, dit Johnny. Il est coriace ?

— Sûrement. Pour être à l'A14, il doit être plus malin qu'il n'en a l'air, et il s'est pris d'une vraie passion pour moi, une véritable maladie. En temps normal, pour cette histoire au club de Marly, je me serais livré à la police en disant que c'était de la légitime défense, ce qui est la pure vérité. Mais avec mes antécédents, je ne crois pas qu'un tribunal avalerait ça.

— Moi non plus, dit Johnny. Et il y a autre chose. As-tu la moindre idée de qui aurait pu tuer Petal, à part Manny ? Je te pose la question, parce que Manny n'a rien dans le sac, c'est connu ; c'est un intermédiaire, la seule chose qu'il aime, c'est monter un coup et se mettre à l'abri. Il a toujours été comme ça. Il n'aime pas être mêlé à un meurtre, il a trop les foies, c'est juste une grande gueule. Mais si Le Marteau est dans le coup aussi, c'est une autre histoire ; celui-là, il est capable de tout. Il défoncerait même le crâne du diable en personne. (Johnny ajouta :) Par-derrière.

— Oui, c'est un grand pote à moi, dit Gust, sans parler de Harry Ford qui m'a foutu à la porte de chez lui. Lui aussi, je vais m'occuper de son cas un de ces jours, si personne ne le fait avant moi.

— Que font les rats dans un égout ? Ils se baisent les uns les autres. Ça, c'est Harry tout craché.

— Harry peut attendre, pour l'instant. Manny passe en premier. Il faut que je commence quelque part, et tant que je n'ai pas d'autres renseignements, je suppose que Manny sait tout de la mort de Petal. Alors, je vais aller le voir tout de suite. Ce sera la deuxième fois de la journée.

— Tu sais où le trouver ?

— Il est à Soho, répondit Gust, en train de dîner avec des copains à lui, qui m'ont l'air de venir d'Europe de l'Est. Et Manny ne mange que dans un seul restaurant, le Red Wok, derrière la caserne des pompiers. Il aime se remplir la panse avec de la cuisine chinoise.

— Je connais le Wok, dit Johnny. C'est une espèce de grande turne à deux niveaux, un rez-de-chaussée et un sous-sol. Tu es armé ?

Comme Gust hochait la tête, il ajouta :

— Bon, je vais aller chercher de quoi me garnir les poches, alors.

— Qu'est-ce que tu as ?

— C'est plutôt de l'artillerie lourde, je le reconnais, pour le tir en chambre : un 7.65. La balle bousillera quelques assiettes en ressortant du bonhomme, de l'autre côté, mais je n'y peux rien. C'est tout ce que j'ai sous la main.

— Si ça tourne mal, je connais le restaurant comme ma poche, dit Gust. Petal a travaillé là-bas, et je connais quelques personnes qui ne doivent pas apprécier qu'on l'ait trucidée. Alors, ne t'inquiète pas.

— Tu es en train de me dire que tu vas froidement descendre Manny en plein restaurant ? demanda Johnny. Au milieu de tous les clients en train de dîner ?

— Si on intervient comme ça en public, il va en prendre un sacré coup du côté prestige ; je ne dis pas que je veux le tuer. Je veux lui faire mal, lui flanquer les foies, je veux l'entendre bêler.

— Je pensais aux flics, moi. C'est une histoire qui va faire un sacré boucan.

— Ne crois pas ça. Je ne suis pas idiot à ce point-là, on sera ressortis de là bien avant que les héros débarquent, compte sur moi.

— Ma foi, ça ne manquera pas de poésie, dit Johnny. Si on se fait ce porc de Manny, pour moi la sauce sera douce, mais sûrement pas aigre.

Montant dans la voiture de Johnny, les deux hommes partirent vers le West End dans les rues détrempées. Au bout d'un moment, Gust déclara :

— Je suis dans un brouillard rouge.

Johnny dépassa trois bus garés devant un arrêt. Il ne dit rien.

Gust poursuivit :

— Tu te souviens du premier verre qu'on a pris ensemble, tous les trois, le matin après qu'on se soit mis ensemble, Petal et moi ? C'était dans un pub près de Broadwick Street, Les Neuf Vies. J'avais fait un coup, alors on a bu du champagne, et je t'ai dit dans les toilettes : *Cette fille, je l'aime.* Tu te rappelles ? Puis on est allés se baigner à la piscine d'Endell Street, et tu étais tellement bourré que tu as failli te noyer, et après ça, on a continué à picoler toute la journée, et finalement on a veillé toute la nuit et on s'est préparé une recette spéciale de poulet frit au petit matin. Par la suite, à cause de mes problèmes avec la police, et de mes bitures continuelles au Diadème, la passion s'est peu à peu usée, et un jour je suis rentré à cinq heures du matin et Petal m'a dit : « Écoute, Gust, je ne dis pas que tu n'es pas un homme, mais en tout cas, tu n'es pas mon genre d'homme ; pour dire la vérité, je crois que tu n'es le genre d'homme de personne. Tu es un solitaire, tu n'as pas besoin d'une femme, à tel point que quand tu rentres ici après avoir fait un casse, ce n'est pas de moi que tu as vraiment besoin, mais d'un lit et d'un toit. Alors, à partir de maintenant, tu peux te dispenser de me dire que tu m'aimes. » Et après, ça s'est déglingué de plus en plus, jusqu'à ce que ça finisse par casser. Un jour, j'ai dû vider les lieux, tu vois, j'ai fait ma valise pour laisser place nette, et c'est incroyable les choses que tu retrouves en triant tes affaires, les cartes postales, les fleurs séchées, les lettres et tout le reste, les vieilles cartes de la Saint-Valentin et je ne sais quoi, et tout ça me revient en mémoire aujourd'hui, bien sûr, et je peux te dire que je suis au désespoir maintenant qu'elle est morte, ce qui ne serait jamais arrivé si je l'avais laissée tranquille. Elle est morte par ma faute, et je n'aurais jamais dû la revoir ; je te le répète, je vis dans un brouillard, à présent, je ne suis plus vraiment là.

— Écoute, fit Johnny, tu ne vas peut-être pas me croire à l'instant même, pas tout de suite, mais je te dis que la vie va continuer pour toi, tu ne seras pas le premier à survivre, tu t'en remettras.

— Non, dit Gust, parce que j'ai perdu celle dont j'avais besoin pour continuer à vivre. (Soudain, il posa la main sur le volant et dit :) Bon, arrête la voiture, John, j'ai changé d'avis, on ne va nulle part. Arrête-toi ici et laisse-moi descendre.

— Qu'est-ce que tu racontes ? demanda Johnny. Qu'est-ce qui te prend, tout à coup ?

— Tu transportes un fou dangereux, dit Gust. Alors, dépose-moi là, fais demi-tour, et rentre chez toi. Fais ce que je te dis.

— Arrête de déconner, tu veux ? Et ôte tes mains de ce volant. Ou saute en marche si tu veux, mais je roule à quatre-vingts, tu vas te faire mal.

— Bon, très bien. (Oubliant qu'il voulait arrêter la voiture, il regarda à travers le pare-brise.) J'essaie d'y voir clair dans tout ça, dit-il. Petal était réelle. Tu te souviens de ce jour où on avait prévu de la retrouver au French à midi, l'heure tournait et je commençais à me dire qu'elle ne viendrait pas, quand elle est entrée, sortant du plein soleil, belle comme une fleur d'été ? J'ai décidé de découvrir la vérité ce soir dans ce restaurant, même si mes pas ont atteint le bord du monde.

— Ça me plaît, ce que tu viens de dire. D'où ça vient ?

— De quelque chose que j'ai lu en prison, répondit Gust. Ce doit être les paroles qu'on prononce avant d'être exécuté, ou quelque chose dans ce genre. Et tu ne te rappelles pas ce que je t'avais raconté ce week-end, juste après mon divorce d'avec Cheryl ? Tu n'avais pas pu venir, c'était un samedi, et Petal et moi étions partis dans cette vieille bagnole américaine que j'avais. On a traversé le fleuve, c'était à la mi-juin, on est restés assis toute la journée dans Battersea Park avec de la bière à regarder le match de cricket, et puis on a traversé le pré communal jusqu'à La Princesse de Galles.

— On était heureux, à ce moment-là, c'est sûr, dit Johnny. Et on le sera encore. De toute façon, rêver n'a jamais fait de mal.

— On n'a pas le temps de rêver maintenant, fit Gust. Mais l'autre jour, après avoir dormi dehors dans Soho Square, au matin j'ai vu une nuée de moineaux s'envoler dans Oxford Street pour aller picorer, montant en spirale au-dessus des autobus, et je me suis dit, le soleil brille, la neige tombe, nous mourons, mais ils sont toujours là.

Johnny continua de conduire sans rien dire, mais Gust ne pouvait plus s'arrêter de parler, à présent qu'il avait commencé.

— Penser à la mort de Petal, ça me rappelle le jour où j'ai emmené ma grand-mère à l'hôpital, dit-il. Elle avait soixante-dix-huit ans. Le docteur nous a dit qu'elle allait seulement subir une opération bénigne, mais je n'ai pas été dupe, et elle non plus. Elle était calée sur ses oreillers, dans la chambre du fond, vêtue de sa veste en laine, et elle m'a dit : « Va me chercher ce qu'il faut pour être présentable, pendant que je mets mes dents. » Alors, je suis allé chercher ses vêtements, j'ai sorti sa valise du placard, je l'ai remplie, et ma grand-mère est sortie de la chambre tout habillée et elle m'a dit : « Me voici prête. Et où sont mes lunettes pour lire ? » J'ai vérifié qu'elle ne les avait pas oubliées, et quand je suis retourné dans la chambre, elle était assise sur le bord du lit, qu'elle avait refait soigneusement. Elle m'a demandé si la voiture était prête, et quand je lui ai répondu qu'elle était à la porte, elle m'a regardé et elle a dit : « La fin n'est pas une ennemie, mon petit, tu sais. » Plus tard, en prison, je me suis mis à lire du Dylan Thomas. Je suis tombé sur un vers qui dit : *Après la première mort, il n'y en a pas d'autre*, et ça m'a fait penser à ma grand-mère, et j'ai commencé à lui parler souvent, là-bas, quand je me retrouvais seul au trou ; elle venait me rendre visite. Mais le jour où je l'ai emmenée à l'hôpital, je lui ai dit : « Ne parle pas de la fin comme ça, grand-mère », et elle m'a simplement regardé, et elle m'a confié : « Mon livret de caisse d'épargne est sous le tapis, là, près de la fenêtre, et tu t'es bien occupé de moi, quoi que les gens disent. »

— Pour changer de sujet, dit Johnny, qui t'a démoli le portrait de cette façon ? Tu es sérieusement amoché.

— Ça ne sert à rien d'en parler, répondit Gust. J'ai pris une raclée, c'est tout.

Et son visage allait continuer d'avoir le même aspect ; les blessures n'auraient jamais le temps de guérir.

19

Juste après dix heures, Gust et Johnny entrèrent au Red Wok. Johnny avait raison, c'était un établissement immense. Sur les tables, il y avait des bougies dans des coupelles en verre, et c'était une bonne chose, car la seule autre source d'éclairage était le bar, tout au fond de la salle.

Gust, poussant Johnny du coude, lui glissa :

— Manny est arrivé, je le vois à cette table, là-bas.

Il arrêta le maître d'hôtel ; c'était une vieille connaissance, du temps où Petal travaillait là.

— Salut, Gust, dit le maître d'hôtel. Comment ça va ? Tu veux une table ?

— Non, répondit Gust. Il va y avoir du grabuge dans une minute, et je ne veux pas que ça retombe sur des gens qui n'y sont pour rien. La corrida va avoir lieu à cette grande table où il y a six clients. Je voulais simplement te prévenir.

— La table de M. Farb ?

— C'est ça.

— Qu'est-ce qui va se passer ?

— Il va y avoir beaucoup de bruit.

— Tu ne peux pas faire ça ! Tu as bu ou quoi ? Tu ferais mieux de partir tout de suite, tu es dingue.

— Tout sera terminé avant que les flics arrivent, dit Gust. Veille seulement à ce que personne ne les prévienne avant qu'on soit partis, et dis à tes serveurs de rester bien à l'écart de cette table-là.

Le maître d'hôtel avait les yeux rivés sur la bosse qui déformait la poche de Gust.

— Oui, dit Gust, c'est un vrai, et je ne vais pas tarder à lui presser la détente. Mais ne t'en fais pas, je te verrai juste après.

— Mais qu'est-ce qui te prend, bon Dieu ? demanda le maître d'hôtel.

— Je vais te le dire, fit Gust. Petal Chang. Tu te souviens d'elle ?

— Petal ? Bien sûr. Vous êtes de nouveau ensemble ?

— Non, parce qu'elle a été assassinée cet après-midi, et je suis venu régler mes comptes.

— Tu ne peux pas faire ça ailleurs ? Pourquoi faut-il que ce soit chez nous ?

— Je ne sais pas pourquoi des ordures comme Farb choisissent ton restaurant pour dîner, mais il est là. Alors, bouge-toi un peu, et personne ne sera touché, à part les types qui m'intéressent.

— Tu crois que c'est Farb qui a tué Petal ?

— Bien sûr ; sinon, je ne serais pas là.

Le maître d'hôtel comprit.

— Petal, répéta-t-il. OK.

Son expression avait changé ; son visage était à la fois fermé et rêveur. Il s'éloigna, et en quelques secondes, l'espace entourant la table de Manny fut dégagé. Gust dit à Johnny :

— Bon, on peut y aller, maintenant.

Manny était entouré du Marteau et des quatre hommes que Gust et Frankie avaient vus dans l'appartement de Marjorie Grove.

Gust s'approcha de Manny.

— Salut, dit-il. Me revoilà.

Le Marteau fit un mouvement, et Gust lui dit :

— Ne bouge pas, tu n'es qu'à un cheveu de l'enfer. (Puis,

s'adressant à Manny :) Je te présente Johnny Laray. Dis bonjour, Manny. Tu te souviens de Johnny, non? Tu l'as fait plonger pour trois ans, en 86. Mon ex-beau-frère, expliqua-t-il aux quatre invités qui ne pipaient mot. (Il tapota sa poche rebondie :) Il faut qu'on parle, Manny.

— Qu'on parle ? hurla-t-il. Qu'est-ce que c'est que ces conneries ? Tu te crois drôle ?

— Non, répondit Gust. C'est à propos d'une affaire dont on a commencé à discuter cet après-midi sans avoir eu le temps de finir, une affaire qui est devenue encore plus grave depuis. Alors, je suis venu pour voir comment on allait trouver une solution.

— La solution, c'est de faire demi-tour, dit Manny. Tire-toi. Tu vois bien que je dîne avec des amis.

En fait, ce n'était plus vrai ; les autres avaient cessé de manger. Ils prenaient très au sérieux les poches déformées de Gust et Johnny.

— Comprends-moi bien, Manny, dit Gust. Ce dîner, pour toi, c'est le dernier repas.

Manny reposa sa cuillère et sa fourchette ; il n'avait jamais su manger avec des baguettes. Il dit à Johnny, du coin de sa bouche pleine de nouilles :

— Cette histoire de 86, Laray, oublie ça, on peut régler le problème.

— Oui, dit Johnny, je vais régler ça avec mon flingue. Je vais te faire recracher ton dîner, Manny, tu vas arroser le plafond avec.

Manny n'arrivait toujours pas à y croire.

— Allons, dit-il, arrangeons ça à l'amiable.

Un morceau de nouille tomba de sa bouche.

— Je n'ai pas la réputation d'être arrangeant, répliqua Johnny.

— Quelqu'un est mort cet après-midi, Manny, annonça Gust. Une fille.

— Mort ? fit Manny. Une fille ? Raconte-nous ça. Dis donc,

qu'est-ce qui t'est arrivé, pour que tu aies la tête dans cet état-là ? Assieds-toi, prends un verre. Et toi aussi, Johnny. Garçon, apportez-nous deux chaises.

Mais il n'y avait pas de garçon.

— Va te faire foutre, avec ton verre, dit Gust. Lève-toi, Manny.

Il avait le 38 en main.

— Non, dit Manny, fixant l'arme.

La gravité de la situation commençait à lui apparaître. Il tenta de s'écarter de la table, mais il n'y parvint pas, parce qu'il était coincé contre le mur.

Gust se pencha sur lui.

— Ne sois pas idiot, Manny, c'est un gros calibre, et tes tripes seront encore plus amochées si tu restes assis quand je tire. Alors, lève-toi, sois un homme. Ne fais pas honte à tes amis. Debout, ça a davantage d'allure.

— Comment est-ce que je pourrais avoir de l'allure si je suis mort ?

— Il veut dire, pour le croque-mort, précisa Johnny.

À présent, il était évident que les six convives auraient tout donné pour être loin du Red Wok, et leur peur était perceptible, elle avait une odeur de fer humide. Chacun contemplait son assiette, où des crevettes géantes à douze livres la portion nageaient dans une sauce beige, se demandant s'ils pourraient jamais en prendre une autre bouchée ; ils étaient tous si près de la vie, et en même temps incroyablement loin. Et le plus étrange, c'était que les autres dîneurs ne remarquaient rien du tout ; s'ils voyaient quelque chose, c'était seulement deux hommes debout parlant à six hommes assis.

— S'il nous arrive quoi que ce soit, dit Le Marteau, je n'ai pas besoin de te dire ce qui vous attend. Après.

— Il n'y aura pas d'après, fit Gust. Moi, je vis ici et maintenant, mais si tu bouges le petit doigt, tu n'existeras plus nulle part.

Manny jeta l'éponge. Il transpirait, ses lèvres avachies et violacées ressemblaient à des chambres à air dégonflées.

— Je n'arrive pas à y croire, dit-il.

Il lâcha un pet.

— Il fait chaud, ici, hein ? fit Johnny. (Il demanda à Manny :) Qu'est-ce qui te colle à ta chaise, dis donc ? Ta merde ? Ne chie pas dans ton froc maintenant, Manny, ça ne se fait pas en société. Lève-toi, et ne fais pas tant d'histoires.

— Je ne peux pas, gémit-il, je me sens mal.

— Alors, reste assis, dit Gust.

Manny avait une Tsing-Tao devant lui. Gust saisit la bouteille et la vida sur la tête de Manny.

— On va trouver un arrangement, dit Manny, s'essuyant le visage avec sa manche. On mettra ça au point demain.

— Non, dit Gust, il n'y a pas d'arrangement qui tienne, et surtout pas demain. Je t'ai dit cet après-midi que je voulais régler la question, et c'était avant ce qui vient de se passer.

— On peut tout expliquer.

— Non, répéta Gust.

Le Marteau bougea d'un millimètre, et Johnny le prévint :

— Refais ça une seule fois, et je t'envoie rejoindre ton canard frit dans ton assiette.

L'un des étrangers reposa soigneusement son cigare, mais ce fut tout ce qu'il se permit de faire.

Gust dit à Manny :

— La situation est encore pire que ce qu'elle était tout à l'heure, Manny. Bien pire. À cause de la mort de cette amie.

— Comment s'appelait-elle ?

— Petal Chang.

— Qui c'est, ça, bon Dieu ? Je n'ai jamais entendu parler d'elle.

— Tu feras sa connaissance dans une minute, là où tu vas, dit Gust. Elle se présentera.

Le visage de Manny prit un teint cireux.

— De toute façon, tu es un menteur, reprit Gust. Il n'y a

personne, dans cette ville, dont tu n'aies entendu parler. C'est toi qui as envoyé ces deux tueurs chez Marly pour me régler mon compte, et comme ça s'est mal terminé, tu as tué Petal, ou tu l'as fait tuer. Tu savais que je tenais beaucoup à elle, tu savais qu'on avait vécu ensemble pendant des années, alors, pourquoi lui as-tu fait ça, Manny ? Tu étais vraiment obligé de lui faire exploser la tête comme ça ?

Manny tendit ses mains devant lui ; secouant la tête, il protesta :

— Je n'ai rien à voir là-dedans !

— Les flics m'ont emmené voir son cadavre cet après-midi, poursuivit Gust, et elle n'était plus jolie du tout à voir. On l'avait massacrée avec un rasoir, et puis avec quelque chose qui pourrait bien être une batte de base-ball. Tu connais beaucoup de sadiques, Manny. Tu as des amis qui aiment rendre visite à une femme avec une batte de base-ball ?

— Je te le répète, hurla Manny, je ne sais même pas qui était cette pute chinetoque !

— Tu mens, dit Gust. Si tu ne l'as pas fait toi-même, tu lui as envoyé des tueurs.

— Pourquoi voudrais-tu que j'envoie des tueurs à qui que ce soit ? Et pourquoi est-ce que j'en aurais contre toi ?

— Parce que tu veux te débarrasser de moi, Manny, ce qui semble être, en ce moment, ce que tout le monde a envie de faire. Tu m'as embarqué dans ton affaire parce que j'étais en liberté conditionnelle, un citron qu'on peut jeter après l'avoir pressé, et depuis le début tu avais bien l'intention de me jeter. J'ai ma part de fric sur moi, tu n'apprécies pas que je me balade avec, et les deux tueurs qui sont venus chez Marly le savaient ; leur consigne, c'était de me buter et de prendre leur prime dans ma poche, ils me l'ont dit. Et il se trame quelque chose, derrière l'affaire telle qu'elle était prévue, dont j'ignore tout mais qui n'a pas de secrets pour toi. Alors, pour obtenir quelques éclaircissements, c'est par toi que je commence, et je ne connais pas de meilleure adresse.

— Pour moi, tu as été payé, brailla Manny. Je n'ai rien contre toi, tu as rempli ta part du contrat, tu as reçu ton argent, c'est terminé.

— Non, fit Gust, d'après les tueurs de chez Marly, ce n'est pas fini. À ce qu'ils m'ont dit, l'affaire était tout sauf terminée, parce qu'une certaine marchandise que nous connaissons tous n'est jamais parvenue à destination.

— Pour moi, tout s'est passé sans accroc, dit Manny. Pour le reste, je ne sais absolument pas de quoi tu parles, je ne connais pas cette Petal Chang, je n'en ai jamais entendu parler, et je n'étais pas là.

— Tu n'es jamais là quand les gens meurent, dit Gust.

— C'est vrai, ajouta Johnny, on ne te voit que s'il y a du pognon à ramasser.

— Malgré tout, il faudra bien que tu te présentes en personne quand viendra ton tour de mourir. Même toi, tu ne peux pas rater un moment pareil, et ce moment est venu. (Il demanda à Johnny :) Mets-le sur ses pieds.

Johnny se pencha vers Manny ; celui-ci commença à sangloter, et l'étranger qui avait posé son cigare parut avoir besoin de chercher quelque chose dans sa poche. Mais Gust lui lança :

— Laisse tes mains sur la table, connard, ne fais pas le malin. Il y aura déjà assez de dégâts comme ça.

— Tu ne peux pas faire ça ici ! hurla Manny.

— Qui nous regarde ? demanda Gust. Personne.

Johnny souleva Manny et le cala contre la cloison en bambou ; deux ou trois clients trouvèrent le spectacle suffisamment intéressant pour se retourner, mais personne ne trouva louche qu'on aide un ivrogne à se lever pour le conduire aux toilettes.

À quelques tables de là, un célèbre critique d'art s'entretenait avec un peintre de renommée internationale ; ils étaient entourés de nombreuses bouteilles de vin blanc sec. Beaucoup de gens ne comprenaient pas que ce peintre eût jamais pu gagner de l'argent avec ses toiles, et le critique l'interrogeait dans l'espoir de découvrir comment cela était arrivé, de quelle façon tout cela avait commencé.

— *Vraiment* commencé, vous voulez dire ? demanda l'artiste.

— Absolument ! fit le critique d'art. Vous savez, le moment où vous avez *compris* que l'urgence de votre perception avait produit un impact irréversible sur le public.

— Mais, s'exclama le peintre avec enthousiasme, j'ai raconté cette histoire des centaines de fois ; c'est le soir où ce pauvre Maurice a fait le tour de mon studio en titubant, après ma première grande exposition, et s'est mis à bramer : « Je déteste ta peinture minable, Gerald, c'est la fosse d'aisance couchée sur la toile, c'est la racine cubique du caca. » Puis il a jeté le rôti de bœuf contre le mur, m'a enfermé dans les toilettes, et il a crié : « Ton art sort de ton cul, espèce de petit pédé prétentieux ! » Et c'est là que j'ai trouvé l'idée de mon grand triptyque, *Catharsis in Excreta : Abstraction*. Sur le trône !

— C'est donc vrai, ce qu'on raconte, fit le critique avec respect. Et cela explique, bien sûr, que vos toiles soient toujours marron.

— Évidemment !

— Vous dites que vous n'avez jamais suivi de cours dans une école des beaux-arts ? demanda le critique, griffonnant des notes.

— Une école des beaux-arts ? répéta le peintre, frappant la table du plat de la main. (Il passait un excellent moment.) Mais la véritable école des beaux-arts, c'est la *vie* !

À ce moment précis, Gust fit feu, et la balle, ricochant sur le mur, pulvérisa son assiette, inondant l'artiste et divers autres clients de potage à l'aileron de requin. De la sauce au soja, accompagnant avec goût des nouilles et des morceaux de lotte, jaillit vers le plafond et rencontra une lanterne. Bouche bée, l'artiste jouissait du spectacle offert par le repas volant.

— Le clair-obscur ! murmura-t-il. Une révélation !

Des gens hurlèrent, et quelques-uns se ruèrent vers la sortie, mais Johnny leur barra la route avec son arme et les fit reculer.

— Ça va ? brailla le critique pour se faire entendre malgré le vacarme.

— Si ça va ? répéta le peintre, épongeant avec un coin de

nappe la soupe qui l'aveuglait. Bien sûr que ça va. Mais je vois que vous êtes touché près de la ligne de flottaison.

— Un éclat de verre, dit le critique, se tamponnant le menton. Ce n'est rien.

— Bien sûr que ce n'est rien ! fit le peintre. Vous, les journalistes, vous êtes toujours au cœur de l'action.

Le Marteau fit feu à son tour au moment où Johnny renversait la table sur lui. La balle traversa la doublure de la veste de Gust et siffla au-dessus de la tête de l'artiste. De joie, il applaudit (encore des pétards !), et commença à empiler sur la table des morceaux de vaisselle cassée, les désignant avec ce qui avait été une cuillère.

— Nous parlions à l'instant de la relation entre ligne et couleur, hurla-t-il au critique dans le fracas des coups de feu et des mouvements de la foule prise de panique. Et, comme vous pouvez le voir par vous-même, dans toute toile, la ligne de force transperce le plat de résistance. (Se penchant en avant, il essuya le sang qui tombait goutte à goutte du menton du critique avec la cravate de ce dernier.) Voilà qui est mieux, dit-il, ce n'est rien, juste une égratignure. Il faut que je pense à venir ici plus souvent, ajouta-t-il. Je n'ai pas souvenir qu'ils aient jamais donné un spectacle comme celui-ci auparavant. (À la table de Manny, l'un des étrangers gémit et se plia en deux.) Dites-moi, fit-il, je suppose que c'est une simple mise en scène, n'est-ce pas ?

— Dans le doute, répondit le critique, il me semble que nous devrions tout de même nous mettre à l'abri. Qu'en pensez-vous ?

— Absurde ! s'exclama le peintre. S'il s'agit d'une véritable rixe, c'est ce qu'ils s'attendent à nous voir faire. (Il s'empara de la bouteille de vin en cours d'utilisation.) Je ferais tout aussi bien de boire directement au goulot, expliqua-t-il, le vin sera plus en sécurité dans mon estomac, pas la peine de perdre du temps avec un verre. De toute façon, ajouta-t-il en contemplant les débris jonchant la table, on ne peut pas boire grand-chose dans un verre dont il ne reste que le pied.

Johnny tira un second coup de feu ; un paquet de préservatifs, jaillissant de la poche d'un pardessus pendu au portemanteau, retomba en pluie à travers la pièce. Cette fois, les hurlements ne furent pas aussi sonores, car beaucoup de clients se trouvaient déjà sous les tables. On entendit quand même, en bruit de fond, une femme couverte de riz bouilli et de sauce au piment, qui sortit la tête de derrière sa chaise pour se plaindre que sa robe de grand couturier était irrécupérable.

— Magnifique, dit le peintre. Absolument superbe.

— Je ne sais pas ce que vous en pensez, dit le critique d'art qui s'apprêtait à se lever de sa chaise, mais j'aimerais autant qu'on ne reste pas là.

— Ne soyez pas stupide, fit le peintre. Votre réaction me surprend ; je pensais que les membres de la Presse avaient l'habitude des coups durs. De toute façon, je ne bougerais pas, si j'étais vous, il y a une autre bouteille de vin dans le seau à glace, et il ne vous est encore rien arrivé.

— Et si on s'allongeait par terre un moment ?

— Comment pourrions-nous discuter du populisme dans l'art moderne à plat ventre sous la table ? demanda le peintre.

Manny n'avait pas encore été touché, mais, coincé contre le mur par la table, il ne pouvait pas bouger non plus. Il dit d'une voix suppliante :

— Écoute, Gust, arrête ça, on peut encore parler. Qu'est-ce que tu veux, au juste ?

— Je veux l'assassin de Petal. (Il visa Manny.) Tu vas tenter quelque chose, Le Marteau ? demanda-t-il à ce dernier sans le regarder. Parce que ça me ferait plaisir.

— Ne bougez pas, conseilla l'un des étrangers au Marteau, ou ça va mal aller pour vous.

Le Marteau ne dit rien, ne bougea pas ; il resta tassé sur sa chaise.

— Alors, Manny, tu n'as rien à dire sur Petal ? demanda Gust.

Manny secoua la tête.

— Qu'est-ce que tu veux que je te dise, puisque je ne sais rien ?

— Tu mens encore, dit Gust.

Délibérément, il fit feu sur Manny, lui arrachant une partie de la main droite. Manny hurla. Un morceau de sa main heurta sèchement le mur, au-dessus de lui, et retomba sur la table. Manny se courba, coinçant sa blessure contre ses testicules, et croisa les cuisses dans l'espoir d'en faire un garrot. Le sang jaillissait dans tous les sens.

— Ça suffira, dit Gust. On s'en va.

Retrouvant le maître d'hôtel, il le remercia et lui donna mille livres, à distribuer à sa guise parmi le personnel.

— On n'a rien vu, dit le maître d'hôtel. Le téléphone semblait ne pas fonctionner, alors on s'est cachés dans la cuisine.

— Je te dois encore une fière chandelle, dit Gust. Une énorme.

Atteignant la porte, Gust et Johnny se frayèrent un chemin dans la foule compacte des clients qui juraient et sanglotaient. Personne ne tenta de les arrêter, ni ne fit attention à eux ; les gens étaient trop occupés avec leurs propres problèmes. Quand ils se retrouvèrent dans la rue, Johnny dit à Gust :

— Tu as bien fait de présenter l'addition à Farb, ça lui apprendra à être une balance ; mais pourquoi tu ne lui as pas fait sauter la tête ?

— Pour qu'il s'en serve, et qu'il essaie de comprendre pourquoi il lui manque une main.

— Et ta veste, qu'est ce qui lui est arrivé ?

— Je ne sais pas, répondit Gust, surpris, en l'examinant. On dirait qu'une balle l'a traversée.

Il s'en débarrassa en la jetant dans une poubelle.

Dans le restaurant, les cris avaient sérieusement repris, à présent, mêlés aux hurlements des sirènes de police et des ambulances ; quelqu'un avait dû, finalement, trouver un téléphone. Un homme couvert de la tête aux pieds de légumes épicés bouscula Gust et Johnny et partit dans la rue d'une démarche traînante, en criant :

— Ces salauds s'imaginent qu'ils peuvent tout se permettre, même un meurtre !

— C'est ce que tout le monde se permet, aujourd'hui, dit Johnny tandis qu'ils laissaient passer deux voitures de police avant de traverser. Pourquoi pas nous ?

L'avenue les engloutit. Un bus 14 qui passait par là les déposa au Diadème, et les cris et les hurlements qui s'élevaient au loin leur parvenaient encore par la porte ouverte du pub. Pendant qu'ils attendaient d'être servis, un homme d'allure convenable, portant une casquette de cachemire jaune avec une tache de sauce sur le côté, entra dans le bar et se pencha par-dessus le comptoir.

— Bonsoir, dit-il au barman, le patron est là ? Au premier ? Bon, ça ne fait rien, j'avais seulement besoin d'un peu de liquide contre un chèque.

— On n'accepte pas les chèques, répondit le barman.

— Comment ? fit l'homme. Le patron prend toujours mes chèques. Vous devez être nouveau ; mais ne vous inquiétez pas, tout le monde me connaît, ici.

— Quelqu'un connaît ce type ? cria le barman.

Personne ne se retourna.

— Allez, fit l'inconnu, j'ai juste besoin de trente livres, et je vais les dépenser ici, de toute façon.

Le patron redescendit à ce moment précis. Quand il vit le type à la casquette en cachemire, il fonça vers lui d'une démarche de girafe, brandissant un index vengeur au bout d'un bras démesuré.

— Vous ! rugit-il. Hors de chez moi ! Vous êtes interdit de séjour, ici !

Le brouhaha des conversations, qui n'avait pas diminué, continua sur le même registre qu'avant.

Les deux hommes commandaient leur seconde bière quand la voisine de Gust, une femme en tenue résolument grunge quoique politiquement correcte, se tourna vers lui pour lui dire sèchement :

— Si vous aviez l'intention de me draguer, renoncez-y tout de suite. Que vous est-il arrivé au visage ?

— Il me semble que j'ai dû me couper sur le tranchant de votre langue, répondit Gust.

— Elle me rappelle un peu Shirl, commenta Johnny.

Aussitôt après, les flics s'engouffrèrent par les deux portes du pub et se mirent à regarder tous les clients sous le nez. Gust resta courbé sur sa bière comme s'il était soûl. Quand ils en eurent assez vu, les flics repartirent ; ils semblaient plutôt pressés.

— Dis donc, Johnny, fit Gust au bout d'un moment, je suis sûr que tu as envie de pisser.

— Pas encore, dit Johnny. J'allais justement nous commander une nouvelle pinte.

— Je t'assure que tu as envie de pisser, insista Gust. Descends aux chiottes.

— Qu'est-ce qui te prend, d'être si pressé ?

— Ne discute pas, dit Gust. S'il y a des gens en bas, attends qu'ils sortent.

Pourtant, les toilettes du sous-sol étaient désertes quand ils s'y retrouvèrent, et Gust sortit la majeure partie de son argent, qu'il avait mis dans une vieille enveloppe.

— Rentre chez toi, maintenant, dit-il. Cache ça quelque part.

— Qu'est-ce que c'est ?

— De l'argent, bon sang. Allez, fais ce que je te dis.

— Merde, il y en a un sacré paquet, fit Johnny en jetant un coup d'œil dans l'enveloppe, sûrement plusieurs milliers de livres. Ça se monte à combien, au juste ?

— Ne commence pas à compter ça ici, imbécile, dit Gust. Si les archers te rendent visite, tu n'en as jamais entendu parler. Prends ce qu'il te faut, je viendrai chercher le reste plus tard. Et si par hasard je ne revenais pas, dépense-le pour les chiens, pas pour Shirley.

— Attends un peu, fit Johnny.

— C'est justement ce que je ne peux pas faire, répondit Gust. (Il tapa sur l'épaule de Johnny.) On se reverra, vieille crapule.

Il remonta la fermeture de sa braguette et s'en alla sans bruit, avec la discrétion d'une ombre tombant sur un jardin.

20

Un homme sans âge, auquel personne, en temps normal, n'aurait accordé plus d'un regard, vint rendre visite à Draper. Il était connu sous le nom du « visiteur », mais les gens qui travaillaient dans le service préféraient de loin ne pas le connaître du tout. Il avait un bureau, dans l'immeuble, desservi par un ascenseur qui n'allait pas plus haut, et c'était de son étage que venaient tous les ennuis et toutes les mauvaises nouvelles.

— Je veux un compte rendu complet de cette affaire Gatov, dit-il à Draper, dans les moindres détails, et je le veux tout de suite. Je reçois des plaintes de tout le monde.

— Du moment que ce n'est pas du ministre, commenta Draper.

— Le ministre est à Paris, heureusement pour vous, reprit le visiteur, mais la police ne me lâche pas d'un pouce. Alors, commençons par là. J'ai un certain inspecteur Spaulding suspendu à mon téléphone ; il prétend que vous entravez le cours de la justice dans le cadre de l'enquête qu'il mène, concernant un meurtre commis dans un piano-bar de Soho. Alors, qu'en est-il exactement ?

— Vous voulez parler de l'affaire Gust, dit Draper. Il est vrai que je fais de l'obstruction, mais je ne peux pas laisser Spaulding arrêter Gust.

— Je veux savoir pourquoi.

— Naturellement, j'avais l'intention de monter vous voir pour vous tenir au courant.

Sladden toussa et regarda par la fenêtre.

— Pourquoi Spaulding ne peut-il arrêter cet individu ? insista le visiteur.

— Parce qu'il travaille pour nous, bien sûr.

— Il me semble que vous employez autant de truands que Gatov, fit remarquer le visiteur.

— Nous venons de passer des moments difficilcs, je le reconnais, dit Draper, mais les choses vont s'arranger à présent que nous avons mis Gatov sur les rails. Il a l'air un peu fatigué, comme un vieux tortillard à vapeur, mais ses aveux déboulent à la vitesse d'un TGV.

— Vous m'ennuyez avec vos histoires de trains, dit le visiteur.

C'était un homme qui jouait aux échecs sur son ordinateur pendant ses heures de loisir, et il était expert en vins de Bordeaux.

— Je veux des résultats, reprit-il. Je veux des détails sur les missiles, je veux savoir ce que ces Russes en font, et où ils sont stationnés.

— Gatov nous a dit tout ça, intervint Sladden.

Ricky marmonna :

— Il n'avait pas beaucoup le choix.

— J'attends, dit le visiteur.

— Il faut penser à ces missiles comme s'il s'agissait de lingots sur le marché de l'or, dit Draper. Le client n'a pratiquement jamais l'occasion de voir réellement ce qu'il achète. L'idée des Russes est de revendre ces missiles aussi souvent que possible ; les généraux chargés de l'opération encaissent un maximum de versements sans jamais déplacer la marchandise. Mais, bien sûr, si le montant leur paraissait vraiment convenable, ils pourraient la laisser partir. Et le montant convenable, c'est justement ce que Gatov avait réuni.

— Arrêtez de parler chinois, vous voulez bien ? dit le visiteur. Où sont ces satanés engins en ce moment même ?

— Là où ils ont toujours été, répondit Draper, dans la septième région militaire. Ils n'ont pas bougé, pour autant que Gatov le sache. Du moins, pas encore.

— En ce cas, quand vont-ils être déplacés? demanda le visiteur. Le savez-vous? Gatov a-t-il quelque chose à dire à ce sujet?

— Nous avons une divergence de points de vue sur la question, répondit Draper. Il y a celui de Gatov, et celui des généraux. Gatov veut devenir multimillionnaire le plus vite possible, mais les généraux désirent conserver les missiles sur place et faire grimper les prix le plus haut possible avant de signer un ordre de transfert, parce que la situation est telle, là-bas, qu'ils n'ont aucun espoir de toucher une retraite un jour.

— Et le transport lui-même est un autre problème de taille, s'ils voulaient les déplacer, dit Sladden. Les semi-remorques capables de les déplacer consomment quarante litres aux cent, et il y a un paquet de kilomètres jusqu'en Turquie.

— De plus, ils ont des frais énormes, ajouta Ricky. Ils doivent soudoyer les équipes de chauffeurs et les techniciens, tout le monde veut toucher son paquet.

— Et voilà pourquoi ces gens-là sont venus en Grande-Bretagne, expliqua Draper : pour trouver des fonds, lancer le projet, et faire à ces généraux une proposition en liquide et en devises occidentales qu'ils ne pourront pas refuser. Mais il leur faut mettre sur pied toute la logistique, ce qui prend du temps, et ce n'est donc pas pour demain.

— La situation serait déjà assez grave si c'était pour après-demain, dit le visiteur.

— Ne comptez pas sur après-demain, fit Draper. Aujourd'hui nous suffit amplement.

— Nous voilà donc assis sur une bombe à retardement, résuma le visiteur, alors que votre mission consiste justement à désamorcer les bombes.

— J'en suis bien conscient, dit Draper. Mais comme nous ne pouvons pas détruire ces missiles, nous devons éliminer le risque en sabordant l'opération financière, et c'est ce que nous faisons.

— Mais combien de temps cela va-t-il prendre ? demanda le visiteur. Nous ne pouvons pas étouffer cette histoire éternellement. Pensez à la presse ; il suffirait d'une seule fuite.

— Je sais, fit Draper, mais on ne peut pas accélérer le mouvement. Nous devrons prendre tout le temps dont nous aurons besoin.

— Eh bien, laissez-moi au moins vous dire, reprit le visiteur, qu'à l'échelon supérieur on n'est pas satisfait. Ces messieurs commencent à penser que l'opération tout entière a besoin d'être supervisée de plus près.

— Bon sang, fit Draper, ce n'est pas le moment de nous mettre sur le dos une armée de comptables et de bureaucrates. C'est comme si la SPA nous faisait descendre de cheval au moment où on vient de coincer le renard.

— Nous verrons, dit le visiteur. En attendant, il y a un autre problème. Je ne comprends pas l'importance de ces passeports volés, leur rapport avec Gust, et tout cet aspect de l'opération. Apparemment, vous avez organisé ce vol pour votre propre compte, en vous servant de Gust.

— Écoutez, répliqua Sladden, nous savons tous quc si nous devions appliquer strictement le droit pénal dans cette affaire, nous n'arriverions jamais à rien.

— Gatov avait acheté ces passeports, de toute façon, par l'entremise d'un truand nommé Farb, précisa Draper. C'est Farb qui a engagé Gust, et nous devions intercepter les documents. De plus, nous avons utilisé quatre de ces passeports comme appâts. Vous savez tout cela ; vous avez lu mon dernier rapport.

— Deux des hommes qui se servaient de ces passeports sont morts.

— Ma foi, il y a des zones d'ombre et de lumière dans toute action de ce genre, dit suavement Draper. De plus, il n'existe pas de solution finale à ce problème de missiles. La seule chose que nous puissions faire, c'est tenter de l'endiguer, comprenez-vous.

Le ton de Draper irrita le visiteur.

— N'essayez pas de m'embobiner, fit-il. Et je vais vous dire ce que je sais. De mon point de vue, dans cette mascarade, il n'y a que de l'ombre et pas de lumière, et quand il fera trop noir, se déclenchera une enquête interne, et vous y laisserez vos bijoux de famille.

— Encore un peu de patience, dit Draper, c'est tout ce que je vous demande, il n'y a aucune raison de s'affoler. Et puis, il y aura des retombées intéressantes. Quand cette affaire sera terminée, nous aurons éliminé bon nombre de nos propres truands, sans parler de Gatov.

— Eh bien, nous aurons au moins un résultat positif, le moment venu, dit le visiteur. En attendant, je veux que personne ne passe à travers les mailles du filet.

— Non, aucun acteur de cette opération ne s'en tirera impunément, promit Draper, tant que je serai aux commandes.

— Et ces missiles ?

— Le mieux que nous puissions faire, dit Draper, c'est nous assurer qu'ils restent où ils sont en attendant que la situation se décante en Russie.

— Ce qui prendra deux bons siècles, commenta le visiteur. (Il se leva.) Mais vous, vous n'avez qu'une semaine.

— Comment ? fit Sladden. Une semaine ?

— Une semaine. Sept jours. Dont aucun jour chômé.

— Ce sera peut-être terminé avant, avança Draper.

— Il vaudrait mieux, dit le visiteur. En tout cas, vous m'avez entendu, j'ai dit une semaine. Alors, réglez cette affaire avant qu'elle n'explose. En attendant, nous ne vous lâcherons pas d'un pouce.

21

Quand Gust quitta le Diadème, deux hommes coururent après lui sous la pluie et le coincèrent devant le cinéma Prince Edward. Le plus gros dit :

— Tiens-toi tranquille. Chaque fois que tu feras un geste, ce sera un mois d'hôpital.

C'étaient des experts ; ils le manipulaient avec l'assurance désinvolte des champions de tennis qui font rebondir une balle sur le court central. Après l'avoir entraîné au pas de course jusqu'au bout de la rue, ils l'embarquèrent dans une XJ6 à la peinture ternie sortie discrètement de Greek Street ; pendant tout le trajet, le conducteur ne desserra pas les dents, et il ne se retourna jamais.

Gust n'était pas un nabot, mais le gros type avait une carrure à peu près double de la sienne. Son visage avait la même teinte que son costume en soie sauvage : rose ; le costume en question était une taille trop juste, et il s'en dégageait de la vapeur, la pluie s'évaporant sous l'effet de la chaleur corporelle.

— Tu devrais porter un corset, conseilla Gust.

— C'est ce que je fais le week-end, répondit l'homme en rose. Des corsets noirs.

— C'est vous, les deux types qui surveillaient ma piaule dans Allison Road ?

— On surveille des tas d'endroits.

— Pour qui travaillez-vous ?

Ils ne répondirent pas.

— Où allons-nous ?

— Ça dépend de toi, dit l'homme en rose. Il se pourrait très bien que tu n'ailles nulle part, ou bien que tu ailles quelque part, mais que tu n'en reviennes jamais.

— Ce que je veux savoir, dit Gust, c'est qui est responsable, pour Petal.

— Petal ? dit l'homme en rose à son comparse. De quoi est-ce qu'il nous parle, maintenant ?

— Une Chinoise, expliqua Gust. Elle a été battue à mort cet après-midi. Vous avez l'air de savoir manier une batte de base-ball. C'est vous qui avez fait le coup ? Parce que si c'est vous, je vous conseille de suivre des cours de prières par correspondance.

L'homme en rose éclata de rire.

— Il me plaît, ce gars-là, dit-il à son copain. Il a le sens de l'humour.

Gust tenta d'échapper à la chaleur suffocante émanant de l'obèse, mais une demi-tonne de chair moite le renfonça dans sa banquette.

— Tu es pressé de partir, dit l'homme en rose, mais ce n'est pas tellement possible, hein ?

Son compère, qui n'avait encore rien dit, se mêla à la conversation. Mince, vêtu d'un costume blanc sale à rayures noires, il pouvait être italien, mais dans la mauvaise lumière ambiante, il avait surtout le physique d'un type malsain.

— Ils sont longs, mes ongles, hein ? dit-il à Gust. Tu ne trouves pas ? Vraiment longs, et pointus, avec ça.

Ils les tenait en évidence.

— J'ai l'impression qu'ils doivent trancher net les cordes de mandoline, commenta Gust.

— Ils sont sales, aussi. Regarde toute la crasse qu'il y a en dessous.

— Ce serait difficile de ne pas la voir.

— J'ai tout le temps les ongles sales, dit l'homme au costume rayé.

— Ah oui ? Et pourquoi ? fit Gust.

Il bâilla.

— Parce que j'aime laisser de la saleté bien profond dans les plaies quand je griffe quelqu'un. (Ses mains jaillirent, et il planta ses ongles dans la joue de Gust.) Comme ça, je ramasse encore plus de crasse, y compris la tienne. Ça m'excite.

Avec sa manche, Gust épongea le sang qui coulait sur sa joue.

— La dernière fois que j'ai sérieusement planté mes ongles dans la gueule d'un mec, expliqua l'homme au costume rayé, ils s'y sont mis à trois pour me faire lâcher prise.

— Je vois déjà assez de salopards autour de moi, dit Gust, pour ne pas être obligé d'en supporter deux de plus sur une banquette arrière. Et ce que je me demande, c'est si tu ne serais pas allé voir Petal hier, par hasard, avec ce gros débile ? Ça t'excite aussi, de massacrer une femme à coups de batte de base-ball ? C'est ça que je voudrais savoir.

— Et même si c'était moi, qu'est-ce que tu pourrais bien y faire ?

— Rien du tout ! conclut d'une voix poussive l'homme en rose, en essuyant des larmes de rire sur son visage démesuré. Il ajouta : À propos, je te présente Dingo. Moi, c'est Stuart.

— Qu'est-ce que je peux dire ? fit Gust. Je suis fou de joie.

— C'est peut-être le début d'une belle histoire d'amour, dit Stuart, posant la main sur le genou de Gust. Quelque chose de durable et d'émouvant.

L'homme au costume rayé fouilla Gust.

— Hé, ce connard est armé ! (Il sortit le Beretta de la ceinture de Gust et renifla le canon.) Son calibre a servi il n'y a pas longtemps, d'ailleurs.

L'homme en rose se tourna vers Gust.

— Ah, oui ? Et sur qui tu as tiré ?

— Je me suis entraîné dans ma cour, répondit Gust, en flinguant des rats. Bien sûr, si tous les rats faisaient ta taille, je n'aurais pas besoin de m'entraîner. Je serais sûr de ne pas les rater.

L'homme en rose le frappa au coin de la bouche. Gust sentit son visage enfler de nouveau ; c'était le côté que Connor avait piétiné.

— Avec quoi tu m'as frappé ? demanda Gust. Pas seulement avec ton poing ?

— Avec mon fric ! ricana l'homme en rose. Tu vois ? C'est juste le journal du soir avec quelques pièces à l'intérieur. Il n'en faut pas plus. Maintenant, tiens-toi tranquille.

Gust cracha un peu de sang.

— Vous commencez à me plaire, tous les deux.

— Alors, tout va bien, dit l'homme en rose. Passons aux choses sérieuses. On sait que tu es coriace, on a entendu parler de ton numéro chez Marly avec le bâton à cocktails, c'est pour ça qu'on te prend au sérieux. Maintenant, ce qui nous intéresse, c'est qu'on a appris que tu te trimbalais avec un paquet de fric sur toi.

— Qui vous l'a dit ? demanda Gust.

— Ne t'inquiète pas pour ça, répondit l'homme en rose. Tu as déjà assez de soucis comme ça.

— Il n'a pas d'argent sur lui, annonça Dingo.

— Dommage, fit l'homme en rose, parce que mon petit ami avait envie de se faire construire un court de squash. Peu importe, on finira bien par le trouver quand même. Hein, Gust ? (Il ajouta :) L'autre chose qui nous intéresse, c'est des passeports qui ont disparu, un millier en tout. Allez, on sait que c'est toi qui les as piqués. Où sont-ils passés ?

— Pourquoi est-ce que tout le monde s'excite autant sur ces foutus passeports ? demanda Gust. Ou alors, vous étiez dans le coup aussi ? Parce que, si j'avais su qu'il y avait deux psychopathes comme vous sur l'affaire, je n'y aurais pas touché avec des pincettes.

— Tu ne sais pas qui fait quoi ni comment, constata Dingo. En fait, tu es l'un de ces types qui ne savent jamais grand-chose.

— Sauf que c'est nous qui posons les questions, ajouta l'homme en rose.

— C'est vous qui les posez, mais c'est moi qui n'y réponds pas, dit Gust. Vous n'êtes pas très malins, mais vous avez quand même dû vous en rendre compte.

— Tu es copain avec un type qui s'appelle Johnny ?

— Je suis copain avec des tas de types qui s'appellent Johnny, répondit Gust. Et puis, en même temps, il doit y en avoir deux ou trois cents autres que je ne peux pas saquer. Pourquoi ?

— Je veux parler de Johnny Laray, ton ex-beau-frère. Tu l'as vu, récemment ?

— Ma foi, il n'était pas à Maidstone avec moi, et c'est de là que je sors tout juste.

— Depuis que tu en es sorti, tu as eu le temps de braquer le fourgon aux passeports, dit l'homme en rose, et tu as très bien pu trouver celui de rencontrer Laray. Alors, ne nous raconte pas de salades, ou tu vas te faire démolir les bijoux de famille.

— Ça ne changerait rien, dit Gust. Je ne peux pas vous dire ce que je ne sais pas. Ce que j'aimerais comprendre, c'est : qui vous envoie ?

— Ne t'occupe pas de ça, dit Dingo. Parle !

— Vous allez être déçus, fit Gust. Je ne peux pas vous dire où est l'argent, je ne peux pas vous dire où sont les passeports, qu'est-ce qu'il y a d'autre que je ne puisse pas vous dire ? Vous ne travaillez pas pour votre propre compte, c'est sûr ; vous êtes trop stupides. Vous êtes tellement idiots que vous m'auriez déjà tué si vous n'étiez pas aux ordres de quelqu'un d'autre.

— Pourquoi est-ce qu'on ne le descend pas, au fait ? dit Dingo. Ça ne me dérangerait pas.

— Ma foi, dit Gust, c'est vrai que j'ai eu moins d'emmerdes à Maidstone que je n'en ai eu depuis ma libération. (Une idée lui vint.) Vous êtes un peu balances, aussi ? Vous avez déjà servi d'indics aux flics ? Vous avez eu affaire à un certain Spaulding ?

— Qui est-ce ?

— Vous n'avez jamais entendu parler de l'inspecteur Spaulding, de Poland Street ? Parce que ça ne m'étonnerait pas de vous. Des rats dans votre genre travailleraient pour n'importe qui, du moment qu'il y a un peu de pognon à ramasser. Oui, vous avez bien des têtes d'indics, vous êtes aussi discrets que deux chauves au salon de la perruque.

L'homme en rose fit remarquer :

— Tu joues avec ta vie, Gust, mais je suis extrêmement patient avec toi.

— Seulement parce que tu es payé pour ça, répliqua Gust. Je te le répète, tu m'aurais déjà éliminé si on ne t'avait pas interdit de le faire.

— Je ne nie pas que ce serait un plaisir, dit l'homme en rose. (Il réfléchit un moment avant d'ajouter :) Qu'est-ce que tu as fait de tout ce fric que t'a donné Farb, alors ? Tu l'as refilé à Laray ?

— Vide tes poches une deuxième fois, ordonna l'homme au costume rayé. Allez, sans en oublier, ou je le fais à ta place.

— Fais-le toi-même, dit Gust, mais attention, je suis chatouilleux.

— Seulement deux cents livres en billets de cinquante, fit Dingo dégoûté quand il eut fini, en lui rejetant l'argent. Merde, il n'y a même pas de quoi se faire reluire correctement.

— Ce sont les gens qui ne s'occupent pas de leurs amis qui se font de sérieux ennemis, Gust, déclara l'homme en rose. Voilà l'état de la planète, de nos jours.

— Mes amis... ils sont censés être qui ? demanda Gust. Et laisse tomber le couplet sur la planète, on dirait que tu viens de descendre de ton vaisseau spatial.

— C'est qu'il est insolent, celui-là, fit Dingo. Tu ne trouves pas, Stuart ? On pourrait peut-être lui flanquer une autre fessée ?

— À sa place, dit l'homme en rose, je n'essaierais pas de voir plus loin que la rédaction de mon testament.

Gust se cala contre la banquette.

— Il a fait beau, aujourd'hui. Du moins, jusqu'à votre arrivée. (Il regarda la pluie tomber à travers la fenêtre.) Vous avez remarqué le vent qui traversait Green Park ? Il a dû passer par

Piccadilly et se perdre du côté de Victoria, en donnant un coup de balai sur son passage. Dommage qu'il vous ait ratés. À propos, vous êtes allés voir vos deux plantes vertes à l'hôpital ?

— C'est nous qu'ils auraient dû envoyer dans ce club, fit Dingo.

— On ne vous aurait jamais laissés entrer, c'est là le problème, dit Gust. Même Marly sait se fixer des limites, et vous n'aviez aucune chance de les franchir.

— Elle a fait des vagues, cette bagarre, commenta l'homme en rose. Il y a des gens importants qui ont piqué une grosse colère. Surtout que l'un des types est mort. Pourquoi tu as fait ça ?

— Je suis peut-être idiot, répondit Gust, mais je tenais à rester en vie.

— Vraiment ? fit l'homme en rose. Et pour quoi faire ?

Gust demanda :

— C'est ce que tu as demandé à Petal Chang quand tu lui as explosé la tête ?

— On a fini de parler de ça, décréta l'homme en rose.

— Pas moi. Et je n'aurai pas fini tant que je ne saurai pas qui l'a tuée. Je le dis à tout le monde, en attendant, je suis dans un brouillard rouge.

— Un brouillard ? répéta l'homme en rose. Il faut que tu te paies des lunettes, alors. (Les deux compères éclatèrent de rire.) Mais tu as d'autres soucis, pour l'instant.

C'est vous qui avez des soucis, dit Gust. Vous pensez que j'ai des informations intéressantes, et c'est ce qui me permet d'être toujours vivant.

— Ma foi, reconnut Dingo, tant que tout le monde n'aura pas eu ce qu'il voulait, cet argent et les passeports, c'est vrai qu'on se contente de te laisser en vie pour voir où tu nous mènes. Mais après ça, et même peut-être avant, il peut t'arriver n'importe quoi.

— Je sais, fit Gust. C'est pour ça que je ne dis rien.

— Vraiment ? dit l'homme en rose. (Il se tourna vers l'homme en costume rayé.) Il y a longtemps, je crois, qu'on n'a pas entendu quelque chose d'aussi gonflé, n'est-ce pas, Dingo ?

— Alors, parlons d'autre chose, enchaîna Gust. Il y a un type qui s'est fait tirer dessus dans un restaurant chinois, il y a environ une heure. Vous n'êtes peut-être pas au courant. Il était en train de dîner avec ses copains, en plus, et la salle était bourrée.

— Il est mort ? demanda Dingo.

— Non, il a seulement perdu sa main droite, répondit Gust. Elle a fini dans sa soupe.

— C'était la main de qui, au juste ? s'enquit l'homme en rose.

— De Manny Farb.

Il y eut un moment de silence dans la voiture.

— Manny Farb ? répéta finalement l'homme en costume rayé. Quelqu'un a tiré sur Manny ? Ce type nous fait marcher.

— Autant entrer dans son jeu, dit l'homme en rose. Alors, qui a fait ça ? demanda-t-il à Gust.

— Moi. Si vous voulez les dernières nouvelles, téléphonez-lui à l'hôpital. Il vous donnera des détails. (Gust cita les paroles de Dingo.) « Son calibre a servi il n'y a pas longtemps, d'ailleurs. » Quelle rigolade !

Gust s'esclaffa.

— Ce n'est pas vrai, j'espère ? dit l'homme en rose. Ça vaudrait mieux pour toi.

— Oh, que si, c'est vrai, dit Gust. Et c'était sur le compte de Petal Chang, en plus, exactement comme pour vous deux si je décide de vous descendre.

L'homme en rose déclara :

— C'est de la provocation, ce que tu viens de dire.

— J'en suis bien conscient, sac à merde, répliqua Gust.

— Eh bien, si les types du club n'ont pas réussi à te faire la peau, dit l'homme au costume rayé, on pourrait peut-être s'en charger. En tout cas, fais-moi penser à essayer la prochaine fois qu'on se rencontre, juste pour le plaisir. Et ce sera une vraie partie de plaisir, crois-moi.

— Vous n'êtes pas de taille, dit Gust. (Il ne regardait pas au fond des yeux de Dingo, mais à travers eux.) Il faut un type qui ait des couilles, pour faire ça, pas un déchet qui sort d'une poubelle.

— Je te signale qu'on a déjà tué des types, dit l'homme au costume rayé.

— Je le sais, dit Gust. Ça se sent. Mais seulement par-derrière.

— Eh bien, tu peux nous croire ou pas, dit l'homme en rose, mais si on décidait de te faire ta fête, tu ne ferais pas de vieux os.

Gust le poussa du coude.

— Non, dit-il, mais tu oublies une chose, mon chou : toi non plus.

— Bon, fit l'homme en rose, on n'est pas là pour parler de ça. Pas ce soir, en tout cas. On voulait seulement faire connaissance, bavarder un peu avec toi.

Mais les deux hommes avaient l'air songeur. Ils lui rendirent son arme déchargée, et le déposèrent à la station de métro d'Old Street.

Ils l'avertirent que des gens reprendraient contact avec lui. L'homme en rose demanda :

— Tu as déjà rencontré un certain Hawley ?

— J'ai entendu parler de lui, répondit Gust. On m'a dit qu'il s'était fait tirer dessus. Je ne l'ai jamais rencontré.

— Tu as de la chance, alors, dit l'homme en rose. Fais des prières pour que ça dure.

— Je ne crois pas que ça va durer longtemps, prédit Dingo.

Ils lui claquèrent la portière au nez et démarrèrent en s'esclaffant.

22

Christine se redressa d'un bond dans son lit en entendant quelqu'un entrer par la fenêtre. Elle hurla :

— Fous le camp, espèce de malade !

Puis elle découvrit la tête de Gust entre les rideaux.

— Je peux entrer complètement ? demanda-t-il. C'est sacrément haut, chez toi.

— Qu'est-ce que tu fous là, Bon Dieu ? dit-elle. Il est quatre heures du matin. Bon, d'accord, entre. Mais fais attention à mes chats en porcelaine sur le bord de la fenêtre.

Christine était née dans Meard Street de parents qu'elle se rappelait à peine, à une époque où, dans cette rue, les maisons du dix-huitième siècle regorgeaient de prostituées. Elle avait passé toute sa vie à Soho. Gust et Christine se connaissaient depuis longtemps. Elle ne s'appelait pas du tout Christine ; c'était seulement le nom que les gens lui donnaient. On la voyait régulièrement au Diadème, au Mutin et aux Neuf Vies où se côtoyaient les truands, les avocats marrons, les écrivains, les journalistes et les personnalités du milieu des courses. Elle passait son temps à taper les uns et les autres (« juste pour garder la main »), et elle pouvait éventuellement laisser un client la sauter quand ses finances étaient au plus bas. Un soir, un type à qui elle avait demandé du feu braqua sur elle un semi-automatique, et Christine tendit la main pour prendre l'arme, en disant : « Ne joue pas avec ça, petit, tu m'as l'air de ne pas savoir comment ça marche. » Le gars lâcha son pistolet et partit en courant. Christine, qui avait eu très peur, raconta ensuite aux gens : « Je n'aurais jamais osé lui dire ça si je n'avais pas été aussi en rogne. »

Mais, quoi qu'elle puisse être d'autre, Christine n'était pas une balance, et elle avait peu d'ennemis, ce qui paraissait d'autant plus remarquable, à Soho, qu'elle avait eu largement le temps de se mettre des gens à dos.

— Qu'est-ce que tu t'es fait à la figure ? dit-elle à Gust. Tu t'es cogné contre un train de marchandises ?

Gust regarda Christine, par-delà le pan de drap qu'elle avait tiré jusqu'à son menton. Il savait à quoi ressemblait son visage.

— Je peux te parler ? demanda-t-il.

— Si tu veux, répondit-elle, mais n'approche pas, c'est tout. Je ne suis pas d'humeur à batifoler. (Elle tendit la main vers ses Casterbridge bout filtre.) Qu'est-ce qui t'arrive ?

— Je suis en cavale.

— Encore ? Tout bien réfléchi, je n'ai pas très envie de te voir.

— On est copains depuis toujours, dit Gust. Ne me fous pas à la porte.

— D'accord. Tu ferais mieux de t'asseoir, quand même. Tu as l'air crevé.

— Cinq étages par l'escalier de secours, ça n'arrange personne.

Gust s'assit sur le lit.

— Je voulais que tu prennes le fauteuil, dit Christine, mais ça ne fait rien. Tu peux rester sur le lit. Seulement, n'essaie pas de te glisser à l'intérieur. Bon, alors, qu'est-ce qui se passe ? On dirait que tu as des ennuis.

— Petal est morte.

— Petal ? fit-elle, songeuse. Impossible. Je l'ai vue hier matin au supermarché.

— C'est arrivé hier après-midi. Elle a été battue à mort.

— Il n'y a rien dans les journaux ni à la télé. Comment tu le sais ?

— Je vois très bien à quoi tu penses, dit Gust. Tu t'imagines que j'étais jaloux d'elle et de Connor, et que je l'ai tuée à cause de ça. Tu te trompes. C'est un flic qui me l'a appris. Non seulement il me l'a dit, mais il m'a emmené la voir.

— Je ne te crois pas, déclara Christine.

Se calant contre la tête de lit, elle scruta le visage de Gust.

— J'avais passé la nuit chez elle ; je ne savais pas où aller, et elle m'a invité. J'étais sorti quand c'est arrivé. Écoute, tout ce que je te raconte est vrai.

— Tu as quelque chose à voir avec le fait qu'elle a été tuée ?

— Non. Même les flics en sont persuadés. Le problème, c'est qu'elle m'hébergeait.

— Qu'est-ce que ça change, qu'elle t'ait hébergé ou pas ?

— Je suis mêlé à une sale histoire.

— Je ne veux pas le savoir, dit aussitôt Christine. Tu n'as pas d'autre point de chute ?

— Comme je viens de sortir de taule, ce n'est pas facile, expliqua Gust. Je voulais aller chez un copain à moi, mais il a déjà assez d'ennuis comme ça. À part une ou deux personnes comme toi, je n'ai plus d'amis, Christine. Autrefois, je n'avais pas besoin de grimper cinq étages d'un escalier de secours pour trouver une copine.

— Bon sang, tu ressembles vraiment à une grève de poubelles, dit Christine. Et tu pues.

— Je n'ai pu me laver que dans des pubs.

— Et regarde ta tête ! Tu devrais faire quelque chose.

— Ça va passer.

— Tu pourrais au moins prendre un verre.

— Merde, dit Gust. Tu as de quoi boire ? Je descendrais bien un scotch.

Christine sortit une bouteille de Bell's de sous le lit ; elle en prenait volontiers un petit verre avant de s'endormir. Elle servit une triple dose à Gust. Il en avala la moitié et se prit la tête entre les mains. Christine ne l'avait jamais vu dans un état pareil.

— Je suis rentré de plein fouet dans un cauchemar, dit-il. Et pourtant, je n'ai rien fait d'autre que sortir de prison.

— Il me semble que la vie était moins dangereuse quand tu étais entre quatre murs, fit Christine. Et puis, ton histoire n'est pas si simple, tu l'as dit toi-même.

— Ce que je sais, au moins, c'est qu'il y a des gens que je dois sortir de la merde.

— À t'écouter, j'ai l'impression que tu as surtout réussi à les y mettre.

— Il faut que je découvre qui a tué Petal, dit Gust. Les tueurs travaillaient sur commande. Il me les faut ; mais je veux aussi le salaud qui les a payés pour ça.

— Alors, cherche-les, dit Christine. Qu'est-ce que tu attends ?

— J'ai déjà flanqué les jetons à plusieurs types, mais je ne sais pas si c'est les bons.

— Comme si je savais de quoi tu parles...

Gust finit son verre.

— Tout aurait dû être simple, mais ça ne l'a pas été. Tu peux me resservir ?

— Pour qui tu me prends ? fit Christine. Une tenancière de bistro ?

Gust lui donna un billet de vingt livres.

— D'où il sort, celui-là ? demanda-t-elle.

— Ne t'inquiète pas, c'est un vrai. Remplis mon verre, Christine.

Elle le servit.

— Ne m'embarque pas dans tes histoires.

Gust secoua la tête.

— Je suis seulement venu parce que j'ai besoin de dormir. C'est juste pour cette nuit.

— Toi, tu as une de ces façons de parler aux femmes... dit

Christine d'un ton amer. Tu lui sortais ce genre de baratin, à Petal ? Non, excuse-moi, je retire ce que j'ai dit. Tu ferais mieux de te coucher, mais prends une douche d'abord.

Elle lui versa un autre verre pour qu'il l'emporte dans la salle de bains. Elle resta songeuse pendant qu'il se lavait ; elle n'arrivait pas à croire que Petal était morte. Quand il revint, le lit lui parut accueillant jusqu'à ce qu'il sente les ressorts, qui avaient souffert sous la masse flasque de nombreux revendeurs de films pornos, et même d'un député ou deux.

Bientôt, Christine éteignit la lumière, mais malgré sa fatigue, Gust resta éveillé, à contempler le plafond où clignotaient les néons de l'immeuble d'en face ; allumé, éteint, rouge, bleu et vert.

Christine s'était endormie. Gust se tourna sur le flanc pour ne pas la déranger. « Tu es partie, Petal, pensa-t-il, j'ai vécu avec toi quelque chose que je n'ai connu avec personne d'autre ; nous ne parlons plus de la même façon maintenant que nous sommes seuls dans ma tête. Je revois l'époque où nous étions aussi heureux que des gens comme nous peuvent l'être. Tout ce qu'on a fait ensemble, cela me revient comme si je regardais un vieux film, toi et moi à l'Eclipse, ou dans un autre bar en train de boire avec Johnny et l'Irlandais, et l'image suivante, c'est ton cadavre sur le plancher.

Plus tard dans la nuit, Christine se réveilla. Sentant que le drap était mouillé du côté de Gust, elle se dit qu'il avait dû pisser au lit. Puis elle se rendit compte que l'humidité se trouvait trop haut pour ça, et elle tâta l'oreiller de Gust ; il était trempé. Quand elle passa la main sur son visage, elle s'aperçut qu'il ruisselait de sueur. Son visage était brûlant, ses pieds glacés.

23

Dans le bureau des inspecteurs, à l'Usine, Spaulding était à sa table de travail, aux prises avec une avalanche de paperasserie, quand l'inspecteur principal Bowman entra en trombe, comme un dinosaure qu'on aurait lâché dans Regent Street au moment des soldes. Il portait sa tenue rétro habituelle : chapeau mou, cravate jaune vif, le grand jeu, jusqu'aux brodequins lustrés. À chaque fois qu'il le voyait (ce qui, heureusement, n'était pas trop fréquent), Spaulding était sûr que Bowman avait pris un kilo de plus.

— Alors, alors, brailla-t-il, j'espère que vous avez tous les idées en place, par cette belle matinée, et que vous n'êtes pas en train de tirer au cul.

Dégoûté, un inspecteur laissa tomber son stylo-bille ; un autre soupira. Il était impossible de se concentrer sur quoi que ce soit avec Bowman dans les parages.

— Déjà des problèmes et il est à peine neuf heures, annonça Bowman, perchant l'une de ses gigantesques fesses sur le bord d'un bureau. Encore cet abruti d'agent Wildbore, le copain de Rupt et Drucker. Il en a marre de rester assis dans sa voiture de patrouille, il voit une femme enceinte, et il lance un pétard qu'il a sous la main ; l'engin explose juste aux pieds de la bonne femme.

Elle a porté plainte, bien sûr ; elle a perdu son bébé. (Repérant Spaulding, il poursuivit :) Salut, Dicky, tu es juste l'homme que je voulais voir. Tu te cures toujours le nez avec des moufles ? Allez, passe dans mon bureau.

Quand ils y entrèrent, Bowman dit :

— Assieds-toi.

Il mit une nouvelle fois d'aplomb, sur son bureau, tout ce qui était déjà impeccablement aligné, à savoir : une photo de Mme Bowman et de Mlle leur fille, qui grimaçait, aveuglée par le soleil, en faisant la tête, et aussi une panoplie de stylos sur socle, braqués par-dessus son épaule sur la fenêtre, derrière lui, comme une batterie de fusées Katyousha.

— Un bureau en ordre, reprit Bowman, ça veut dire que tu fais bien ton boulot, mon petit. (Il se cala contre son dossier et lâcha un pet.) Je t'écoute, Dicky. Comment se présentent les choses ?

— Quelles choses ?

— Gust.

— Je me disais bien que vous vouliez parler de lui.

— Du nouveau ?

— Non, répondit Spaulding. Rien du tout. Mais je commence à peine.

— Je le sais, fit Bowman, et je te connais. Tu es fringué n'importe comment (regarde toi !), tu n'es pas joli-joli, tu as l'air aussi sexy qu'une boîte d'allumettes mouillées, et je ne t'enverrai jamais en mission dans une ambassade. Malgré tout, tu es tenace. Quand on te met sur une affaire, tu t'y cramponnes comme un cafard sur un sac poubelle de la semaine dernière, et tu as de l'imagination. C'est pour ça que je t'ai fait quitter ton poste d'îlotier, et que je t'ai choisi dans mon équipe d'inspecteurs. N'oublie pas que je t'ai toujours soutenu, mon petit.

C'était la version de l'inspecteur principal. En réalité, Bowman avait essayé à tous les échelons de faire obstacle à la promotion de Spaulding, parce qu'il détestait la concurrence. Spaulding préféra donc se taire, prolongeant son silence comme il l'aurait fait avec un suspect ; il savait que Bowman serait obligé de reprendre la parole, puisqu'il avait, lui, contrairement à son subalterne, quelque chose à dire.

— Bon, finit par dire Bowman, en ce qui concerne cette bagarre au club de Marly, la mort de la fille Chang, et toute l'affaire Gust, je ne pense pas que tu obtiendras la moindre inculpation, même si tu trouves des preuves.

— Et pourquoi ?

— Parce que personne de chez Marly ne témoignera devant un tribunal.

— Non, c'est vrai, ils ne viendront pas si on n'insiste pas lourdement. C'est comme toutes les autres affaires, une question de temps. Il faut de la patience. Déterrer les témoins, faire du porte à porte, c'est beaucoup de travail.

Bowman secoua la tête ; il aimait bien rabaisser leur caquet aux subalternes trop péremptoires.

— Rawlings s'est rendu sur place avec l'un de ses sergents. Il a commencé à poser des questions, mais la hiérarchie l'a rappelé aussi sec.

— Moi, en tout cas, dit Spaulding, personne ne m'a retiré l'enquête. En plus, Rawlings palpe. Marly lui refile son enveloppe chaque fin de mois, tout le monde le sait.

— Je te conseille de bien réfléchir avant de faire ce genre de remarque, dit Bowman. Enfin, quoi qu'il en soit, j'ai l'impression que le procureur ne veut pas s'encombrer avec cette affaire. J'en suis sûr à quatre-vingt-dix pour cent.

Il alluma un cigare.

— Eh bien, dit Spaulding, je prends le pari sur les dix pour cent qui restent.

Cette fois, il y eut un silence encore plus long. Bowman souffla un rond de fumée, contempla le plafond, et ne regarda pas Spaulding, qui prit son mal en patience une seconde fois.

— Tu perds ton temps, déclara finalement Bowman.

— C'est ici que je le perds, dit Spaulding, il n'y a pas de

doute. J'ai une tonne de boulot qui m'attend à côté, dont la majeure partie concerne Gust.

Bowman reposa son cigare.

— Bon, pour parler franchement, fit-il avec réticence, je me suis fait rappeler à l'ordre, en haut lieu, à propos de cette affaire.

— Rappeler à l'ordre ?

Mal à l'aise, Bowman avoua :

— Il y a des complications, pour Gust.

— Quelles complications ? s'étonna Spaulding. Et d'où viennent les remontrances ? Personne ne m'a rien dit.

— Je te le dis en ce moment même.

— Où voulez-vous en venir ? demanda Spaulding. Vous tâtez le terrain pour voir si vous pouvez me retirer l'enquête ?

— Je n'ai pas parlé de ça, se défendit Bowman. Je dis simplement qu'il faudrait mettre la pédale douce. Prendre des précautions.

— Mais pourquoi ? Il y a quand même eu deux meurtres.

Bowman se retrouva à court d'arguments.

— Je sais, dit-il sans conviction. On m'a simplement fait comprendre qu'il y avait d'autres facteurs.

— Vous ne m'avez toujours pas dit de quelle nature étaient ces facteurs.

— C'est parce que je n'en sais rien, fit Bowman.

Spaulding n'en croyait pas ses oreilles. C'était la première fois qu'il entendait Bowman avouer son ignorance. Il fallait noter ça dans les archives de Poland Street.

— Et ces rappels à l'ordre ? demanda Spaulding. Ils viennent de qui ? De La Voix ?

— Je t'ai déjà dit de ne pas utiliser ce sobriquet pour désigner le divisionnaire.

— Pourquoi ? s'étonna Spaulding. Tout le monde le fait.

— Ce n'est pas une excuse, dit Bowman. Quant à cette note de service, je ne te dirai pas qui l'a rédigée, tout ce que je peux te répéter, c'est ce que mes instructions me demandent de te communiquer.

Il ralluma son cigare.

— Il me faut des directives plus précises que ça.

— Tu les recevras d'ici peu, fit Bowman. C'est-à-dire, quand je les aurai eues moi-même.

Son téléphone sonna, et il indiqua la porte à Spaulding d'un signe de tête.

— Alors, comment est notre figure de mode, ce matin? demanda l'un des inspecteurs quand Spaulding réapparut. Guilleret ?

— Guilleret, oui, répondit Spaulding en cherchant une cigarette à tâtons, et aussi nébuleux que d'habitude. Comme une œuvre d'art politiquement correcte, vous voyez?

Ils voyaient très bien.

*

Après avoir fini une partie de sa paperasserie, Spaulding apprit qu'il devait se rendre dans un autre commissariat, à cause d'un suicide douteux dans lequel l'équipe du labo voyait un meurtre possible. En route, il régla sa radio sur une station nommée *Les Gens aujourd'hui*, dont l'émetteur faiblard devait se trouver quelque part au nord de Londres, probablement à Tottenham.

« Ce qu'il nous faut dans ce pays, disait un chroniqueur d'un ton impassible, c'est un gouvernement ferme. Mais ce que nous avons, en fait, c'est une bande de vieux charlatans pusillanimes et qui, pris de panique, frappent aveuglément des cibles qu'ils sont incapables d'identifier parce qu'ils sont coupés des réalités. Ou encore, tout aussi catastrophique : quel que soit le problème, ces gens-là ont un million de bonnes excuses pour ne pas tenter de le résoudre. Un gouvernement efficace ne saurait reposer sur des mauvais prétextes. Si nous ne parvenons pas rapidement à trouver une forme de gouvernement compétent pour agir en faveur de la majorité populaire, et non pas contre elle, nous allons au-devant d'une somme colossale de difficultés. Et cela ne servira à rien que des gourous des médias, des anciens ministres, des journalistes ou n'importe qui d'autre nous expliquent ce que nous aurions dû faire, une fois que la course au pouvoir aura été gagnée par le candidat que personne n'attendait. Pour en venir à la situation actuelle en Russie... »

Spaulding éteignit la radio, et il nota dans un coin de sa mémoire : « Gilet pare-balles, trois cents livres. »

Il y avait un certain temps qu'il songeait à s'en acheter un, mais il allait devoir le payer avec ses fonds propres. Pas étonnant qu'il soit toujours à sec.

24

Gust entra au Diadème. C'était le début de l'après-midi. Un exemplaire abandonné du *Standard* traînait sur le bar, et il le déplia pour lire la première page. La manchette annonçait : « Guerre des gangs : 3 morts. » L'article disait ceci : « La nuit dernière, la police a été appelée à se rendre dans un appartement de Marjorie Grove, à Clapham, lorsque des voisins de la résidence Darby Mansions signalèrent les échos du bris d'une porte d'entrée, au second étage, suivis par des coups de feu. M. Andy Simms, 62 ans, qui occupe l'appartement d'en face avec son fils et sa petite-fille, a déclaré : " J'ai entendu des coups de feu, et en sortant sur le palier, j'ai vu ce qui se passait chez M. Farb, parce que sa porte était défoncée et ne tenait plus sur ses gonds. C'était l'enfer, il y avait des hommes blessés, là-dedans, des hurlements, le chaos total. J'ai vu un homme, près de l'entrée, qui tenait un marteau, et un autre, près du salon, me tournant le dos, armé d'un pistolet. Puis il y eut trois autres coups de feu, venant du fond de l'appartement, mais je n'ai pas vu qui les a tirés. " Invité à décrire les agresseurs, M. Simms a répondu : " Je n'ai pas eu le temps de bien les voir ; j'ai seulement remarqué que l'homme qui me tournait le dos, dans le couloir, et qui lâchait des jurons, était corpulent. Mais c'est tout ce que j'ai remarqué, parce que mon fils m'a fait rentrer dans l'appartement, et il a appelé la police. "

« Les policiers ont confirmé qu'à leur arrivée, ils ont découvert dans l'appartement les corps de trois hommes blessés par balles à la tête et à la poitrine. L'inspecteur Dick Spaulding, qui mène l'enquête, a déclaré : " On aurait dit qu'une bombe avait explosé dans l'appartement. Nous sommes fermement convaincus qu'il s'agit d'un règlement de comptes entre membres du milieu. Les trois victimes avaient des antécédents judiciaires, allant de l'extorsion de fonds à l'attaque à main armée, sans oublier quelques condamnations pour violence et voies de fait. Il y a eu au moins deux agresseurs, peut-être trois. " L'inspecteur Spaulding a ajouté : " Ce qui nous intrigue, c'est que l'appartement a été mis à sac pendant la tuerie. Nous l'avons trouvé complètement dévasté, comme après la passage d'un ouragan. "

« Les morts ont été identifiés. Emmanuel Farb, 48 ans, de Clapham, était sorti la veille de l'hôpital, après avoir été gravement blessé à la main au cours d'un autre échange de coups de feu dans un restaurant du West End. Les autres victimes sont Leonard Williams, 39 ans, alias " Le Marteau ", de Walthamstow, et Henry James Ford, 51 ans, de Frith Street, Londres.

« Prié de commenter l'affaire, l'inspecteur Spaulding a déclaré qu'une enquête était en cours, mais il a lancé un appel aux témoins qui auraient pu voir les agresseurs quitter les lieux, leur demandant de téléphoner au standard de la lutte contre le crime, ou à leur commissariat local. " Ces hommes sont dangereux, a-t-il précisé, et il vaut mieux éviter de se trouver sur leur chemin. " »

Le téléphone du bar se mit à sonner. La serveuse écouta son correspondant, puis vint vers Gust et lui tapa sur l'épaule.

— Un message pour vous, annonça-t-elle.

Elle lui tendit le bout de papier sur lequel elle avait griffonné quelque chose. Gust le prit, en lut le contenu, puis commanda une Carlsberg. Le message disait : « L'argent, c'est pour les chiens. » Gust s'en inquiéta. Il mit le papier dans sa bouche, le mâcha, et l'avala avec un peu de bière.

— Mais qu'est-ce que vous faites avec ça? demanda la serveuse, parlant du papier.

— Je le mange, répondit Gust. Ça ne se voit pas?

Montant au premier, il passa un coup de fil chez Johnny. Il n'y eut pas de réponse, et ça aussi, c'était inquiétant. Quand il revint au comptoir, le téléphone sonnait de nouveau. Cette fois, la serveuse lui tendit simplement le combiné en disant :

— C'est encore pour vous.

Gust prit l'appareil et dit :

— Oui?

À l'autre bout de la ligne, la voix d'un homme qu'il ne connaissait pas lui dit de rester où il était pendant une demi-heure, puis raccrocha.

— J'ai la rougeole, ou quoi? fit la serveuse en colère.

Elle n'avait rien contre Gust, au contraire, mais elle se disait qu'elle devait se montrer délurée avec les clients, parce qu'elle était nouvelle dans l'établissement et n'avait guère le sens de l'humour. Elle n'allait peut-être pas tarder à en avoir, de l'humour; et ensuite, chez elle, cela grandirait vite, comme ses ongles.

— Pourquoi est-ce que c'est toujours les cadavres dans votre genre qui reçoivent tous les coups de fil?

— Parce que certains de nos amis aiment à nous rappeler que nous sommes toujours vivants, répondit Gust.

— Je ne vois pas pourquoi vous n'installez pas tout de suite votre bureau ici, et qu'on n'en parle plus, dit la fille.

— Parce que le valet de pied du diable n'a pas besoin de secrétaire, répondit Gust. Et il n'achète pas votre champagne au rabais, non plus.

Il ne l'écoutait pas vraiment, il réfléchissait. Le coup de téléphone ne lui inspirait pas plus confiance que le message de Johnny, mais il décida malgré tout d'attendre et de voir venir.

Bientôt, un homme brun, élégamment vêtu de noir, entra dans le bar. Il regarda autour de lui, sans désinvolture particulière, puis vint s'asseoir sur un tabouret près de Gust. Il commanda un Campari et demanda :

— Gust ? Qu'est-ce que vous prenez, Gust ?

— Rien, merci, je suis déjà servi. Qui êtes-vous ?

— Personne dont vous ayez envie de faire la connaissance, répondit l'inconnu.

Gust ne s'en étonna pas ; l'homme était trop poli pour être sympathique. Sous son imperméable noir, il portait un costume noir et une chemise noire également, boutonnée jusqu'au col, sans cravate. Il était mince, avec des yeux noirs de champion de tir qui ressortaient, dans son visage, comme deux olives sur une assiette unie.

— De quoi s'agit-il ?

— Si vous voulez bien nous suivre, nous aimerions simplement bavarder un peu avec vous. Ne vous inquiétez pas, vous reviendrez entier.

— Debout, vous voulez dire ? Avec le palpitant encore en état de marche ?

L'homme mince haussa les épaules.

— Oui, je vous le garantis.

— C'est agréable à entendre, dit Gust, parce que tout le monde n'a pas la même délicatesse vis-à-vis de moi.

— Oui, c'est ce qu'on m'a dit, fit l'homme mince. Ça ne doit pas être drôle.

Il finit son verre et se leva.

— On y va ?

— Pourquoi pas ? fit Gust.

Il quitta à regret le territoire familier du Diadème ; malgré tout, il faisait jour, et cela le rassura un peu.

L'homme mince avait une Saab neuve avec chauffeur qui l'attendait. Le chauffeur leur ouvrit la portière d'un geste sec. Gust ne discuta pas ; il monta dans la voiture.

— Vous m'emmenez faire un tour ?

— De nos jours, on appelle ça un billet de première classe. On voit que vous êtes resté longtemps absent.

Le chauffeur fit un demi-tour en douceur et partit vers l'ouest.

— Vous n'auriez pas une arme sur vous, par hasard ? demanda l'homme mince au début du trajet.

— Plus maintenant, répondit Gust. Je l'ai mise au clou, j'étais à sec.

— Je vais quand même vérifier. Ça ne vous dérange pas, n'est-ce pas ? Nous n'allons pas nous fâcher pour si peu.

Il trouva aussitôt le Beretta de Gust et le mit dans sa poche.

— Ça m'étonnait que vous soyez fauché à ce point-là. À propos, vous avez déjeuné ?

— Non, répondit Gust. Pourquoi ? Vous m'invitez ?

— Non, dit l'homme mince. Les gens n'aiment pas trop aller au restaurant avec vous, en ce moment.

— Alors, pourquoi cette question ?

— Simplement parce que c'est malsain de se faire flinguer avec l'estomac plein.

— Je croyais que je devais ressortir dans l'état où j'étais entré ?

— C'est vrai. Seulement, tenez-vous à carreau. Il y aura un certain George, en face de vous. Il a le sang vif, il ne prend pas le temps de réfléchir.

— Il n'en est peut-être pas capable, dit Gust.

L'homme haussa les épaules.

— Qu'il en soit capable ou pas, ça ne change rien pour les types qu'il descend.

— C'est agréable.

— Oui, n'est-ce pas ? fit l'homme mince. Enfin, c'est votre peau qui est en jeu.

Après ce qui sembla être un long trajet sur une route en travaux, la voiture parvint à Shepherds Bush, quitta Goldhawk Road pour emprunter une rue sans nom, et s'arrêta devant une maison sans numéro. Quand le chauffeur ouvrit la portière avec le même geste sec, l'homme mince le gifla durement.

— Plus vite que ça, Sergio, dit-il. Un peu de respect, bon sang. Tu as encore beaucoup à apprendre. Tu auras droit à une vraie raclée, la prochaine fois.

Gust commenta :

— Vous en faites vraiment des tonnes, pour un petit bonhomme comme vous.

— Si je ne lui en fais pas baver tout de suite, c'est moi qui vais en baver, vous savez comment ça se passe. Maintenant, un bon conseil : soyez extrêmement poli avec M. Hawley.

— Hawley ? répéta Gust. Vous voulez dire, celui qu'on appelait Le Trésorier ? Je croyais que la bande à Morrow l'avait descendu dans une épicerie du sud de Londres. On m'a dit qu'il était mort.

— Il s'en est sorti. Il est très coriace, M. Hawley. Alors, montrez-vous poli et respectueux. Autre chose : rappelez-vous que M. Hawley ne fume pas. Il ne supporte même pas l'odeur du tabac. Alors, quoi que vous fassiez, n'allumez surtout pas de cigarette.

L'homme frappa à la porte, qui fut ouverte par un géant avec un visage d'enfant, vide de toute expression.

— C'est quoi, ça ? demanda Gust. Mâle ou femelle ?

— Ce n'est pas vos oignons, répondit l'homme mince. M. Hawley aime s'entourer de grands formats. Comme il le dit lui-même : plus c'est grand, plus c'est beau.

— Ça me plaît bien, fit Gust. C'est très original, non ?

— Tout ce que dit M. Hawley est original.

Gust suivit les deux hommes à travers le rez-de-chaussée. Il y avait de la nourriture en train de cuire, quelque part. Cela sentait bon.

— Ma cuisine, dit le géant.

— Je vous emprunterai votre tablier, un de ces jours, dit Gust.

— J'aime bien vous entendre balancer des vannes, comme ça, dit l'homme mince. Pour un type dans votre situation, ça ne doit pas être facile.

— Comment un gars comme vous pourrait-il savoir ce qui est facile ? demanda Gust.

Pendant que l'autre réfléchissait à ces paroles, ils passèrent devant une cuisine, à l'arrière de la maison, et descendirent un escalier étroit.

— Attention à votre tête, dit l'homme mince. Le plafond est bas, vous pourriez vous blesser si vous ne faites pas attention. Remarquez, je me rends compte en vous regardant que vous n'écoutez pas toujours les bons conseils.

Le géant ouvrit la porte d'une cave. Trois hommes y étaient assis. L'un des trois était Johnny, attaché dans un fauteuil en métal.

— Gust est ici, M. Hawlcy, annonça l'homme mince. (Poussant Gust du coude, il lui glissa :) Du respect, surtout, n'oubliez pas. Avec M. Hawley, le respect rapporte toujours des dividendes. Mettez-en une bonne couche, et ça pourra vous faire gagner du temps.

Gust n'écoutait pas. Il regardait Johnny, ce que remarquait Hawley. Ce dernier portait un costume de grand couturier et des lunettes noires ; il parlait à voix basse, en tripotant de temps en temps le tuyau d'évacuation de son anus artificiel, qui sortait de sa ceinture.

— Oublie Johnny, dit-il.

— Qu'est-ce qui est arrivé à son nez ? demanda Gust.

— George y a enfoncé quelques allumettes enflammées.

— George ? fit Gust, se tournant vers l'homme massif assis à la droite de Hawley. C'est un joli nom.

George ne releva pas la tête. Gust avait entendu parler de lui, et il savait qu'il ne le faisait qu'au moment de tuer quelqu'un. Il donnait l'impression d'avoir atteint le stade où les remarques personnelles ne l'atteignaient plus, et cela lui faisait un souci de moins. Il fumait un cigare. Sur la table, devant lui, se trouvait un pistolet qu'il s'amusait à charger et à décharger.

— Johnny l'a énervé, vous savez, dit Hawley.

— Ce que je sais, c'est reconnaître un tas de merde quand j'en ai un en face de moi, dit Gust.

— Du respect ! Du respect ! se lamenta l'homme mince.

— Tu ne t'attendais pas à trouver Johnny ici? demanda Hawley.

— On ne m'a pas dit à quoi je devais m'attendre.

— Non, c'est vrai, reconnut Hawley. Tu ne comprends pas la moitié de ce qui t'arrive, de toute façon.

— Répondez à M. Hawley, marmonna l'homme mince.

— Oui, fit Gust. Je suis content qu'ils vous aient touché à l'estomac, Hawley. Vous savez qu'une blessure par balle à l'estomac ne guérit jamais.

L'homme mince secoua la tête, soupira, et renonça.

— C'est du suicide... chuchota-t-il.

Gust désigna le sac relié à l'anus artificiel de Hawley.

— Je vois que les Morrow vous ont fait sauter la moitié des tripes. Dommage qu'ils n'aient pas bien raclé le fond.

— Je sais qu'on t'a promis que tu ressortirais d'ici vivant, dit Hawley, mais ne pousse pas trop quand même. Parce que, pendant que tu es encore en état de marcher, je veux te parler d'un investissement à moi, et je n'ai pas beaucoup de temps. Je ne suis pas souvent en Angleterre, ces temps-ci.

— Ça ne m'étonne pas, fit Gust, après ce que vous avez récolté dans le buffet la dernière fois.

Il alluma une cigarette.

— C'est ça, dit Hawley. Ne demande surtout pas si tu peux fumer, fais-le, allume tranquillement ta cigarette. Je ne fume pas, on ne te l'a pas dit? Mais ne me demande pas si ça me gêne ou non, fume tant que tu voudras, fais comme chez toi.

Gust ne l'écouta pas. La chemise de Johnny avait été déchirée jusqu'à la taille, et sa poitrine était couverte de brûlures ; son nez était enflé, et il suppurait. Il semblait à moitié endormi ; son visage avait une teinte malsaine. Avachi dans son fauteuil, il fixait le plafond à travers ses paupières mi-closes.

— Il est plutôt mal en point, non? demanda Gust.

— Plutôt, confirma Hawley. Il a pris une sévère punition.

— Il faudrait le faire soigner, dit Gust. Il en a sérieusement besoin.

— Soigner ? répéta Hawley. Et en quel honneur ?

— C'est mon beau-frère.

— Je le sais, dit Hawley, et je m'en fous complètement.

Gust laissa tomber sa cigarette par terre, l'écrasa du pied, et en alluma une autre.

— En attendant, j'ai un problème, reprit Hawley. À part le fait que tu fumes comme ça de façon très impolie... En fait, j'en ai plusieurs.

— Moi aussi, dit Gust.

— Toi ? fit Hawley. Ça, tu peux le dire. À ta place, je ne saurais pas ce que je ferais, avec tous les problèmes que tu as.

— Je les résoudrais moi-même, dit Gust. Je n'irais pas les raconter aux autres en chialant.

— Restons polis, si c'est possible, suggéra Hawley. Sauvegardons les apparences en faisant preuve de respect.

— Faites quelque chose pour Johnny, alors.

— Je vais m'occuper de lui dans une minute. Mais pour le moment, la source de certains de tes ennuis, c'est que tes problèmes et les nôtres coïncident. C'est très mauvais pour toi, et c'est encore pire pour Laray.

Johnny avait fermé les yeux. Hawley s'en aperçut et dit :

— Réveille-le, George.

George tendit le bras pour écraser son cigare sur le visage de Johnny. Johnny hurla et tenta de se libérer de son fauteuil.

— Il aurait pu lui brûler l'œil ! fit Gust.

— Ça n'aurait pas eu beaucoup d'importance, dit Hawley. (Il commença à compter sur ses doigts, comme une mamie qui fait le tour d'un supermarché.) Premièrement, les passeports.

— C'étaient ceux de Manny Farb.

— On se fout de Manny Farb. Tu les as fauchés ; Harry Ford les a récupérés, c'est à ce moment-là que tu as touché ton fric. Et après, où sont-ils passés ? Deuxièmement, il y a ce que Johnny et toi avez fait à Manny au Red Wok. Bon, je me fous pas mal de ce qu'il y avait entre Manny et toi, la question n'est pas là. Les règlements de compte, c'est notre affaire ; on ne peut pas tolérer que des cow-boys comme vous deux jouent aux fléchettes sur des cibles humaines en public. Ce que vous avez fait là mérite une bonne correction.

— C'est vous qui avez envoyé ces deux tueurs chez Marly ? dit Gust.

Hawley ne parut pas entendre la question. Ce fut lui qui demanda :

— Pourquoi est-ce que Johnny et toi avez fait un carton sur Manny ?

— À cause de ce qui est arrivé à Petal Chang, répondit Gust. Sur le moment, j'ai pensé que c'était Manny qui avait fait ça. Mais maintenant, de plus en plus, en parlant avec vous, je commence à penser que vous êtes bien mieux renseigné que moi. En fait, je crois que vous devez savoir qui a fait le coup.

— Je ne réponds pas aux questions, dit Hawley, je les pose. Et de toute façon, Manny est mort, maintenant, et ses acolytes aussi.

— Je sais, fit Gust. J'ai lu ça dans le journal. Alors, qui a tué Petal ? Vous ?

— Tu n'es qu'un petit braqueur de seconde zone, dit Hawley, et tu n'es même pas bon dans ta partie. C'est pour ça que tu as tiré toutes ces années de taule ; je n'ai pas à te dire quoi que ce soit.

Gust alluma une autre cigarette, frottant l'allumette sur la table. Puis il cracha par terre.

— Pourquoi as-tu craché ? demanda Hawley.

— Parce que je vous visais, dit Gust.

— Tu as complètement raté ton coup ; je suis de l'autre côté de la table.

— Je sais, dit Gust. Mais j'ai visé l'endroit où vous devriez être : par terre, avec la merde.

Cela ne fit pas sourire Hawley. L'homme mince prit une longue aspiration sifflante, et il y eut dans la pièce un silence qui parut interminable. Mais, finalement, Hawley constata d'une voix pleine de patience :

— Je n'ai jamais rencontré de type aussi dégoûté de la vie. Quand je te parle, c'est comme si je m'adressais à un cadavre.

Malgré tout, un millier de passeports que mes clients sont prêts à payer deux mille cinq cents livres l'unité, ça représente deux millions et demi de livres. C'est une sacrée somme, Gust, j'espère que tu t'en rends compte.

— Vous voulez dire, ça aurait été une sacrée somme si vous aviez pu la ramasser.

— Je ne sais pas comment j'arrive à me maîtriser en ta présence, dit Hawley. C'est un exploit. Alors, ces passeports ?

— Je les ai livrés à Ford, répondit Gust. J'ai touché ma part, et c'était fini pour moi.

— J'aime bien le mot " fini ", commenta Hawley. C'est tout à fait de circonstance.

— Vous ne réparez pas la bonne voiture, dit Gust. C'est sous le capot d'Harry Ford qu'il faut regarder. C'est là qu'il y a un faux contact.

— Harry est mort.

— C'était vous ? demanda Gust.

— Il fallait l'éliminer.

— À ce train-là, vous ouvrirez bientôt une morgue.

— On l'avait pressé comme un citron, ajouta Hawley. Mais voilà quelque chose d'intéressant : après la mort d'Harry, on a embarqué la dénommée Clarice pour soigner ses dents, qui étaient en piteux état. À la troisième incisive qu'on lui a arrachée, elle a accouché d'un nom : Sladden. Mais pas de description. Le nom, c'était tout ce qu'elle savait, et on ne trouve aucune trace de ce type. Tu vas peut-être nous aider.

— Non, je ne peux pas, répondit Gust. Cette femme, vous l'avez sans doute tellement torturée qu'elle a inventé n'importe quel nom pour échapper à la paire de tenailles. Ce type n'existe probablement pas. Malgré tout, s'il n'existe pas, il ne peut pas avoir vos passeports, n'est-ce pas ?

— Ma foi, c'est bien dommage, mais Harry est mort avant d'avoir dit quoi que ce soit au sujet de ce prétendu Sladden, quel qu'il soit. George s'est montré un peu trop hâtif, en l'occurrence. On avait déjà passé Harry au laminoir, mais même à la pression maximum il s'entêtait à nous dire qu'il avait livré la marchandise à Manny. Bien sûr, il est trop tard maintenant pour interroger l'un ou l'autre, mais que Manny ait eu les passeports ou pas, ce qui est sûr, c'est que mon client ne les a pas reçus, lui. Alors, même si on a réglé nos comptes pour ce qui est du nombre de cadavres, on a quand même un sacré déficit. Et c'est d'une perte colossale qu'il est question, Gust. Une perte d'argent, et une perte de respect.

— Vous saviez que Manny était un indic, dit Gust. C'est pour ça que Johnny est venu avec moi lui rendre visite au restaurant. Manny l'avait fait plonger pour trois ans, en 86.

— Je ne discute pas de qui était un indic ou pas avec un minable dans ton genre, déclara Hawley. Voilà ce que j'ai à dire, en revanche : si ce n'était pas Ford qui avait ces passeports (et on le sait, maintenant), si Manny ne les avait pas non plus quand on a retourné son appartement le soir où on l'a buté, et si ce Sladden n'existe pas, alors, il n'y a que toi qui puisses les avoir, ou qui saches où ils se trouvent et entre les mains de qui, parce qu'il ne reste personne d'autre.

— Vous n'en avez trouvé trace nulle part ? demanda Gust.

— Je sais qu'il y en a quatre qui ont servi, répondit Hawley. Le hic, c'est que deux des détenteurs sont morts, le troisième est introuvable, et on ne sait pas qui est le quatrième.

— Ça se présente plutôt mal, votre histoire, dites donc, fit Gust.

— N'essaie pas de faire de l'humour, dit Hawley. Non seulement on perd gros, sur ce coup, mais on est la risée de tous, dans le milieu. Alors, voilà ce que je vais faire : je vais te donner deux jours pour récupérer tous ces passeports, jusqu'au dernier, et me les rapporter. Si tu ne les trouves pas, tu es dans la merde jusqu'au cou, et tu sais ce que ça veut dire.

— Je le sais, fit Gust. Et quand j'y serai, je suis sûr de vous y retrouver.

— En tout cas, dit Hawley, tu es prévenu.

George demanda :

— On va bavasser comme ça toute la journée ?

— Non, dit Hawley, ce sera fini en un éclair. (Il se tourna vers Gust.) Et ce n'est pas une façon de parler. Je me suis occupé de Johnny ; mes amis, qui sont ici, se sont occupés de lui, mais on n'en a rien tiré, ce qui est dramatique pour lui.

— Il ne sait rien, affirma Gust. C'est pour ça que vous n'avez rien tiré de lui. Pourquoi est-ce qu'il saurait quelque chose ? Il n'était pas dans le coup, pour l'histoire des passeports.

— Non, mais tu aurais pu lui en parler, avança Hawley. Et je pense que tu l'as fait. Après tout, vous êtes bien allés à deux canarder Manny Farb au Red Wok ; tu aurais pu raconter ta vie à Johnny. Ces temps-ci, tu n'as plus tellement d'amis à qui parler.

— Non, c'est vrai, reconnut Gust. Surtout maintenant que Petal est morte.

— On s'en fout, dit Hawley. Maintenant, on va te montrer quelque chose qui te fera tourner à fond de train la cervelle à l'intérieur du crâne ; on en profite pendant que tu en as encore une.

— Ne touchez pas à Johnny. Je ne lui ai rien dit, pour les passeports.

Regardant Johnny, Hawley dit à George :

— Emmenez-le là-bas, dans le coin. Je ne veux pas qu'il se répande sur moi, j'ai un costume neuf.

— Vous ne pouvez pas faire ça ! protesta Gust.

— Pourquoi ? Tu veux te mettre à table ? Tu veux nous parler de Sladden ? Nous dire où sont les passeports ? Les récupérer pour nous ?

Il y eut un silence, dans la cave, pendant lequel Hawley attendit la réponse de Gust, mais ce dernier ne dit rien. Il se souvenait vaguement d'un certain Judas. Trahison ? Voilà un mot qu'il n'emploierait plus jamais.

— C'est ta dernière chance, dit Hawley.

— Pourquoi je ne prendrais pas sa place ?

— Parce qu'on a besoin que tu restes en vie, espèce d'abruti. (Hawley présenta sa montre à la lumière, puis il dit à George :) Finissons-en, mon avion part dans trois heures.

Se levant, George visa sa cible avec le neuf millimètres. Hawley dit à Gust :

— Heureusement que le bruit ne te dérange pas, parce que ces engins font un sacré boucan.

Johnny marmonna :

— Les chiens...

Ce furent les seules paroles qu'il prononça.

George fit feu. L'arme rugit comme un flic en colère, et la balle atteignit Johnny au visage, au bas du front, juste au-dessus du nez. Des hiéroglyphes sanglants et inintelligibles s'étalèrent aussitôt sur le mur, derrière lui. Son estomac se débarrassa de son contenu incertain ; Johnny, qui n'était déjà plus qu'un tas de guenilles, s'effondra dans son fauteuil, et ce fut tout.

— Tu ne vas pas gerber, au moins ? demanda Hawley. (George avait déjà commencé à nettoyer ; le géant entra, et lui donna un coup de main.) Tu te sens bien ?

— Bien ? répéta Gust. Pourquoi est-ce que je ne serais pas bien ? Vous n'êtes pas le seul homme qui ait vu des cadavres autour de lui. Mais il y a encore un ou deux détails.

— J'ai un avion à prendre. Je n'ai pas le temps.

— Je m'en doute, fit Gust. Personne n'a le temps. En fait, nous avons tous beaucoup moins de temps que nous ne le pensons. Comment dit-on, déjà ? *J'entends résonner tout près les pas de la Mort qui se hâte.*

Gust s'approcha du cadavre, attaché à son siège comme un épouvantail abattu par le vent. Il écarta George et le géant.

— Il paraît plus petit, non ? dit-il à Hawley. C'est vrai, ce qu'on dit : la mort vide un homme comme un sac. (Ôtant son tee-shirt, il s'en servit pour nettoyer le visage du cadavre ; quand il eut fini, il jeta le tee-shirt au géant et remit son pull.) Tu as épargné ses yeux, George, lança-t-il. C'était délicat de ta part. (Il demanda à Hawley :) C'est moi qui vais les fermer, ou bien vous ? C'est vous qu'ils regardent, et ils ne cesseront jamais de le faire. Ce sera la première chose que vous verrez en arrivant en enfer, Hawley.

Et finalement, comme il vous manque la moitié de l'estomac, je crois que vous serez dans le premier train.

Hawley semblait nerveux. Il dit :

— Il faut que je parte.

— Alors, je vais le faire, dit Gust. Il faut montrer un peu de respect pour l'autre monde. (Il ferma les yeux de Johnny, demandant à Hawley :) C'est vous qui avez tué Petal Chang ?

— La Chinoise ? Je ne connaissais même pas son nom, mais il a fallu la sacrifier à cause de ce que tu as fait chez Marly. Cette histoire a fait tout le tour du West End, et nous a coûté une bonne part du respect auquel on tient. Et puis, elle t'hébergeait. C'est pour ça qu'on lui a envoyé quelqu'un.

— Avec une batte de base-ball, ajouta Gust. Allez, répétez après moi : On lui a envoyé quelqu'un avec une batte de base-ball.

— On savait que vous aviez vécu ensemble.

— Vous le lui avez fait payer cher.

— Elle aurait dû mieux choisir son petit ami.

— Qui l'a tuée ? demanda Gust. Vous ? Stuart et Dingo ?

— Je ne sais pas qui c'était, répondit Hawley. J'ai payé le prix qu'il fallait, je n'ai pas demandé qui serait l'exécutant.

— C'était peut-être un petit bonhomme en costume rayé, aux ongles répugnants, suggéra Gust, et un gros type en costume de soie rose, celui qui a été vu chez Manny un flingue à la main. Ça pourrait bien être Stuart et Dingo.

Hawley se tourna vers ses hommes.

— Vous connaissez deux types qui s'appellent Stuart et Dingo ?

— Non, firent-ils. Non.

— Eh bien, tu vois ? dit Hawley. Pour en revenir à notre affaire, trouve-nous ces passeports et on n'en parle plus. Sinon, tu peux léguer tes joyeuses à la science, il n'y a pas tellement de gens qui s'en servent pour réfléchir. (Il ordonna à l'homme mince :) Ramène-le où tu l'as trouvé, paye-lui même un verre, je crois qu'il en a besoin. (Puis, s'adressant à Gust :) N'oublie pas que je peux te cueillir quand je veux. Tu as deux jours. Maintenant, débarrasse le plancher, et estime-toi heureux de pouvoir encore mettre un pied devant l'autre.

Quand Gust se retrouva dans la rue, il dit à l'homme mince :

— Je tiens sincèrement à vous remercier, pour la façon dont vous avez emmené Johnny dans un coin, avant l'exécution. Vous savez, j'en avais presque les larmes aux yeux, tellement c'était touchant.

— Simple question de respect, dit l'homme mince. C'était naturel. Et je suis content que vous le preniez de cette façon, j'apprécie, vous êtes un type bien.

— Le respect, fit Gust, vous n'avez que ce mot-là à la bouche, mais moi, j'en ai eu ma dose pour la journée.

— En tout cas, reprit l'homme mince, M. Hawley vous a laissé du temps, au moins. Oh, j'allais oublier...

Sortant de sa poche le 38 de Gust, il le lui rendit déchargé.

— Montez dans la voiture, je vous emmène où vous voulez.

— Non, merci, fit Gust. C'est vous qui prenez le corbillard. (Tandis que l'homme mince s'installait dans la voiture, Gust se pencha à l'intérieur pour ajouter :) Vous me devez une dent, à propos, et vous savez peut-être ce que dit le proverbe au sujet de l'œil.

L'homme haussa les épaules; il n'avait pas compris. Au moment où la voiture démarrait, il lança une dernière remarque :

— Vous auriez dû vous montrer plus poli avec M. Hawley. Il inspire le respect partout où il va, M. Hawley.

— Moi, il ne m'a pas impressionné du tout, dit Gust. C'est à peine croyable, hein?

*

Gust descendit à pied jusqu'à Hammersmith, puis, suivant King Street, il se dirigea vers un pub nommé Le Point du jour. *Je suis fini, plus rien ne compte pour moi*, pensait-il. Les gens s'écartaient de son chemin, le croyant ivre.

En arrivant au pub, il découvrit que le violoneux irlandais qui jouait là tous les soirs avait déjà plié bagages. Il s'installa au bout du bar avec sa bière. Quand il en eut bu six, il brisa sa chope sur le comptoir et sortit.

Personne ne se retourna, à part un flic local qui avait fini son service, mais c'était seulement parce qu'il était nouveau dans le quartier et ne connaissait personne.

Gust marcha longtemps sans but précis, et il finit par passer la nuit à Allison Road. Il n'y avait plus de Jaguar sous sa fenêtre, et il n'avait pas d'autre endroit où aller, de toute façon. Il n'était pas d'humeur à supporter la compagnie. Pendant un long moment, il ne parvint pas à s'endormir, et quand il sombra enfin, ce fut pour se réveiller aussitôt, et découvrir qu'il était assis tout droit dans son lit. Dans son sommeil, un homme coiffé d'une cagoule l'avait attaqué, laissant des traînées de sang sur lui. La sensation était si vivace qu'il tenta même de s'essuyer.

À l'approche de l'aube, il dut décider de ce qu'il allait faire. Il se leva, commença par sortir le pistolet de son manteau, et le nettoya avec un bout de couverture. Puis il en vérifia le fonctionnement, et y glissa un chargeur qu'il avait caché sous une lame de parquet déclouée. S'approchant de la fenêtre dépourvue de rideaux, il contempla la rue en contrebas. Il regarda les mères de famille qui emmenaient leurs gosses en poussette pour faire les courses ; un soleil pâle faisait son apparition, mais la pénombre était encore dense. Il n'y avait toujours pas de Jaguar garée dans la rue, et pas le moindre bruit dans la maison, à part un chat qui miaulait au rez-de-chaussée. Gust pensa à Petal, et à ce qu'il avait dit à Johnny à son sujet le soir où ils s'étaient rendus au Red Wok pour voir Manny. « Je suis toujours dans ce brouillard, dit-il à voix haute. Je n'arrive pas à mettre mes idées en ordre. »

Son rêve continua à le hanter pendant qu'il s'habillait, bien qu'il n'en gardât qu'un seul détail, ce sang répandu sur lui.

« Les rêves n'annoncent pas l'avenir, dit-il. C'est la fatalité qui est contre moi ; elle fout toujours nos vies en l'air si elle en a l'occasion. »

Il se sentit prêt à tout laisser tomber. Il avait plongé dans un lac pour découvrir qu'il n'avait pas de fond, mais cela ne servait à rien qu'il ordonne à son corps de cesser les recherches ; il les poursuivrait de son propre chef. Le problème se trouvait ailleurs, dans son esprit ; c'était son esprit qui lui répétait sans cesse que trop de gens étaient contre lui. Mais quel corps avait-il jamais été dominé par un esprit ? Souvent, les corps duraient plus longtemps que ne le faisaient les esprits. Il se souvint de sa mère, un jour où il était allé la voir à l'asile de vieillards, de sa bouche édentée et grande ouverte alors qu'elle se traînait dans les couloirs, trahie par sa mémoire, éternellement à la recherche de quelque chose et ne trouvant jamais rien, les mains nouées l'une à l'autre. « Elle cherche son dentier, avait expliqué l'infirmière. On le garde en lieu sûr et on le lui rend à l'heure des repas. Sinon, elle le retire, et elle le perd. C'est une vraie terreur, cette Mme Gust. »

Quand il s'arracha aux souvenirs de sa mère, à laquelle il n'avait pas pensé depuis des années, il découvrit qu'une grande lassitude s'était ouverte en lui, à la façon dont s'ouvrent les blessures mal guéries. Ce n'était pas un simple moment de dépression ; c'était un sentiment de vide qui, une fois créé, s'était immédiatement répandu, comme le sang dans son rêve. Gust savait que de tels sentiments étaient dangereux, qu'ils représentaient même le danger ultime : ils sapaient toute énergie. Seul avec eux dans cette chambre triste d'Allison Road, dans cet immeuble croulant rempli d'anciens truands et de chômeurs, il prenait conscience du changement qu'il subissait à travers le regard froid d'un inconnu qui était venu dans le seul dessein de le tuer.

À cette différence près que ce regard émanait de lui-même. « Si Petal était là, pensa-t-il, ou Johnny, ou n'importe lequel de mes amis. Si nous avions de l'alcool, des boîtes de nuit, de la musique… »

Mais il n'y avait pas de musique, et cela ne lui aurait servi à rien s'il y en avait eu, parce que la musique ne peut que rappeler le passé, pas le recréer ; et ses amis étaient morts (comme l'Irlandais qui avait emporté sa chaleur avec lui dans sa tombe), ou encore en prison à purger des peines de longue durée — des peines si longues que, le jour où le détenu finirait par émerger, découvrant le monde extérieur en clignant les yeux, Gust et lui se reconnaîtraient à peine ; ce serait un moment gênant, car il se serait écoulé tant de temps qu'ils n'auraient plus rien à se dire.

Jamais, au cours de sa vie, Gust n'avait imaginé qu'il se retrouverait un jour dans une situation aussi épouvantable. C'est ce qu'il expliqua à la fenêtre nue, et quand il eut fini de parler à la fenêtre, il s'adressa aux murs.

Au bout d'un moment, ce fut la faim qui eut raison de lui. Il descendit à la pizzéria prendre une Margarita à emporter et un café, puis il s'installa sur un banc public, près du carrefour, pour manger.

Il découvrit que l'Irlandais lui manquait toujours ; c'était un type tellement joyeux. Gust se rappela ce qu'ils avaient enduré ensemble, et tout à coup, il sut à quoi la mort allait ressembler : ses forces le quitteraient, comme celles d'un vagabond affamé assailli par le froid, ainsi qu'il l'avait décrit à Frankie dans la voiture qui les emmenait chez Manny à Clapham : *un vent glacé*. Cette journée lui semblait remonter à plusieurs années.

Aplatissant sa tasse à café en plastique, il la jeta dans la haie.

25

Spaulding reçut un appel lui demandant de se rendre à Engels Park, au nord de Londres, du côté de Barnet. En arrivant, il trouva quatre hommes debout autour d'un arbre, entre les grilles du parc et une balançoire rouillée. Le sol était détrempé par la rosée, et des feuilles mortes tombaient en silence des châtaigniers dans l'air d'automne.

Un homme d'une cinquantaine d'années, au visage rougeaud, la gorge entourée d'une écharpe, vint au-devant de Spaulding. Il se présenta d'une voix enrouée :

— Commissaire Cumbernauld. (Il montra du doigt, au pied de l'arbre, un sac en plastique dont la fermeture à glissière était entièrement remontée.) Voilà votre client.

— Il avait quelque chose sur lui ?

— Non.

— Qui l'a découvert ?

— Un ouvrier partant à son travail, répondit Cumbernauld. Nous prendrons sa déposition plus tard.

— Sept heures trente du matin, dit Spaulding, et me voici à un million de kilomètres du bar Italia et d'une tasse de café correcte. (S'approchant du sac, il baissa la glissière et regarda le visage du cadavre.) Oui, c'est lui. Il est fin prêt pour son enterrement, dans l'état où il est.

— Il a pris une balle en pleine tête, dit Cumbernauld. Qu'est-ce qu'on peut espérer, dans ce cas-là ? Pourquoi est-ce que vous le cherchiez, au fait ?

— Pour des tas de raisons, répondit Spaulding. Je voulais l'interroger à propos d'un incident survenu dans un restaurant chinois près de Shaftesbury Avenue, une vilaine explication entre truands avec échange de coups de feu. Il correspond au signalement de l'un des deux agresseurs. C'était aussi l'ex-beau-frère d'un gaillard que je tiens absolument à retrouver, un ancien taulard qui s'appelle Gust, et qui me pose aussi de sacrés problèmes. Je peux vous dire que ce n'est pas une partie de plaisir : chaque fois que j'approche des types qui ont un rapport quelconque avec ce Gust, ils tombent comme des mouches. Ce macchabée, là, ce Johnny Laray, c'était un casseur. Il louait ses services comme homme de main, il avait un casier copieux, il habitait à Brockley. Un passionné de courses de lévriers ; il élevait des chiens. Bon sang, il est carrément hors de son secteur. Qu'est-ce qui lui a pris de venir mourir ici ? Je suppose que les tueurs n'ont rien laissé derrière eux ? Pas de cartouches vides ? Pas d'empreintes ?

Cumbernauld secoua la tête.

— Ça n'en a pas l'air.

Spaulding commenta d'un ton sinistre :

— Il n'y a jamais d'indices dans les affaires qu'on me confie.

— Il n'a pas été tué ici, de toute façon, ajouta Cumbernauld, seulement déposé. (Il retourna le corps gagné par la rigidité cadavérique.) Regardez l'endroit où la balle est ressortie : elle a emporté tout l'arrière du crâne.

— Merci bien, dit Spaulding d'un ton amer, je m'en étais aperçu. (Il remonta le glissière du sac.) Sait-on à quand remonte le décès ?

— D'après sa température, à la nuit dernière, ou tôt ce matin, répondit Cumbernauld. Mais on ne sera vraiment fixé qu'après son passage sur la table d'autopsie.

— Comment a-t-il échoué dans ce parc, à votre avis ? demanda Spaulding. On l'a simplement balancé par-dessus les grilles ?

— Ça n'a pas été nécessaire, répondit un agent local, derrière eux. La serrure du portail est cassée depuis des années ; ils n'ont eu qu'à le traîner à l'intérieur. On voit encore les traces laissées par les talons.

Il toussa, laissant un nuage de condensation flotter dans l'air.

— Bon, dit Cumbernauld. On peut faire autre chose ?

— Vous ? fit Spaulding. Rien, sinon prendre un petit déjeuner. Pour moi, c'est le retour au bureau, et je me retrouve encore avec une piste qui me claque dans les doigts.

— Oui, dit Cumbernauld. Et pour Laray, ça a dû claquer très fort.

26

— Moi, dit Sladden, je ne miserais pas un sou sur Gust. Je ne parierais pas ma première chemise sur un toquard comme lui.

— Malheureusement, nous sommes bien obligés de lui faire confiance, dit Draper, puisqu'il travaille pour nous.

— Il travaille pour nous ? répéta Sladden. Comment peut-on savoir qu'il ne travaille pas aussi pour quelqu'un d'autre ? Tout le monde semble avoir investi dans Gust, même ce flic qui s'appelle Spaulding.

— C'est Spaulding qui m'inquiète, dit Ricky. Gust, je m'en accommode. Mais Spaulding... Comment va t on se débarrasser de ce fouille-merde ?

Draper répondit :

— Spaulding n'est qu'un flic qui enquête sur ce qu'il croit être un simple meurtre dans un piano-bar. On ne peut pas lui donner une autre version de l'incident ; pas question de lui expliquer que Gust nous sert de taupe dans une affaire classée secret défense, n'est-ce pas ? C'est pourquoi Spaulding n'a aucune idée des forces en présence.

— Il va bien falloir le mettre au courant, pourtant, dit Ricky. Ton problème, ça va être d'obtenir le feu vert de la hiérarchie pour mettre Spaulding au parfum.

— Non, le vrai problème, ce n'est pas Spaulding, dit Draper, encore qu'on se passerait volontiers de lui. Ce qui m'inquiète, c'est Gust ; sa petite amie s'est fait massacrer, et je me demande de quelle façon il va réagir. La balle est dans son camp, mais s'il disparaît dans la nature, il pourrait très bien l'expédier derrière les palissades.

— Oui, fit Sladden, là où il n'y a personne pour la récupérer.

— Je n'avais pas prévu qu'il arriverait quoi que ce soit à cette fille, dit Draper.

— Pourtant, fit Ricky, ça lui pendait au nez. Gust livre la marchandise à Ford, et aussitôt les passeports disparaissent. Tu pensais que des truands comme Farb allaient avaler ça sans réagir ? Faire une croix sur leur fric ? Pas question !

— De toute façon, Ford est mort, maintenant.

— Rien d'étonnant, fit Ricky. Le pauvre type ; à la façon dont cette opération a été menée, il était foutu dès le départ.

— D'accord, reconnut Draper. Le plan d'origine a quelque peu dérapé en cours de route, c'est vrai.

— Dérapé ? dit Ricky. J'aurais utilisé un terme plus fort que ça. Gust a tout le monde aux fesses, on lui a descendu sa maîtresse... Personne ne se comporterait de façon normale sous une pression pareille.

— Bon, ce n'est pas la peine de se lamenter, fit Draper. maintenant, on va devoir finir la partie avec les cartes qu'on a en mains.

— Justement, dit Ricky, les cartes ont été distribuées n'importe comment. Il y a beaucoup trop de morts, dans cette histoire. On s'est fourrés dans un pétrin gigantesque, on n'a que le restant de la semaine pour en sortir, et je parie qu'on va avoir incessamment une autre visite des étages supérieurs. Huit macchabées jusqu'à maintenant, et ce n'est pas fini !

— Je sais compter, fit Draper avec irritation. Mais il faut penser à l'enjeu ; le principal, de toute façon, c'est que nous ayons Gatov, et que Gatov parle. Quand aux truands, tout ce qu'ils veulent, c'est récupérer les passeports, ou rentrer dans leurs fonds. Mais tu as raison sur un point : Gust a focalisé tous ces gens-là sur lui, et c'est ce qu'on voulait. On l'a mené en bateau depuis le début pour obtenir précisément ce résultat.

— Ça ne me plaît quand même pas, dit Sladden. Je répète ce que j'ai toujours dit : Gust représente une sacrée menace, surtout maintenant que Chang a été trucidée. Il ne sait plus dans quel arbre il se trouve, et le pire, c'est qu'on ne le sait pas non plus.

— Je ne pense pas que ce soit si grave que ça, fit Draper. On a fait craquer Gatov, on a les passeports, et tout ce qu'il nous reste à faire, maintenant, c'est veiller à ce qu'aucun des protagonistes ne s'envole au dernier moment pour l'autre bout du monde, ce qui nous obligerait à tout reprendre à zéro. En revanche, si tout se passe bien, on fait place nette, on rédige nos rapports, la hiérarchie arrondit les angles avec un quelconque sous-secrétaire d'État et deux ou trois trous-du-cul du gouvernement, et nous voilà tranquilles.

— Ne parle pas de malheur ! fit Sladden. Ne dis surtout pas que nos lascars pourraient nous filer entre les doigts. Ça me rappelle trop la période où j'étais flic ; tu chopes un salopard, et puis un abruti vient t'expliquer que tu dois le relâcher aussitôt. J'aimerais bien qu'on me laisse travailler à ma manière.

— On la connaît, ta manière, dit Draper. Si on te donne carte blanche, il y aura bientôt deux fois plus de sang dans le scénario, et c'est exactement ce que je veux éviter.

— Surtout maintenant que le visiteur s'intéresse à l'affaire, ajouta Ricky.

— D'accord, d'accord, fit Sladden. Mais c'est quand même dommage.

— Nous devons nous assurer que nos Russes n'arrivent jamais à refourguer leur matériel, dit Draper, qu'ils opèrent depuis chez nous ou depuis n'importe quel autre pays. Ce qui me sidère, c'est que ces gens-là aient pu penser que la Grande-Bretagne était le lieu idéal pour lancer ce genre d'opération. Remarquez bien, avec le gouvernement inepte qui est le nôtre, ce n'est pas si surprenant, tout compte fait.

— Franchement, dit Ricky, si j'étais Monsieur-tout-le-monde — un type qui ne comprend pas réellement la gravité de la situation, à qui on ne donne que des chiffres bidons sur tous les tableaux, qui a toujours payé ses impôts locaux, qui vote conservateur tous les cinq ans — bref, si je n'étais pas payé pour fouiller toute cette merde, est-ce que je me ferais vraiment des cheveux blancs ?

— Bien sûr que non, fit Sladden. Tu lirais un compte rendu dans la presse une fois que tout serait terminé, tu râlerais un bon coup en buvant une bière au pub avec les copains, puis tu passerais à autre chose. Tu donnerais raison aux technocrates ; le citoyen de base est prêt à tout gober. Moins on en dit, plus vite c'est oublié. S'il y a un scandale, on nie tout en bloc, comme Reg Christie qui étaye sa clôture avec un fémur humain, se met devant pendant que les journalistes lui demandent si c'est un vrai, raccompagne ces messieurs, rentre chez lui, prend le thé, et va découper une autre bonne femme. Pourquoi pas ?

— On a compris, dit Draper. Ça ira comme ça.

— Ça irait peut-être s'il n'y avait pas Gust, ajouta Sladden. Mais Gust, je persiste à dire qu'on devrait l'éliminer tout de suite, avant qu'il ait le temps de tout foutre en l'air. La femme de sa vie est morte, il est instable, de toute façon, parce que les voyous le sont toujours, et il sait aussi qu'on a les passeports. En fait, à part nous, maintenant que Ford est mort, il est le seul à le savoir. Et qu'est-ce qu'il pourrait faire de ce renseignement ?

— Il ne peut pas en faire grand-chose, avança Ricky.

— Il pourrait se mettre à parler, reprit Sladden. Alors, pourquoi prendre le risque ? Il faut l'éliminer. L'abattre tout de suite, c'est plus sûr. Vous prenez tous pour hypothèse que Gust est sain d'esprit, je pense le contraire. Quand ils ont une idée en tête, les fous ne se demandent jamais si elle est réalisable ; ils foncent.

— Non, intervint Draper. On va régler le problème Gust à ma façon, un point, c'est tout. Ce ne sera pas une solution très élégante, mais je n'y peux rien.

— Très bien, fit Ricky. Puisque la question est réglée, revenons-en à Spaulding.

— Spaulding, j'en fais mon affaire, déclara Draper. Il faut que je m'en occupe, de toute façon.

— Parfait, dit Sladden, puisque c'est pour ce genre de boulot que tu es grassement payé.

— Merci, fit Draper. Je n'oublierai pas ce que tu viens de dire, Sladden, merci mille fois.

— Tu ne vas pas donner à Spaulding des renseignements qu'il n'est pas censé connaître, quand même ? demanda Sladden. Ceux qui sont classés secrets ?

— Classés secrets, tu dis ? fit Ricky. J'aime ton sens de l'humour. À part l'existence des missiles, Gust en sait à peu près autant que nous sur cette affaire. Alors, pourquoi pas Spaulding ? Tu pourrais aussi bien lui déballer ton sac.

— Il va bien falloir que je lui dise quelque chose, commenta Draper, il est officier de police. Je vais demander l'autorisation de lui révéler au moins une partie du dossier ; c'est la seule façon de s'en débarrasser.

— Amuse-toi bien, dit Sladden. Spaulding est aussi tenace qu'un morpion. Tu m'en diras des nouvelles.

27

— Merci d'être venu, M. Spaulding, dit Draper.

— Ce n'est pas de ma propre initiative.

— Je le sais bien, mais peu importe. Asseyez-vous, prenez un verre.

— Je ne bois pas quand je suis en service.

— Nous n'avons pas le même style de vie, dit Draper en se servant un grand verre de scotch, et pas seulement sur ce plan-là, si je comprends bien ? Eh bien, où en êtes-vous dans l'affaire de Darby Mansions ? Vous avez du nouveau ?

— Non, répondit Spaulding. Rien du tout.

— Comment ? s'étonna Draper. Rien de neuf ? Trois truands se font descendre dans un immeuble et vous n'avez pas la moindre piste ? Je croyais que vous aviez au moins récolté quelques rumeurs.

— J'en aurais peut-être entendu si j'avais pu trouver des vivants pour les répandre, dit Spaulding. Mais les gens que je voudrais voir tombent comme des mouches, y compris un certain Johnny Laray. C'est le dernier en date, je suis allé voir son cadavre ce matin.

— Son nom ne me dit rien. Que lui est-il arrivé ?

— Une balle de neuf millimètres en pleine tête, voilà ce qu'il lui est arrivé. Et il a été torturé, aussi.

— Il doit bien exister quelqu'un d'autre qui aurait une idée sur la question.

— Effectivement, dit Spaulding. Il y a Gust.

— Gust ? fit Draper. Je ne comprends pas pourquoi vous vous intéressez tant à Gust. Et qu'est-ce qui vous fait croire que je pourrais vous aider à le trouver, d'ailleurs ? Tout ce que je sais de lui, c'est qu'il s'agit d'un petit braqueur ; je me rappelle avoir eu affaire à lui quand je travaillais pour la Police Métropolitaine.

— Eh bien, il est toujours d'actualité, dit Spaulding. Voyez les affaires sur lesquelles je travaille : la bagarre chez Marly, la fille Chang, l'échange de coups de feu au Red Wok, le règlement de comptes de Darby Mansions, et maintenant, Johnny Laray, qui était son beau-frère ; d'une façon ou d'une autre, elles ont toutes un lien avec Gust. Et dans tous les cas, il y a eu des morts, ou des blessés graves.

— C'est plutôt mince.

— Vraiment ? fit Spaulding. Qu'est-ce que vous en savez ? Qu'est-ce que vous savez sur lui, au juste ?

— Rien de plus que ce que je viens de vous dire.

— J'en ai par-dessus la tête de cette histoire, dit Spaulding. Il suffit que je cite le nom de Gust à n'importe qui, et aussitôt je me heurte à un mur.

— C'est parce qu'il n'a aucun rapport avec vos enquêtes, affirma Draper. Voilà pourquoi.

Il alluma une cigarette.

— En revanche, il a peut-être un rapport avec ce que vous faites, avança Spaulding, et c'est sans doute aussi le cas pour les autres protagonistes. En fait, ça devient de plus en plus évident.

— Rien n'est évident, dit Draper.

— Si vous vous en mêlez, non, rien n'est évident. Les certitudes fondent comme neige au soleil dès que vous mettez la main dessus. Mais pourquoi m'aurait-on dit d'aller vous voir, si ce n'était pas en rapport avec Gust ? Nous n'avons rien d'autre en commun.

— J'aimerais connaître vos propres hypothèses sur le sujet.

— Ma foi, j'en ai quelques-unes, dit Spaulding, mais je ne peux pas les avancer tant que je n'aurai pas interrogé l'individu en question. Alors, mon opinion du moment, c'est que j'aimerais avoir une longue conversation avec lui à Poland Street. Cela pourrait prendre une bonne journée, et la nuit suivante. Ou plus.

— Laissez-moi vous dire ceci : même si vous y passiez le double de temps, ça ne vous mènerait nulle part.

— C'est ce que tout le monde me répète, poursuivit Spaulding. Et ce doit être parce que je ne suis censé arriver nulle part, même si je coinçais Gust et que je l'interrogeais sur la mort de son beau-frère, ou la soirée chez Marly, ou le canardage au Red Wok, où personne ne semble savoir quoi que ce soit non plus. Tout ce qu'on a, ce sont de vagues descriptions de deux hommes, données par divers serveurs ou clients, et ce n'est pas grand-chose.

— Non, effectivement, fit Draper. Et de toute façon, même si vous aviez obtenu davantage de renseignements, vous perdriez tout de même votre temps.

— Ça, c'est à moi d'en juger.

— Je vais présenter les choses autrement, alors, dit Draper. Pour quelle raison pensez-vous réellement qu'on vous ait fait venir ici ?

— C'est ce que je veux savoir.

— Je vais vous le dire, répliqua Draper, et c'est la pure vérité : c'est parce que vous ne verrez pas Gust du tout. Jamais. C'est aussi simple que ça.

— Écoutez, fit Spaulding, on pourrait facilement se retrouver en terrain glissant, ici. Je mène toutes ces enquêtes parce que j'ai de bonnes raisons de croire qu'elles sont liées entre elles. Quant à vous, je sais très bien auprès de qui vous émargez, mais je préfère ne pas croire que vous me dissimulez sciemment des informations.

— Les difficultés viennent du fait, expliqua Draper, que nous avons chacun une mission à remplir.

— Je me heurte donc à un mur une fois de plus.

— Exactement, confirma Draper. C'est la vieille histoire du ministère de l'Intérieur contre celui de la Défense.

— Eh bien, fit Spaulding, cette explication ne me satisfait pas. Il est clair pour moi que vous savez ce qu'il y a derrière cette bagarre dans la boîte de nuit, et celle du restaurant chinois. Ainsi que la raison de la mort de Laray, même, et du carnage de Darby Mansions.

— Ma foi, c'est notre métier d'être au courant de ce qui se passe, répondit Draper, tout comme c'est le vôtre. Seulement, bien sûr, nous voyons les choses sous des angles complètement différents.

— Quand même pas différents au point de laisser en liberté un homme soupçonné de meurtre, j'espère ?

— Nous ne sommes pas des enfants, dit Draper. Nous exerçons quand même un certain contrôle.

— J'aimerais bien voir lequel, fit Spaulding. En tout cas, que vous soyez ou non maître de la situation ne me regarde pas ; mon boulot, c'est de suivre toutes les pistes qui ont un rapport avec ces enquêtes.

— Je viens de vous dire pourquoi ce n'était pas possible. Il s'agit d'un conflit d'intérêts.

— Peu m'importe. Aucun de vos arguments ne parvient à me convaincre, ça ne me suffit pas.

— Très bien, dit Draper. Je voulais éviter d'en arriver là parce que je mets ma tête dans la balance, mais je me rends compte que je vais devoir vous donner des explications supplémentaires.

— Vous feriez mieux, dit Spaulding. Parce que mon point de vue est simple : si Gust est responsable des décès sur lesquels j'enquête, je veux qu'il retourne à l'ombre pour longtemps. Il est dangereux, c'est à peine s'il est sain d'esprit, et on n'aurait sans doute jamais dû le laisser sortir. Il a commis une attaque à main armée ; un homme a été tué au cours du braquage auquel il a participé. À présent, il est en liberté conditionnelle, et même si je ne peux pas le prouver, je sais qu'il a tué un homme chez Marly et qu'il en a rendu un autre infirme à vie. Et que se passe-t-il tout de suite après ça ? Son ex-compagne chinoise se fait assassiner dans son appartement. Je n'ai pas dit que c'était lui, il se trouve que j'ai la preuve du contraire, mais cet homme est quand même une condamnation à mort ambulante ; où qu'il se trouve, les gens meurent autour de lui.

— On m'a dit que vous l'aviez emmené voir le cadavre de la fille Chang, dit Draper. C'est original.

— Je voulais le faire parler.

— La méthode n'est guère orthodoxe, cependant. Ça a marché ?

— Non.

— Ma foi, qu'est-ce qu'on peut espérer de la part d'un truand ? Une coopération franche et entière ? Quant à l'incident du piano-bar, ces deux hommes étaient des tueurs à gages, chargés de descendre Gust par un parrain de la pègre. Vous le saviez ?

— Non, reconnut Spaulding. Ce que je sais, en revanche, c'est qu'ils n'étaient pas à la hauteur. Je me rends compte, également, que vous en savez beaucoup plus long sur le compte de Gust que vous ne le prétendiez il y a un instant. Cette histoire de tueurs à gages, par exemple, comment l'avez-vous apprise ?

— Peu importe, dit Draper. À propos, vous savez qu'il y a beaucoup de gens qui lui en veulent ?

— Non.

— Et la fille Chang, que savez-vous à son sujet ?

— Seulement qu'elle vivait avec Gust avant son incarcération.

— Oui, confirma Draper. Eh bien, son erreur, cette fois, c'est de l'avoir hébergé. Comme les gens qui voulaient Gust ne trouvaient pas de tueurs prêts à le descendre, après la bagarre chez Marly, c'est elle qu'ils ont éliminée — pour que Gust comprenne bien qu'ils ne plaisantaient pas. Et si vous voulez mon avis, quels que soient les assassins, Gust les trouvera avant vous, parce qu'il est réellement motivé.

— Qui veut supprimer Gust ?

— Je me demande si vous avez vraiment besoin de le savoir. D'un côté, vous arrêteriez peut-être de vous fourrer dans nos pattes si je vous disais ce qu'on fait ; mais de l'autre, on court le risque de vous voir foncer dans le tas et faire encore plus de dégâts.

— Il n'y a que Gust qui m'intéresse.

— Je le sais, dit Draper. Et c'est un problème, parce que cette histoire dépasse de très loin l'affaire Gust. (Il alluma une nouvelle cigarette.) Quoi qu'il en soit, l'objet de cette rencontre est de vous faire savoir que jusqu'à maintenant, pour des raisons dont je reconnais que vous ignorez tout, vous nous avez sérieusement échauffé les oreilles en vous acharnant sur Gust. Vous n'avez réussi qu'à rendre encore plus boueuses des eaux déjà très troubles, et vos efforts vont totalement à l'encontre des nôtres. Alors, voici le message, Spaulding, et il est formel : vous êtes instamment prié de laisser Gust tranquille.

— Impossible, répondit Spaulding. Pour que je renonce, il faut que votre consigne soit transmise à mes propres supérieurs, jusqu'au sommet de la hiérarchie.

— Elle y est déjà montée, dit Draper, et elle en est même redescendue. C'est pourquoi on vous a demandé de venir me voir.

— Pour autant que je sache, je suis toujours sur l'affaire Gust. On ne m'a pas dit le contraire.

— C'est parce que vos supérieurs attendent de voir si vous et moi parvenons à une sorte de compromis, expliqua Draper. Je suis bien placé pour le savoir, ils viennent de me téléphoner. Mais nous n'avons pas de temps à perdre avec ces chinoiseries. De notre côté, les événements se précipitent beaucoup trop.

— Cela ne me donne pas le pouvoir d'abandonner l'affaire de mon côté, insista Spaulding. Et même si on m'y autorisait, je ne la lâcherais pas. De toute façon, qu'est-ce que cela change pour vous que Gust se retrouve ou non en prison ? C'est la place qu'il mérite.

— C'est ce que je m'efforce de vous expliquer dans les limites de ce que j'ai le droit de vous dire, répondit Draper. Gust est impliqué dans une opération qui dépasse de loin les limites d'une enquête sur un règlement de comptes entre bandes rivales. Alors, cessez de considérer que l'affaire Gust se résume à cela. À vrai dire, ajouta Draper, nous vous demandons de faire une croix sur Gust, et de nous laisser nous occuper de lui.

— C'est tout ce que vous avez à dire ?

— Il n'y a rien à ajouter. C'est une question de sécurité du territoire, et je ne suis pas autorisé à en dire plus.

— Eh bien, je regrette, fit Spaulding, mais ça ne me suffit pas. Je vais donc poursuivre dans la direction que je me suis fixée. Je ne vois pas les choses de la même façon que vous.

— Alors, laissez-moi vous dire comment je les vois, de mon côté. Avez-vous jamais pensé à changer de métier, Spaulding? À vous faire embaucher comme vigile dans un supermarché, ou receveur de bus ? Parce qu'il serait grand temps, vu votre attitude.

— Mes supérieurs sont derrière moi.

— Vous ne savez pas où ils sont, ni derrière quoi. Parce que, pour parler franchement, vous n'êtes pas à même de le savoir.

— Je veux simplement coincer Gust pour ces meurtres, répéta Spaulding, et je ne renoncerai pas avant d'avoir réussi. Il n'y a pas matière à discussion.

— Mais comme, de notre point de vue, il ne faut absolument pas qu'il soit arrêté, c'est donc un conflit direct d'intérêts qui nous oppose. Voilà qui fournit matière à discussion.

— Ne vous imaginez pas que vous réussirez à me convaincre d'abandonner ce dossier, dit Spaulding. Je n'ai jamais renoncé à une enquête, jusqu'à maintenant.

Avec lassitude, Draper se laissa aller contre le dossier de son fauteuil.

— Très bien, fit-il. Je pensais que nous en arriverions là. Jugulez votre zèle le temps que je vous présente notre vision de l'affaire. Ensuite, vous serez peut-être disposé à coopérer.

— Je vous écoute.

— Parlons de passeports, commença Draper. De passeports britanniques. Un millier d'unités. Propres, flambant neufs, vierges, et volés.

— Les passeports volés ne sont pas de mon ressort.

— Je le sais bien, dit Draper. Ils sont du nôtre.

— Qu'est-ce qu'ils ont de spécial ?

— C'est Gust qui a braqué le fourgon qui les transportait.

— Je vais l'inculper de ça aussi.

— Certainement pas, dit Draper. Vous ne l'inculperez de rien du tout, parce qu'en fait, il travaille pour nous. C'est nous qui avons tout organisé. À l'origine, Gust devait rafler ces passeports pour un truand nommé Manny Farb. Oui, celui de Darby Mansions, vous commencez à y venir. Seulement, nous avons court-circuité l'opération ; c'est ça que vous devez vous mettre dans le crâne. Je vous en prie, prenez le temps qu'il vous faudra pour digérer l'information.

— J'ai envie de le coincer quand même, déclara Spaulding au bout d'un moment.

— Eh bien, apprenez à vivre avec l'idée que vous ne l'arrêterez jamais, dit Draper, parce que nous couvrons tout ce qu'il fait. Nous savons que deux hommes se sont rendus dans ce bar pour le tuer, nous savons qui les a envoyés, et nous savons pourquoi, et c'est une chance pour nous que Gust s'en soit sorti comme une fleur. Nous nous serions retrouvés dans un sacré pétrin s'ils avaient tué Gust, parce qu'il nage dans des eaux infestées de requins, et qu'en fait il nous sert d'appât.

— Où sont ces passeports, à l'heure actuelle ?

— C'est nous qui les avons, bien sûr, répondit Draper. À part quatre.

— Qu'est-il advenu des quatre qui vous manquent ?

— Nous avons fait en sorte qu'ils parviennent à quatre des personnes auxquelles ils étaient destinés, évidemment. Des Russes.

— Une minute, dit Spaulding. Il y a deux jours à peine, j'ai entendu parler de deux Russes qui sont morts en l'espace d'une semaine. Le premier s'est tiré une balle dans la tête, l'autre a échoué dans une décharge avec une jambe en moins.

— Ils font partie des quatre, effectivement, confirma Draper.

— Ils ont été assassinés ?

— Ma foi, oui, il a fallu les éliminer, reconnut Draper. Écoutez, ce genre de chose arrive de temps en temps. L'un de nos agents, Gutteridge — qu'ils ont tué, d'ailleurs — nous avait prévenus qu'ils étaient sur le point d'avertir Moscou que la partie britannique de l'opération n'était pas sûre. Nous ne pouvions pas les laisser faire. Si les Russes avaient tout annulé, Gatov ne serait pas venu, et c'est lui que nous voulions.

— Vous l'avez intercepté ?

— Et comment !

— Pourquoi Gust a-t-il accepté de voler les passeports pour votre compte, à propos ?

— Mettez-vous à sa place : on lui a promis qu'on passerait l'éponge sur les cinq ans de prison qui l'attendent en cas de récidive. Au départ, il était réticent, puis il a fini par se montrer réaliste.

— Ça ne change toujours rien pour moi, dit Spaulding. Je suis officier de police, et mon devoir, une fois que j'aurai les preuves, est d'arrêter Gust pour ce meurtre à la boîte de nuit et de le faire inculper.

Draper secoua la tête.

— L'affaire ne sera jamais jugée, dit-il. Si elle venait devant un tribunal, toutes nos activités seraient rendues publiques, et c'est ce que tout le monde veut empêcher. Alors, même si les gens de chez vous envoyaient le dossier à l'inspection générale des services, il reviendrait avec la mention : « Contraire à l'intérêt public ». Ils vous demanderaient de laisser tomber, et je ne plaisante pas.

Spaulding commençait à s'en rendre compte.

— Malgré tout, dit-il, ces Russes, qu'est-ce qu'ils ont de si important ? Ils n'étaient compromis que dans un trafic de passeports volés, ça concerne l'immigration ; ce n'est pas la fin du monde.

— Vous n'y êtes pas du tout, dit Draper. Au contraire, c'est bien de la fin du monde qu'il s'agit, mais je ne suis pas habilité à vous donner des détails à ce sujet.

— À votre place, je réexaminerais cette dernière affirmation, parce que, si je n'ai pas de détails, nous n'avancerons pas d'un pouce de plus.

— Très bien, fit Draper. Mais c'est purement confidentiel.

— Je comprends bien.

Draper soupira. Il détestait divulguer des renseignements.

— Bon, cela signifie que je dois vous parler du colonel-général Yuri Gatov. Je ne suis pas censé le faire, mais il faut bien que je prenne le risque. Jusqu'en 1990, Gatov travaillait pour le quatrième bureau, la désinformation. Puis il s'est réveillé un matin, et il n'y avait plus d'Union soviétique, alors il s'est privatisé tout seul ; il s'était préparé à cette éventualité. Certains de ses ex-collègues furent assassinés, ou se suicidèrent, mais ce n'était pas le genre de Gatov. Il voulait trouver des partenaires occidentaux, et il avait des dossiers sur pratiquement tous les gens qui risquaient de lui mettre des bâtons dans les roues. Vous connaissez le slogan du KGB : « Je leur dirai que ce qui est faux est vrai, seulement, j'ai d'abord besoin de savoir ce qui est vrai. » Par conséquent, dès qu'un officier supérieur susceptible de le protéger refusait de coopérer, Gatov sortait, par exemple, une vidéo montrant le bonhomme en train de sucer les orteils d'une prostituée dans un bouge du côté de l'Arbat ; et il veillait à ce que le type se retrouve balayeur dès le lendemain, dans le meilleur des cas.

— Mais pourquoi avait-il besoin de passeports, demanda Spaulding, et britanniques, de surcroît ?

— Des passeports britanniques vierges à l'est de Berlin ? Réfléchissez un peu. La première des raisons, c'est que si vous les complétez avec le nom d'un mort et les détails appropriés, vous pouvez obtenir un extrait de naissance de l'administration britannique. Ils se négocient autour de deux mille livres pièce, et Gatov avait prévu de les utiliser de différentes façons. D'abord, ils lui permettraient, ainsi qu'à ses amis, de se faire passer pour des citoyens britanniques bon teint. Ensuite, il revendrait le reste, car les renseignements qu'on peut acheter, en Russie, contre une nationalité britannique toute neuve, représentent beaucoup plus qu'une somme de deux mille livres pour un homme comme Gatov.

— Quel genre de renseignements ?

— Ces gens-là ne sont pas des Russes ordinaires, expliqua Draper. Ils se nomment eux-mêmes les irrédentistes ; ils ne veulent pas entendre parler de la CEI. Ils souhaitent établir leur propre république, ce qui demande de l'argent. Imaginez une minute les énormes profits que l'on peut récolter en dépouillant une région de toutes ses ressources.

— Quelles ressources ? demanda Spaulding. Qu'ont-ils à vendre ?

— Ce qu'ils ont, répondit Draper, c'est la septième région militaire de l'armée soviétique, si vous savez ce que cela représente.

— Non, je n'en sais rien, dit Spaulding. Mes compétences se bornent à la façon de mener une enquête sur des types qu'on retrouve morts dans des chambres d'hôtel.

— La septième région abrite tout un stock d'ogives nucléaires, précisa Draper. C'est le stock le plus important du pays, et à notre connaissance, deux de ces foutus engins ont déjà disparu.

— Vous n'allez pas me dire qu'ils sont en Grande-Bretagne, fit Spaulding.

— Mais comment avez-vous pu devenir inspecteur, bon Dieu ? dit Draper. Vous ne seriez d'aucune utilité dans un service comme le nôtre. Mais non, les ogives ne sont pas en Grande-Bretagne ! Mais elles pourraient très bien être braquées sur nous, pour ce que nous en savons. Pourquoi pensez-vous que nous soyons tous dans les transes ?

— Où se trouve Gatov, en ce moment ? s'enquit Spaulding. Ça m'intéresserait de le rencontrer.

— Eh bien, j'ai peur que ce ne soit pas possible, dit Draper d'un ton navré. Il n'est pas au mieux de sa forme, en ce moment. Il est très fatigué, il s'exprime de façon plutôt incohérente. Ne vous inquiétez pas, il n'est pas mourant ni rien de ce genre. Mais pour parvenir à lui soutirer des renseignements, nous avons dû le bousculer un peu, le faire marcher à la baguette ; tous ces exercices se sont révélés un peu trop exigeants pour ses capacités. Après tout, il a largement dépassé la cinquantaine. Cela dit, il nous a fourni les informations les plus diverses : des noms, tous les comptes en banque... Je lui ai dit la chose suivante : « Comprends-moi bien, Yuri, tu n'iras nulle part tant que tu ne m'auras pas tout dit. Ça ne sera pas forcément pénible, mais ça pourrait le devenir si tu n'es pas coopératif, parce que je suis pressé. » Ma foi, il avait plus de cran que je ne l'aurais cru, sans compter qu'il était dégoûté de voir tous ses plans s'effondrer. « Tu n'aurais pas dû travailler avec des truands, Yuri, lui ai-je dit, surtout dans une ville que tu ne connais pas ; ça ne marche jamais. » Il a fini par me demander (pas tout de suite, bien sûr, il a fallu employer les grands moyens pour en arriver là) : « Bon, par où voulez-vous commencer ? » Je lui ai précisé : « Nous voulons tous les noms, Yuri. Ensuite, on comparera ta liste à celle de la dénommée Dziadek, quand on sera prêts à la coincer, et aussi à celle de Gates. » Gatov a protesté : « Je ne connais personne du nom de Dziadek ni de Gates ! », et je lui ai répondu : « C'est incroyable les choses que les gens savent et croient avoir oubliées, Yuri. On va te suspendre à la poutre par les pouces, encore une fois, aussi longtemps qu'il le faudra, avec une heure de rab si tu pisses ou tu chies dans ton froc, et tu verras que la mémoire va te revenir. » Après quoi j'ai dit à mon équipe : « Approchez le général de cette prise électrique, vous voulez bien ? Il connaît le principe. Tu l'as utilisé toi-même en ton temps, n'est-ce pas, Yuri ? » Il s'est mis à hurler : « Je vais avertir Amnesty ! », mais je l'ai calmé en lui disant : « Ne sois pas stupide, Yuri. Comment pourrais-tu faire une chose pareille, puisque tu n'existes pas ? »

Cessant de fixer son bureau, Draper releva la tête et dit à Spaulding :

— Bien sûr, nous ne suivons pas tout à fait les mêmes règles de conduite, vous et moi.

— C’est ce que j’avais remarqué, fit Spaulding.

— Vous pouvez me donner des leçons de morale si ça vous chante, conclut Draper, mais je dirai au moins ceci en faveur de nos méthodes : elles fonctionnent.

28

Gust entra au Diadème à la tombée de la nuit. Il avait à peine trouvé une place au bar que le patron lui criait :

— Gust ! Téléphone !

À l'autre bout de la ligne, une voix d'homme demanda :

— Gust ? Je m'appelle Richard Gates. Nous ne nous sommes jamais rencontrés, mais cela n'a pas d'importance. Nous avons des intérêts communs.

— Quels intérêts ?

— C'est difficile à expliquer par téléphone. Écoutez, je m'y prends sans doute un peu tard, mais pourriez-vous dîner avec moi maintenant ? J'envoie une voiture vous prendre là où vous êtes.

— D'accord, fit Gust.

Il pensa : pourquoi pas ? Il fallait bien qu'il se passe quelque chose de toute façon. Il commanda un double whisky et l'emporta dans la rue ; il voulait voir si les hommes de Hawley rôdaient dans le coin. Mais il comprit que cela ne servirait à rien ; comment aurait-il pu savoir qui Hawley avait engagé, cette fois-ci ? Il s'adossa au mur, près de la porte du bar, pour boire son whisky. Il ne l'avait même pas fini quand une Mercedes s'arrêta devant lui. Le chauffeur tendit le bras par-dessus son dossier pour ouvrir la porte arrière ; la première chose que remarqua Gust fut que l'intérieur était imprégné de l'odeur d'un parfum de luxe.

— Je ne veux pas être suivi, annonça Gust.

— Aucune voiture ne suit celle-ci longtemps, répondit le chauffeur.

À vive allure, ils descendirent Pall Mall vers Hyde Park Corner et s'engouffrèrent dans Knightsbridge. Baissant la tête, Gust examina son jean et son sweater ; c'était vraiment dommage qu'il ne soit pas plus présentable. Il alluma une cigarette et ouvrit la fenêtre ; l'odeur des Casterbridge n'était pas du goût de tout le monde, et elle se mariait mal avec celle du parfum. La voiture ralentit en passant devant la caserne, tourna dans Trevor Square, et s'arrêta devant chez Oblomov.

Gust descendit de la Mercedes. Il n'y avait pas de portier sur le trottoir du restaurant, mais il remarqua d'un coup d'œil de professionnel que l'établissement était équipé d'alarmes, et que les fenêtres comme la porte étaient en verre blindé ; faire un casse dans une boîte pareille ne devait pas être une partie de plaisir. Un homme en smoking apparut et le prit en charge, et s'il trouva la tenue de Gust plutôt négligée, il ne fit aucun commentaire.

C'était assurément un restaurant remarquable. À part les tables, espacées de plusieurs mètres, tout semblait recouvert de cuir noir. La salle était aux trois quarts obscure, sauf à l'endroit où trônait le piano, tenu par un musicien en veste rouge qui affichait un sourire pour table de chevet. L'instrument était éclairé par un lustre diffusant une lumière douce, et qui aurait paru plus à sa place dans un château. Sans même avoir regardé le menu, Gust devina qu'aucun plat ne devait coûter moins de vingt livres.

Au fond de la salle, se leva un homme vêtu du genre de blazer qui vous permet de faire croire que vous êtes membre du Yacht Club. Une femme brune était assise près de lui. L'un de ses pieds, chaussé d'une mule dorée, dépassait du côté de la table. Elle pouvait avoir n'importe quel âge, sauf vingt ans, et elle pouvait être de n'importe quelle nationalité, sauf britannique.

— Asseyez-vous, dit l'homme. Je suis Richard Gates. Madame est l'une de mes associées, Lena Dziadek.

Ces deux noms n'évoquaient rien pour Gust.

— Vous buvez quelque chose ?

— Un scotch avec de la glace.

— C'est agréable, ici, vous ne trouvez pas ? Cela doit vous changer de Maidstone.

— Pas la peine de me rappeler mon C.V., dit Gust.

— Comment trouvez-vous la liberté ?

— Agitée, répondit Gust. (Se penchant vers la femme, il reconnut le parfum qu'elle portait ; c'était celui qui imprégnait la voiture.) Vous êtes allemande ?

— Non, dit-elle. Je suis un problème de l'Europe moderne : une réfugiée professionnelle. Et vous, quel est votre problème, dans la vie ?

— En mener une qui soit normale. De quelle nationalité êtes-vous, ce soir ?

— Jusqu'à votre arrivée, j'étais tchèque, fit-elle. Mais maintenant que vous êtes là, je vais en changer pour redevenir finnoise, ce que je suis réellement.

Gust n'en crut rien ; de toute façon, la brune semblait se moquer complètement qu'il la croie ou non.

— Vous avez faim ? demanda Gates.

— Dix ans de tambouille vous gâtent le palais pour la bonne cuisine, répondit Gust.

Mais il commanda une douzaine d'huîtres.

— Nous avons terminé, indiqua Gates. Nous pourrons parler pendant que vous dînez.

— Avant que n'allions plus loin, qui êtes-vous ? demanda Gust.

— Des brasseurs d'affaires, répondit Gates.

La brune ne disait plus rien ; elle les observait.

— Vous avez eu des problèmes, dit Gates.

— J'en ai eu ? Qui a dit qu'ils étaient terminés ?

— Vous menez une vie pleine de risques, commenta Gates. Je ne sais pas si vous vous rendez compte à quel point elle est dangereuse.

— Vous faites partie des risques ? demanda Gust.

— C'est pour en discuter que nous sommes ici.

— Nous avons appris la nouvelle, pour votre amie chinoise, dit Lena.

Gust reposa sa fourchette.

— Comment l'avez-vous su ?

Gates intervint :

— Nous y reviendrons peut-être plus tard. Ces derniers temps, vous avez eu un emploi du temps chargé, n'est-ce pas ?

— C'est vrai.

— Cette fusillade avec Manny Farb à Soho. Vos problèmes dans une boîte de nuit. Le flic de Poland Street, Spaulding.

Gust hocha la tête.

— Spaulding vous recherche pour meurtre, vous le saviez ?

— Il devrait chercher ailleurs.

— Pourquoi se serait-il donné cette peine si vous faites un suspect convenable ?

— C'est vrai, reconnut Gust. Je lui simplifie la vie.

— Saviez-vous que deux Russes étaient morts, l'autre jour ? De mort violente. Vous avez peut-être lu ça dans les journaux ?

— Non. Je n'ai pas eu le temps de lire le journal.

— Ces deux Russes-là, intervint Lena, je pense qu'ils vous auraient intéressé.

— N'allons pas trop vite en besogne, la tempéra Gates, il ne sait rien de cette affaire. Examinons ses autres problèmes, comme la soirée chez Marly.

— Il n'était pas question que je me laisse massacrer sans lever le petit doigt.

— Bien sûr que non, dit Gates. Et le moins qu'on puisse dire, c'est que vous ne vous êtes pas laissé faire.

Gates sortit une boîte de havanes, et Gust alluma une Casterbridge.

— Ces cigarettes sont franchement répugnantes, dit Lena.

— Je ne les fume pas par goût, seulement par habitude, expliqua Gust.

Il expira la fumée vers le bas, mais la brune toussa quand même ; les Casterbridge faisaient tousser la plupart des gens.

Gates fit tourner son cigare entre ses doigts, examinant la cendre. Il reprit :

— Vous avez d'autres problèmes, aussi, que vous ne connaissez probablement pas encore.

— Je ne pense pas avoir assez de place pour les caser, dit Gust.

— Alors, faites-en, conseilla Lena.

— Le nom de Hawley vous dit quelque chose ? demanda Gates.

— Hawley, le Trésorier ? fit Gust. (Il n'allait pas dire à Gates tout ce que ce nom évoquait pour lui ; soit il était déjà au courant, soit il ne savait rien.) Il s'est fait cribler de balles dans le sud de Londres, dans une transaction qui a mal tourné entre trafiquants de drogue. Depuis, il ne travaille plus en Grande-Bretagne. Il opère depuis la Turquie, à présent. Il ne peut plus remettre les pieds ici, il y a un mandat d'arrêt pour meurtre lancé contre lui. C'est tout ce que je sais.

Gates posa son cigare et dit :

— Je prendrais bien un armagnac. Qu'est-ce que vous en dites ? Lena va en prendre un autre.

— Un grand verre, précisa-t-elle.

— Les grands verres sont les seuls que Lena connaisse, dit Gates.

Il sourit, mais avec amertume.

— Je vais m'en tenir au scotch, dit Gust.

Gates passa les commandes.

— Je suis bien mieux renseigné que vous, reprit-il. Hawley était en Angleterre pas plus tard qu'aujourd'hui. Vous n'étiez pas au courant ?

— Non, fit Gust.

Il n'avait pas envie de creuser la question.

— Je suis surpris qu'il ne vous ait pas contacté, dit Gates. J'ai entendu dire qu'il s'intéressait beaucoup à vous.

Si tu savais seulement à quel point je l'intéresse, pensa Gust. Il répliqua :

— Eh bien, naturellement, j'aimerais avoir des détails sur la question.

— Vous en aurez, promit Gates. (Il tira sur son cigare.) J'ai conclu un marché avec Hawley, récemment. Une affaire de refinancement. Je commence à penser que j'ai fait une erreur ; je crois qu'il essaie de m'escroquer.

— C'est généralement ce que font les truands, commenta Gust. Vous voulez me dire quel genre d'affaire vous faites avec lui ?

— Non, répondit Gates. Pas tout de suite. Et puis, il y a encore une autre personne qui risque de vous causer du souci ; vous connaissez un certain Draper ?

— Non, fit Gust. Ça ne me dit rien du tout. Qui est-ce ?

— Ma foi, dit Gates, si vous ne le savez pas, ce n'est pas moi qui vais vous l'apprendre.

— Je crois qu'il serait temps, répliqua Gust, que vous m'expliquiez à quoi rime cette entrevue.

— Je vous dirai ce que j'ai envie de vous dire, fit Gates. Alors, revenons-en à ces deux Russes que j'ai mentionnés. Je ne suis pas surpris que vous n'en ayez pas entendu parler, l'événement n'ayant pas précisément fait la une des journaux. Mais il y a un détail intéressant dont la presse n'a pas parlé : quand on a découvert les corps, chacun avait sur lui un passeport britannique tout neuf.

— Comment avez-vous appris ça ?

— J'ai mes contacts, dit Gates. Des passeports neufs, ça vous dit quelque chose, non ?

— Certains passeports, oui.

— Il y en avait un millier, dans ce cas précis. Volés.

— Je n'ai pas envie de parler de ça maintenant, dit Gust.

La conversation prenait la tournure que cette mascarade présentait depuis le début : il ne comprenait jamais plus du tiers de ce qui se passait autour de lui.

— Non, fit Gates. (Il posa son cigare dans le cendrier.) Tout compte fait, cela ne m'étonne pas. (Il se carra contre le dossier de sa chaise.) Lena et moi sommes descendus au Royal Garden, venez donc prendre un verre. Nous pourrons terminer cette conversation là-bas.

— D'accord, dit Gust. J'ai seulement besoin d'aller aux toilettes d'abord.

Il se leva, et Lena se leva en même temps que lui.

— Il faut que j'y aille aussi, annonça-t-elle.

Un serveur les vit venir et leur ouvrit promptement une porte tendue de cuir comme le mur qui l'entourait, ce qui la rendait invisible.

— Moi, je vais à droite, dit Gust, et vous, à gauche.

— Pourquoi ? demanda Lena. (Elle prit Gust par le bras.) Je veux que tu me baises, chuchota-t-elle à son oreille. Tout de suite. C'est aussi simple que ça. Et ne dis pas que tu n'en as pas envie, je ruisselle littéralement. Dans ma culotte, partout. (Elle exsudait une odeur animale, violente.) Bon, dit-elle. Je vais aller me rafraîchir là-dedans. On fera ça à l'hôtel.

Elle disparut derrière une porte marquée « Dames » en quatre langues.

Quand ils le rejoignirent, Gates n'avait pas l'air content. Comparée à son amabilité première, son humeur semblait maussade. Gust comprit qu'il avait deviné ce que Lena lui avait dit en privé, et qu'il avait l'habitude de ce genre de situation — ce qui ne signifiait pas qu'il eût appris à s'en accommoder.

— À présent, je vais vous dire pourquoi je vous ai amené ici, annonça Gates.

— Je crois que j'ai déjà deviné, fit Gust. Vous voulez ces passeports. Seulement, je ne sais pas où ils sont.

— Je pense que si, dit Gates. De toute façon, je vous engage pour les retrouver.

— Demandez à quelqu'un d'autre. J'ai suffisamment de pain sur la planche.

— Il n'y a personne d'autre, dit Gates, et vous avez

d'excellentes raisons de les retrouver, avec tous les ennuis qui vous accablent. Et puis, je paye bien. (Il sortit une liasse de billets.) Voici cinq mille livres ; ce n'est que la première moitié, un acompte. Vérifiez. Allez-y. Ici, les gens comptent de l'argent sans arrêt.

Gust ne pouvait pas évoquer Sladden, ni avouer qu'il savait parfaitement où étaient les passeports. D'autre part, il ne pouvait pas se permettre le moindre faux pas, et il ignorait tout des rapports existant entre tous ces gens-là ; il avait donc l'impression pénible de ne pas être à la hauteur. C'était un voleur, pas un diplomate ni un escroc. Il compta l'argent, cependant, et le mit dans sa poche. Après tout, pensa-t-il, j'ai encore une chance de m'en tirer, tant que cette histoire n'est pas finie ; je pourrai peut-être me refaire une santé, m'acheter une maison, ne plus me mouiller. Il savait que cela n'arriverait jamais ; il n'était même pas sûr d'avoir envie que cela arrive. Si jamais il s'achetait une maison, il ne ferait rien d'autre que s'y terrer en ressassant des souvenirs de Petal.

De plus, maintenant qu'il avait pour partenaires des hommes tels que Hawley et Gates, la partie serait très vite terminée. En ramassant l'argent de Gates, il se dit que, décidément, la pierre, le sang et les billets de banque ne faisaient pas bon ménage — aujourd'hui pas plus qu'hier.

*

Ils faillirent passer à l'acte dans l'ascenseur, mais Lena eut la patience d'attendre qu'ils aient vidé le mini-bar et vérifié que Gates était au lit. Puis elle emmena Gust dans sa chambre. Dès qu'ils furent seuls, ils s'enlacèrent violemment, debout contre la porte. Mais après Petal, la dernière chose au monde que désirait Gust, c'était faire l'amour avec une autre femme. Un goût de bile lui remonta au fond de la gorge.

— Tu m'as l'air aussi excité qu'un merlan frit, dit Lena. Tu ne serais pas homo, par hasard ? Ça serait bien ma chance !

Mais quand Gust commença enfin à s'intéresser à ce qu'il faisait, elle eut du mal à endiguer ses ardeurs.

— Doucement ! dit-elle. Pas si vite ! Bon sang, depuis combien de temps tu n'as pas baisé ?

— J'ai oublié, répondit Gust.

La vérité, c'était qu'il n'avait pas envie de s'en souvenir. Il ne voulait pas faire l'amour à cette femme seulement pour rêver qu'elle était Petal quand il fermerait les yeux. Mais il ne pouvait guère lui expliquer cela, et il se sentait obligé de ne pas la décevoir.

— Retire ce couvre-lit, ou je vais le tremper, dit Lena. Ne finis pas tous les chocolats en une seule bouchée, suce-moi d'abord.

Écartant les cuisses aussi largement que possible, elle exhiba son clitoris entre ses doigts en éventail ; il avait le goût d'un daiquiri confectionné avec une grenade offensive.

— Pourquoi moi ? demanda Gust.

— Parce que j'aime bien qu'on me malmène. Je n'ai eu qu'à te regarder, j'ai su ce qui m'attendait. Je ne me trompe jamais.

— Et Gates ? Ça lui est égal ?

— Ça ne va pas lui plaire, comme d'habitude. Mais il ne dira rien, ce n'est pas son genre ; il est creux.

— Qu'est-ce qui l'a rendu creux ?

— Quelle importance ?

Quand Lena se fut enfin endormie, Gust se glissa hors du lit, ramassa son sac à main sur le plancher et l'emporta dans la salle de bains. À l'intérieur, il trouva son passeport britannique flambant neuf, portant un tampon de sortie apposé à l'aéroport de Moscou, et un tampon d'entrée, vieux de trois jours, de l'aéroport d'Heathrow. Il examina le numéro du passeport et le reconnut ; au moins, il avait eu la présence d'esprit de mémoriser la série.

Cette découverte ne le surprit guère. C'était Sladden qui avait dû faire en sorte que le passeport parvienne à Lena. Il se demanda ce que dirait Gates s'il apprenait cela, et s'il savait qui était Sladden. En même temps, Gust se demanda qui était Draper. Il n'avait jamais entendu parler de lui, contrairement à Gates. Bon sang, c'était un vrai casse-tête chinois. Il tira la chasse d'eau, remit le passeport dans le sac à main, qu'il referma et remit par terre, et il se recoucha, contemplant le plafond dans la demi-pénombre jusqu'à ce que Lena se réveille et le caresse de nouveau.

Il la repoussa, lui disant :

— Tu n'es pas finnoise, mais russe.

— Qu'est-ce que ça change ? demanda Lena. (Elle bâilla.) Je pourrais dormir des heures, mais je n'arrive pas à empêcher mes mains de te caresser.

— Je parie que tu oublies tes amants une demi-heure après les avoir quittés.

— Bien sûr.

Ils firent l'amour de nouveau.

La seconde fois qu'elle se réveilla, elle alluma une cigarette pour chacun d'eux, et Gust lui fit remarquer :

— Tu ne sais pratiquement rien de moi.

— Quelle importance ?

— Avant notre rencontre, savais-tu ce que Gates attendait de moi ?

— Non. Je savais seulement qu'il voulait te voir. Il ne me dit pas tout.

— Et toi, tu lui dis tout ?

— Bien sûr que non.

— Alors, tu ne savais peut-être pas que je mène une enquête pour mon compte personnel.

— Non, je l'ignorais. (Elle parut amusée.) Une enquête à quel sujet ?

— Essaie de réagir comme un être humain, pour une fois, dit Gust. Je recherche un homme, plus probablement deux, qui ont tué Petal Chang, la fille dont nous parlions ce soir, à coups de batte de base-ball ou de barre de fer. Tu sais quelque chose là-dessus.

Elle hésita.

— Je n'avais jamais entendu parler d'elle avant que Richard aborde le sujet.

— Si je te croyais, on en resterait là, dit Gust. Mais je ne te crois pas. Fais encore un effort.

— Il est possible que cette histoire me dise vaguement quelque chose, dit Lena. Très vaguement.

— C'est déjà mieux, fit Gust. Ça ne veut sûrement rien dire pour toi, mais Petal était une femme avec qui j'ai vécu, et la rage me pousse à découvrir qui l'a tuée. Si tu peux me donner des idées sur la question, j'ai un renseignement pour toi.

Lena réfléchit à sa proposition. Finalement, elle suggéra :

— Tu devrais chercher du côté de Hawley.

— C'est logique, dit Gust. Cette fois, je veux être sûr de ne pas me tromper de client.

— Tu connais Hawley ?

— On s'est rencontrés. L'atmosphère était plutôt tendue.

— Hawley est un monstre, dit Lena. Et j'en ai connu plus d'un.

— Il t'a torturée ? demanda Gust.

— Ses hommes l'ont fait à sa place. Il ne fait plus rien lui-même, depuis qu'il a pris plusieurs balles dans la peau.

— Pour en revenir à Petal. Tu es sûre que c'est Hawley ?

— Il l'a raconté à Gates quand on l'a vu hier.

— Tu veux dire qu'il était présent quand ça s'est passé ?

— Oui, il était sur place. Ce sont deux autres hommes qui ont assassiné la fille.

— Tu peux me les décrire ?

— Non.

— Pourquoi ?

— Parce que je ne les ai jamais vus.

— Et c'est tout ce que tu sais ?

— C'est mieux que rien, quand même ?

— Oui, reconnut Gust.

Elle se détourna de lui, et pour Gust ce fut comme si Lena et lui n'étaient plus que deux rocs inertes dans le lit. Savoir que c'étaient Stuart et Dingo qui avaient tué Petal ne suscitait en lui aucun frisson de vengeance ou de haine. C'était une simple vérité, un fait à prendre en compte pour passer aux actes.

Lena se tourna de nouveau vers Gust.

— Quel est ce renseignement que tu m'as promis ?

— C'est à propos de ton passeport.

— Comment peux-tu savoir à quoi il ressemble ?

— J'y ai jeté un coup d'œil pendant que tu dormais.

— J'aurais dû m'attendre à ce que quelqu'un comme toi fouille dans mes affaires. Enfin, bon. Qu'est-ce qu'il a, mon passeport ?

Elle était curieuse, mais pas fâchée.

— Il a du plomb dans l'aile, dit Gust. En fait, je suis étonné qu'il n'ait pas déjà coulé, et toi avec. Ces fameux passeports volés qui intéressent Gates, tu sais ? C'est avec l'un d'eux que tu voyages.

Ce fut comme si Gust avait marché sur une vipère ; Lena jaillit du lit d'un bond, et pendant un moment, Gust crut qu'elle avait perdu la tête.

— Qui m'a fait ça ?

Elle ne s'adressait pas à Gust, mais à elle-même.

— Je n'en sais rien, dit Gust. Mais quelle que soit l'opération que tu mijotes en Angleterre, elle est condamnée d'avance.

— Attends que j'en parle à Gates.

— Évite-le, conseilla Gust. Gates est grillé, lui aussi. Habille-toi et quitte le pays si tu peux, mais n'essaie pas d'utiliser ce passeport, il est repéré.

— Qui nous a donnés ? Comment sais-tu que mon passeport fait partie du lot qui a été volé ?

Gust ne pouvait pas lui répondre ; il y avait beaucoup de choses qu'il devait garder pour lui.

— Je connais certains aspects de cette affaire, dit-il, et toi aussi. Seulement, il ne s'agit pas des mêmes. Si tu t'en sors intacte, je te conseille de découvrir pour quels malfrats tu travailles, et quels sont ceux qui te mènent en bateau. Et tu ferais mieux de t'habituer à l'idée que vous êtes surveillés chaque minute, Gates et toi, et probablement filmés. C'est tout ce que je peux te dire.

— Gates peut aller se faire foutre, dit Lena. Et toi, tu as un sacré culot de me raconter tout ça ; tu m'as pratiquement avoué que tu savais qui détenait le reste des passeports.

— Alors, tu auras compris que ce ne sont pas des amis à toi. Et si je t'ai donné quelques tuyaux, c'est parce que je ne veux pas te voir prendre trente ans de placard ou même te faire descendre. Cela dit, si tu as un peu de gratitude, explique-moi dans quelle affaire tu t'es lancée avec Gates.

— Je ne peux pas parler de ça. Ni avec toi, ni avec personne d'autre.

— Eh bien, en tout cas, vous devez donner dans l'artillerie lourde, pour avoir sur le dos ce genre de spécialistes. Avec ces types-là, vous ne pouvez pas vous permettre la moindre erreur ; je suis bien placé pour le savoir. Pour le moment, ils vous laissent probablement le champ libre pour voir jusqu'où vous les menez, mais ils peuvent vous éliminer à tout moment.

— C'est ce que j'ai compris, dit Lena, à l'instant même où tu as parlé de mon passeport.

— Exactement, fit Gust. Chez toi, on appelle ça la police de sécurité de l'État. Seulement, tu ne l'as pas su à temps.

Gust sortit du lit.

— Où vas-tu ? dit Lena.

— Je m'en vais, répondit Gust en s'habillant. Les gens qui te surveillent me surveillent aussi. (Il ouvrit la porte avant d'ajouter :) Bonne chance.

— Je peux te contacter ? demanda Lena.

— Tu rêves !

Gust sortit de l'hôtel par un escalier de secours qu'utilisaient les femmes de ménage. Il pensait à la façon dont Lena s'était jetée sur lui, à ce numéro de séduction qui ne lui apparaissait plus, maintenant, dans la lumière grise de l'aube, que comme la prestation d'une mauvaise comédienne. Il songea à son sexe, à son sphincter sec quand elle lui avait demandé de la prendre en levrette, à ses mamelons couleur de rouille. Jamais, se dit-il, faire l'amour n'avait été pour lui un tel cauchemar, et cela le laissait dans un état de frustration et d'angoisse ; chacun de ses nerfs à vif était tendu à l'extrême. Une femme comme Lena, que valait-elle comparée à Petal ? Gust regarda le ciel blanc. Rien.

Rien, hurla-t-il pour lui-même. Rien ! Rien !

29

Il fallait qu'il se rende à Brockley. Dans l'immédiat, il avait besoin d'une voiture ; il ne voulait pas faire de projets à plus long terme. Après cela, lorsqu'il aurait récupéré l'argent chez Johnny — s'il parvenait à le récupérer — il ne savait pas ce qu'il déciderait. Mais il était sûr d'une chose : en poursuivant sa fuite en avant, et quoi qu'il fasse, il se vidait de la vie qui était en lui, comme si elle s'écoulait à gros bouillons à travers un entonnoir. Il n'avait pas le temps d'attendre l'autobus. Il trouva un taxi pour le ramener à Soho, et il en descendit dans Dean Street.

Il monta chez Christine et frappa à la porte. Personne ne répondit ; il força la serrure. L'appartement était vide. Il entra dans la chambre et vérifia le fonctionnement de son arme ; il la garnit d'un nouveau chargeur, et en mit un second dans sa poche. Il était fatigué. Il s'allongea sur le lit, ne sachant pas quand il aurait une nouvelle occasion de dormir un peu.

Quand Gust se réveilla, il faisait sombre. Christine n'était toujours pas de retour, et le réveil de la table de chevet indiquait 7 h 30. Il se sentait sale et hirsute, mais il n'avait pas le temps de prendre une douche. Il fallait qu'il trouve une voiture rapidement, ce qui voulait dire qu'il allait devoir la voler. La nuit tombait, les gens rentraient chez eux, et Gust était facile à repérer dans le quartier ; il n'avait pas besoin qu'un flic le voie monter dans une voiture du mauvais côté.

Il remonta Wardour Street où les voitures étaient garées pare-chocs contre pare-chocs, mais aucune ne correspondait à ce qu'il recherchait. Elles étaient toutes récentes, de l'année en cours ou de la précédente, trop voyantes, trop grosses, trop neuves, et bourrées d'alarmes électroniques.

Finalement, il fixa son choix sur une Peugeot garée devant un parcmètre en face du Prince, une 205 diesel vieille de six ans, noire, poussiéreuse et anonyme, à l'arrière enfoncé. Elle ferait l'affaire ; il faudrait bien qu'il s'en contente. Il décida de ne pas forcer la serrure. Il y avait trop de flics en civil dans Soho. Il commanda une bière au pub et la but dans l'embrasure de la porte, en attendant le propriétaire de la 205. Gust était sûr qu'il ne tarderait pas, de peur de voir sa voiture embarquée par la fourrière. Il était 8 h 30, à présent, mais la rue ne désemplissait pas, en dépit de la pluie qui s'était remise à tomber ; Soho n'était jamais réellement désert. Gust surveillait la foule des passants. Quand le propriétaire de la voiture arriverait, il faudrait que tout soit terminé dans les plus brefs délais ; dommage que cela doive se passer au milieu de la foule. Il espérait seulement que la 205 n'appartenait pas à une femme.

Il n'eut pas à attendre longtemps. Un jeune homme à l'air timide et portant des lunettes, abrité sous un parapluie repliable, s'arrêta près de la voiture et fouilla sa poche à la recherche de sa clé. Avant qu'il l'eût trouvée, Gust avait traversé la rue au milieu de la circulation, et s'était posté sur le trottoir derrière lui. Le jeune homme avait la clé en main et la glissait dans la serrure ; Gust attendit que la portière fût ouverte avant de dire :

— Surtout, pas un mot !

Mais, comme par réflexe, le jeune homme ouvrit la bouche pour hurler. Gust le frappa, sans force excessive ; malgré tout, l'homme lui tomba dans les bras comme une chiffe molle. Gust le fourra dans la voiture. Il lui fallut un moment pour démarrer, mais de toute façon, personne ne leur prêtait attention. Gust déboîta, tourna rapidement le coin de la rue pour entrer dans Duck Lane, extirpa le jeune homme de la voiture et l'assit contre le mur, derrière une rangée de conteneurs à déchets industriels. Comme il commençait à reprendre ses esprits, Gust lui dit :

— Ça ne sera rien.

— J'avais rendez-vous avec ma fiancée, dit le jeune homme.

Gust lui glissa un billet de vingt livres dans sa poche de poitrine, expliquant :

— Excuse-moi pour le mal de tête, paye-toi un verre.

Il remonta dans la voiture et s'en alla.

Il ne pensa à rien, après cela, sinon à Johnny et à la nécessité de se rendre à Brockley. Il se rappela les bons moments passés avec Johnny, les cuites mémorables au Vieux Tigre de Lee Green, et leurs balades, ronds comme des queues de pelle, au parc de Brockley Rise en compagnie des chiens. Un soir, Gust était monté là-haut avec la laisse de l'un des lévriers attachée autour du poignet. Se penchant vers l'animal, il lui avait murmuré : « Regarde, là-bas, à l'horizon. Tu vois le renard ? » Cela avait suffi. Le chien était parti comme une flèche vers cette silhouette bondissante qui passait devant la lune pleine, deux cents mètres plus loin. Gust avait trébuché, et le lévrier l'avait traîné dans la boue tandis que Johnny hurlait : « Ne le laisse pas partir ! Il vaut dix mille livres ! » Pour une fois, pendant un court moment, Gust s'était senti heureux dans son univers à lui, avec les gens qu'il aimait bien, dans l'odeur chaude d'une nuit d'été aux confins de la ville.

À présent, Johnny était mort. Et pourtant, bien qu'il l'eût vu mourir devant ses yeux, Gust n'arrivait toujours pas à croire qu'à son arrivée, Johnny ne serait pas là pour lui ouvrir la porte. « Ne sois pas stupide, marmonna-t-il. Quoi ? La porte ouverte par un fantôme ? »

Allumant la radio, il s'aperçut bientôt qu'il écoutait une pièce de théâtre d'un genre bizarre. Un homme disait : « J'ai tué par désespoir, parce que j'étais étouffé par la routine, par la grisaille des rues, par le spectacle du bus pour Cricklewood qui disparaît au bout de la rue, par l'habitude de griller les feux rouges, de voler le percepteur, d'essayer de piétiner tout le monde. »

Une femme répliqua quelque chose, mais ses paroles furent couvertes par les parasites.

La voix de l'homme expliqua : « Il y a très longtemps que je suis ici, à présent. Il faut que je reste longtemps seul. »

Gust éteignit la radio. Il descendit Old Kent Road, comprenant à quel point il avait été stupide de croire qu'il sortirait intact de ce qui l'attendait, d'espérer parvenir, d'une façon ou d'une autre, à retomber sur ses pieds.

Il arriva au carrefour qu'il connaissait si bien. Tournant à droite, il remonta la rue du parc. Il passa devant chez Johnny, se gara cent mètres plus loin, et descendit de voiture. Le hasard voulait que la lune fût exactement dans la même position que la nuit où son ex-femme Cheryl et lui étaient rentrés chez Johnny après leur mariage. En revenant sur ses pas, il se rappela comment il lui avait ôté sa culotte, pour ensuite subir son caquetage tout le restant de la nuit. Les projets de Gust, voilà ce dont elle voulait parler tout le temps. Que comptait-il faire pour avoir de l'argent ? Monter un casse. Encore plus d'argent ? Un autre casse. Mais à plus long terme ? Ah, ferme-la un peu, bon sang.

En approchant de la maison, il se dit : « S'il y a quelqu'un là-dedans, il va avoir une mauvaise surprise. Comment s'appelait la femme de Johnny, déjà ? Shirley. Je parie que je ne la trouverai pas ici. Elle se sera sûrement tirée. Johnny, chuchota-t-il, où que tu sois, surveille mes arrières. »

Aucune lumière ne brillait aux fenêtres. Gust ne s'attendait pas à en voir ; cependant, il n'y avait aucune raison de croire que la maison, même plongée dans l'obscurité, fût nécessairement vide. Sur le trottoir, contre le pan d'ombre épaisse aux arêtes vives que sculptait le clair de lune, Gust essuya ses mains humides de sueur sur les jambes de son pantalon, puis il sortit le pistolet de sa poche.

« Il faut qu'ils payent pour les deux », dit-il en s'adressant à son arme. Dans son esprit, Petal et Johnny jouaient ensemble comme des enfants. Il ravala la rage qui montait en lui. « Fais ton boulot, murmura-t-il à son pistolet. Même s'ils ne sont pas encore là, ils vont venir. On va les attendre. »

L'endroit était aussi calme que la lande du Yorkshire où Gust avait fait de la prison. Se retournant, il scruta le parc, de l'autre côté de la rue. Rien n'y bougeait ; les bosquets semblaient pétrifiés dans la nuit qu'aucun souffle de vent ne troublait. Au-delà du parc, on quittait Londres ; après cela, il n'y avait plus que l'échangeur de l'autoroute M2, et de vagues lumières au loin, vers le sud, du côté de Swanley.

Sans bruit, Gust monta rapidement l'escalier du perron, du côté de la façade que la lune n'éclairait pas. Il y avait huit marches, et Gust les avait gravies si souvent qu'il les connaissait comme s'il était chez lui. S'approchant de la porte d'entrée, il y colla son oreille ; il lui sembla percevoir un mouvement qui provenait de la maison, et non pas du chenil, bien que les lévriers, sentant sa présence, se soient mis à bouger.

Il était très possible, Gust en était conscient, que Hawley, Gates, Sladden ou même Spaulding se trouvent à l'intérieur. Ôtant de son logement une brique descellée, près de la porte, il prit dans la cavité la clé de rechange munie d'un bout de ficelle. Dans le profond silence, la mort elle-même aurait paru bruyante. À présent, Gust était certain d'entendre des bruits étouffés dans le bâtiment principal. Il se dit : *Vas-y*, tourna la clé dans la serrure, et entra sans hésiter. Les chiens commencèrent aussitôt à gémir. Gust se figea, le dos contre l'intérieur de la porte, respirant à peine, son arme à la main.

Oui, Shirley devait être partie depuis longtemps. Il l'imagina en train de faire ses valises et de quitter les lieux, en emportant tout ce qu'elle pouvait prendre. Gust ne l'aimait pas. Le jour où Johnny lui avait présenté Shirley, il avait tout de suite vu à qui il avait affaire : une grande gueule portée sur la bouteille, et bonne à rien, sinon à dépenser l'argent de Johnny.

Avant toute chose, il fallait qu'il se rende au chenil pour

essayer de calmer les lévriers. Gust n'avait pas de passion particulière pour les animaux, mais, sachant avec quelle attention Johnny s'occupait d'eux, il eut le cœur serré lorsque, débouchant du couloir obscur, il ouvrit leur porte. Geignards, affamés, ils étaient dans un piteux état, et dès que Gust se trouva dans le chenil, ce fut une explosion furieuse d'aboiements et de hurlements. Sales, privés de nourriture, les côtes saillantes, ils avaient les flancs maculés d'excréments, et tachés de sang à l'endroit des morsures qu'ils s'étaient mutuellement infligées. Dans l'état où ils se trouvaient, ils ne valaient plus un sou aux yeux de la compagnie qui les assurait ; à présent, Johnny aurait eu du mal à souscrire pour eux une police de dix livres.

Quand ils virent Gust, ils se précipitèrent vers lui, fourrant leur museau dans sa paume, le reniflant, le léchant comme s'il était lui-même comestible. Pour Gust, la détresse des chiens symbolisait l'affront que représentait la mort de Johnny ; elle en faisait partie tout autant que la balle qui l'avait tué.

Gust s'accroupit au milieu des lévriers qui se pressaient autour de lui. Tandis qu'ils lui léchaient le nez, les yeux, et couraient nerveusement, tenaillés par la faim, autour de lui, Gust leur dit :

— Pour lui, vous valiez beaucoup plus que de l'argent, et Johnny a été tué ; alors, maintenant, votre univers n'existe plus, et le mien non plus.

Comme il ne savait pas quoi leur donner, il jeta sur le sol tout ce qu'il put trouver dans les barils de nourriture. Puis, quand leur faim fut calmée, il leur ouvrit la porte, leur disant :

— Allez voir s'il y a quelqu'un dans la maison. Vite.

Les lévriers détalèrent dans le couloir, et Gust examina l'intérieur du chenil. Il n'était pas question d'allumer la lumière ; il fallait se contenter de la quasi-obscurité, du peu de lumière provenant de la rue. Gust n'avait pas de lampe de poche.

— Alors, l'argent, c'est pour les chiens, Johnny ? murmura-t-il.

C'était du fric porte-poisse. Il en avait confié la garde à Johnny, qui était mort en lui rendant ce service. Pour Gust, c'était de l'argent sale, à présent, mais personne d'autre ne devait mettre la main dessus. Johnny avait fait de son mieux, en laissant ce message pour lui au Diadème, et Gust avait bien l'intention de récupérer ses billets.

S'agenouillant, il vida les niches de leur litière, mais ne trouva rien. À la flamme de son briquet, protégée par sa main, il examina chaque décimètre carré du sol. C'était une dalle en ciment, percée seulement, pour le nettoyage, d'une grille d'évacuation reliée à la conduite d'eaux usées. Sous la grille non plus il n'y avait rien.

Gust reporta son attention sur les barils de nourriture. Il y en avait quatre. Ils étaient trop lourds pour qu'il puisse les renverser sans faire de bruit ; il commença à les vider de leur contenu, à la main. Il en avait presque terminé avec le premier quand il entendit tous les chiens gémir dans la maison, au second étage. Gust se précipita dans le couloir et grimpa rapidement l'escalier. Debout sur leurs pattes, les chiens, massés contre une porte du palier, grattaient le panneau en aboyant. Gust écarta la meute et manœuvra la poignée, en restant sur le côté, mais la porte était fermée à clé. Braquant son pistolet sur la serrure, il cria :

— Vous, là-dedans ! Je vous donne cinq secondes pour ouvrir ! Après, j'enfonce la porte !

Il compta jusqu'à cinq. Comme il ne se passait rien, se résignant à faire du bruit, il tira à bout portant sur la serrure, une éventualité que les fabriquants n'avaient pas prévue. Des morceaux de métal volèrent dans tous les sens.

Poussant le panneau d'un coup d'épaule, Gust se retrouva dans une chambre d'amis. Tout d'abord, à la seule lueur de la flamme de son briquet, il crut la pièce vide, mais les chiens le bousculèrent pour aller renifler un ballot entouré de cordes qui gisait sur le plancher, près de la fenêtre, à moitié recouvert par les rideaux tirés. Gust rangea son pistolet et sortit son couteau. Tranchant les cordes et la couverture qui enveloppait le ballot de haut en bas, il découvrit le visage de Shirley, les yeux fous de terreur, la bouche obstruée par une boule de coton chirurgical.

Gust la débarrassa de son bâillon, et Shirley se mit à hurler, mais il lui plaqua sa main contre la bouche.

— Je ne vais pas vous faire de mal, dit-il. Vous me connaissez, je suis l'ami de Johnny. Calmez-vous.

Elle hocha la tête, et il ôta sa main. Quand elle se redressa sur son séant, Gust remarqua ses vêtements déchirés, ses jambes et ses pieds nus ; elle avait été frappée au visage, aussi.

— Bon sang, dit Shirley, j'ai bien cru que personne ne viendrait jamais.

— Qui vous a fait ça ?

— Deux hommes.

— Vous les connaissiez ?

— Non. Ils m'ont sauté dessus un soir, au moment où je rentrais à la maison, le lendemain du jour où vous êtes venu voir Johnny. Comme je m'ennuyais, j'étais retournée à la discothèque.

— Ces deux hommes, reprit Gust. Est-ce que, par hasard, il y en avait un petit, et un énorme en costume rose ?

Shirley acquiesça.

— C'est eux.

— Stuart et Dingo. Ils ont un faible pour les femmes.

Gust aurait pu lui dire qu'elle avait de la chance d'être en vie, mais cela n'aurait servi à rien, car Shirley ajouta :

— Ils allaient me tuer, mais ils ont été interrompus. On les a appelés. Le gros avait un téléphone portable.

— Vous savez qui leur a téléphoné ?

— Je les ai entendus prononcer le nom de Hawley. Où est Johnny ?

Gust ne voyait pas l'intérêt de la mettre au courant ; du moins, dans l'immédiat.

— Quand l'avez-vous vu pour la dernière fois ?

— Qu'est-ce que j'en sais ? fit-elle. Je suis ici depuis si longtemps que je ne sais même pas quel jour on est.

— Samedi.

Lentement, elle retrouva ses repères.

— Alors, ça devait être mercredi.

C'était le jour où Johnny était mort.

— Où est-il? répéta Shirley. Est-ce que vous êtes allés quelque part ensemble, après mon départ? Qu'est-ce qui s'est passé ?

— On est juste allés dîner, mentit Gust, dans un restaurant chinois du West End. C'est tout. Après, Johnny m'a quitté. Il m'a dit qu'il avait à faire.

— Pourquoi est-ce qu'il n'est pas rentré ? Pourquoi il ne m'a pas appelée ?

— Je n'en sais rien. Il doit être occupé.

— Il aurait quand même pu me téléphoner.

— Il est peut-être sur une affaire dans laquelle il ne veut pas que vous soyez impliquée.

— Impliquée? répéta-t-elle d'un ton amer. Regardez-moi. (Elle avait trouvé son sac à main sur le plancher, et elle essayait de se regarder dans son miroir, à la lueur du clair de lune filtrant par la fenêtre.) Je suis assez impliquée comme ça. (Elle se massa les poignets.) Et vous, qu'est-ce que vous avez fait, avec lui?

— Je vous le répète, on est seulement allés dîner.

— Je ne crois pas que vous n'ayez rien fait d'autre, dit-elle. Pourquoi tous les hommes que je connais sont-ils des menteurs? De quoi avez-vous parlé, ce soir-là ?

— Je voulais lui confier quelque chose.

— De l'argent?

— Peut-être. Pourquoi ?

— Si c'était de l'argent, ils l'ont pris. Des milliers de livres en billets de cinquante. C'était dans un trou, sous l'un des barils de nourriture. J'étais là quand ils l'ont trouvé. Ils m'ont obligée à tout leur montrer dans la maison, c'est pour ça qu'ils voulaient me tuer. Le gros a dit : *pas de témoins*. Ils ont tout mis sens dessus dessous, dans la baraque, ils ont tout cassé. Malgré tout, vous êtes là, et je suppose que Johnny ne va pas tarder à revenir.

— Bien sûr.

— Vous ne croyez pas vraiment à ce que vous dites, hein? dit-elle. Je le sens. Il m'a quittée.

— Mais non, il ne vous a pas quittée. Pourquoi est-ce qu'il aurait fait ça ?

— Ça m'est déjà arrivé de ne pas être très gentille avec lui, expliqua-t-elle. Dans ces cas-là, il disparaît pour quelques jours. Ce n'est pas nouveau. En tout cas, pour l'argent... Je suis vraiment désolée, s'il était à vous.

— Je le récupérerai.

— Vous aurez de la chance. (Elle ajouta :) Je meurs de faim. Vous voulez que je prépare quelque chose ? Il y a tout ce qu'il faut dans le congélateur.

— Je n'ai pas le temps.

— Qu'est-ce qui vous presse ?

Il ne voulait pas lui dire qu'ils pouvaient avoir de la visite à tout moment.

— Vous ne pouvez pas rester non plus, fit-il. Vous vous rendez compte ? Toute seule ici, comme ça ?

— Ça ira très bien, affirma Shirley. De toute façon, je n'ai pas d'autre endroit où aller. (Les chiens tournaient autour d'elle, la léchant au passage.) Alors, espérons que la foudre ne frappera pas deux fois au même endroit.

Elle n'aurait pas pu se tromper davantage. Gust l'attendit pendant qu'elle allait aux toilettes. Puis, à la lueur du clair de lune qui déclinait à présent, ils descendirent l'escalier à tâtons.

— Venez m'aider à rentrer les chiens, dit Shirley comme si c'était un soir pareil à tous les autres.

Gust dut reconnaître qu'elle avait du cran.

Par la suite, il se demanda pourquoi Shirley s'était donné la peine de descendre avec lui jusqu'à la porte d'entrée. Elle aurait très bien pu lui souhaiter bonne nuit sur le palier et aller se coucher, et même si le rez-de-chaussée lui avait paru bruyant, l'affaire en serait restée là. Peut-être l'accompagna-t-elle jusqu'à la porte par habitude, tout simplement.

Gust eut plus de chance. Sans raison, sinon que la pièce était ouverte, il jeta un coup d'œil dans le salon du rez-de-chaussée où Johnny et lui s'étaient assis souvent, celui où ils avaient discuté le dernier soir, avant d'aller voir Manny. C'est pourquoi il n'était pas visible de l'extérieur au moment où Shirley, ouvrant la porte d'entrée, prit une balle en plein cœur. L'impact la projeta jusqu'au bout du couloir, mais elle était déjà morte quand sa tête heurta la première marche de l'escalier.

Si l'esprit de Gust eut du mal à accepter ce qu'il voyait, ses réflexes, en revanche, s'adaptèrent aussitôt à la situation. Pistolet au poing, il s'enfonça dans l'obscurité du salon aux fenêtres calfeutrées, dans l'espoir d'obtenir une ligne de mire sur l'encadrement de la porte ouverte. Mais, s'il était à l'abri, il se trouvait aussi à angle droit par rapport à la porte d'entrée, et il ne voyait rien. Il ralentit sa respiration, en espérant pouvoir régler cette affaire avant que les voisins fassent un scandale. Des lumières s'allumaient déjà, sans doute, dans les maisons des alentours. Puis il entendit deux voix dans l'allée. Stuart s'exclama :

— Espèce de con !

— J'ai cru que c'était lui, répondit Dingo. Après tout, il fallait l'éliminer. Tu as dit : pas de témoins.

— Tu es un vrai malade.

— De toute façon, Gust est là, dit l'homme au costume rayé. J'ai entendu sa voix. Je t'ai dit que ça valait la peine de revenir. J'étais sûr qu'il essaierait de récupérer l'argent. Et puis, je ne me sentirai pas tranquille tant qu'il se baladera dans la nature.

Alors même qu'il attendait de passer à l'attaque, Gust sentit que le moment était venu de régler les comptes, de présenter une addition dont le total lui apprenait qu'il n'avait plus rien à espérer de la vie. Il était dans la peau du joueur professionnel qui s'est lassé du jeu. Qu'il gagne ou qu'il perde, l'avenir ne changerait rien pour lui ; que cet avenir lui réserve la victoire ou la défaite lui était indifférent. Il ne désirait qu'une chose : finir cette partie et quitter la table. C'était donc ça, atteindre le terminus ; il découvrait que c'était froid, le brouillard, même un brouillard rouge.

Aucune de ces réflexions n'eut de conséquences sur ses actions, cependant. Il avait besoin d'uriner ; il s'approcha sans bruit de l'angle mort de la porte, et pissa dehors selon un angle tel que le jet d'urine fut la seule chose que les deux tueurs purent voir. Il l'entendit crépiter sur une paire de chaussures, et l'homme en rose poussa un juron.

— Espèce de salopard ! hurla-t-il.

— Tu ferais mieux d'entrer, dit Gust. Tu attires l'attention.

— C'est toi qui vas sortir !

— Pas la peine d'en discuter, fit Gust. Si tu ne me vois pas, tu ne peux pas me tuer.

— Je t'emmerde ! dit l'homme en rose.

— Comme tu voudras, fit Gust.

Retournant dans le salon, il se servit de son arme pour casser un carreau. Pendant que tombaient les derniers éclats de verre, il entendit les pas des deux hommes marteler l'allée au pas de course, le long du mur extérieur ; ils allaient voir ce qui s'était passé. Gust retourna en hâte à la porte. Quand il y parvint, il se pencha à l'extérieur et logea une balle dans la nuque de Stuart alors que celui-ci retirait la tête du trou de la fenêtre brisée. Le crâne du tueur explosa dans une pluie de boue rosâtre mêlée de gris. Dingo se trouvait juste derrière Stuart, mais Gust l'avait dans sa ligne de mire.

Gust lui prit son arme.

— Entre dans la maison ! ordonna-t-il. Avance. Je te veux vivant.

— Tu ne vas pas me tuer ? Tu peux me le jurer ?

— Le jurer ? fit Gust. Ça n'en vaut pas la peine. J'ai seulement besoin que tu restes en vie une ou deux minutes.

Il poussa Dingo à l'intérieur et referma la porte derrière eux.

— Il n'y a pas moyen de s'arranger ? demanda Dingo.

— Essaie de prier, conseilla Gust. À en croire un prêtre de Parkhurst, ça peut faire des miracles.

La salive coulait de la lèvre inférieure de Dingo, et pendait sur son menton comme un yo-yo en bout de course. Sans l'homme en rose, il paraissait encore plus mince que la nuit où ils avaient poussé Gust dans la Jaguar, et une tache sombre s'élargissait à l'endroit de son entrejambe. Terrifié, il lâcha un pet foireux, et de la merde liquéfiée sortit en bouillonnant de son sphincter.

— Gates et Hawley savent qu'on est ici, couina-t-il. Ils sont garés dans la rue d'à côté. Si on ne les appelle pas, ils vont comprendre.

— Je m'en fous complètement, dit Gust.

Il coinça Dingo contre le mur, près du corps de Shirley, et le frappa durement. En le regardant s'effondrer en travers du cadavre, il dit :

— Je n'aurais jamais cru que tu me rendrais un tel service.

Gust ressortit. Dans la veste en soie rose de Stuart, il trouva l'argent qu'il avait confié à Johnny. En revenant, il referma la main inerte de Dingo autour de l'arme qu'il lui avait confisquée, puis la fit tomber d'un coup de pied et l'expédia à l'autre bout du carrelage du vestibule.

— Après ça, dit Gust, je te souhaite du plaisir pour t'expliquer devant le juge, quand tu te retrouveras au tribunal.

Il courut jusqu'à la 205 et quitta la rue au moment où débarquait la première voiture de police.

30

Gust prit la direction de la côte. Il lui fallait rejoindre la M2. Une fois à Folkestone, il pourrait embarquer sur un ferry. Il connaissait des gens, dans les docks, des anciens taulards, des marins qui pourraient le faire monter à bord en le faisant passer pour un des leurs. Il y avait toujours un moyen. Il avait envie de pousser sa petite bagnole à fond, de rouler pied au plancher, mais cela ne servait à rien de conduire comme dans une séquence de film. La dernière chose dont il eût besoin, c'était bien de se faire arrêter par les flics.

Il s'engagea sur l'autoroute, et Londres disparut derrière lui dans un halo orange. Il sentait ses billets de banque, et ceux donnés par Gates, pressés contre sa cuisse dans sa poche de pantalon. Depuis le début, c'était de l'argent qui ne lui avait rien valu de bon. Il était deux heures moins le quart du matin. Il y avait peu de circulation, à part les files de poids lourds, en route pour le port d'embarquement, qui se traînaient dans la voie pour véhicules lents. Cependant, quand Gust eut dépassé la bretelle de Swanley et qu'il remarqua dans son rétro la présence persistante de deux paires de phares qui le suivaient depuis un moment, il accéléra jusqu'à 150 et ne leva plus le pied. Seulement, il ne conduisait qu'une modeste 205, alors que la première voiture derrière lui était une Jaguar, probablement celle dans laquelle l'homme en rose l'avait fait monter de force. La seconde, juste derrière, était une Mercedes. Chacune de ces deux voitures pouvait laisser une 205 sur place sans forcer.

Gust doubla une longue procession de camions, six, sept, huit à la suite, et il resta dans la voie centrale. Devant lui, s'annonçaient des travaux qui réduisaient la route à une seule voie et allaient ralentir tout le monde ; il y avait aussi un panneau indiquant une aire de stationnement.

Finalement, les travaux ne devaient rien changer pour Gust, car avant qu'il s'en approche, la Jaguar se porta à sa hauteur dans la voie rapide. Hawley était assis à l'avant, et George au volant. Alors que la Jag calquait sa vitesse sur celle de la Peugeot, Hawley baissa sa vitre et brandit un pistolet ; mais avant qu'il presse la détente, Gust écrasa la pédale de frein, ce qui obligea la seconde voiture à faire une embardée pour éviter la première. Gust vit que Hawley essayait de le viser. Il n'y parvint pas, mais tira quand même, et le pneu avant de la Peugeot éclata. Même en freinant à mort, Gust perdit le contrôle de la voiture, et l'accotement de l'autoroute surgit devant lui à toute vitesse. À peine eut-il le temps de s'en rendre compte qu'il escaladait déjà la pente sévère du contrefort, terminant son élan dans la haie plantée au sommet. La 205 s'enfouit dans les buissons et s'arrêta d'elle-même. Gust jaillit de la voiture et se mit à courir, épongeant le sang qui ruisselait sur son visage à l'endroit où il avait heurté le volant.

Ils ne pouvaient pas le suivre, sinon à pied. Aucun conducteur sensé ne pouvait essayer d'escalader le talus comme il l'avait fait. Gust avait donc une avance certaine.

Mais une avance pour aller où ? Il courait à perdre haleine dans un champ labouré. Dans la nuit qu'éclairaient quelques étoiles et le faible halo d'une ville lointaine, il eut l'impression que le champ était vaste ; nulle part devant lui, il ne percevait la moindre haie qui en eût marqué les limites. Il n'y avait qu'un seul objet, plus sombre que la nuit, qui se perdait dans le ciel : un pylône à haute tension. Levant la tête, Gust aperçut des câbles électriques, très haut au-dessus de lui. Les pieds alourdis de terre humide, il atteignit la base du pylône et tendit l'oreille. Au loin, les voix de ses poursuivants s'affaiblissaient. Il avait toujours son arme, mais il n'en aurait plus besoin. Il ne pouvait rebrousser chemin, et il ne voyait pas à quoi son pistolet aurait pu lui servir, à présent. Il examina le pylône ; une clôture métallique en interdisait l'accès, mais ce n'était pas un obstacle bien difficile à franchir. Comme il ne pouvait rien faire d'autre, tout lui parut facile. Il sauta par-dessus la clôture et commença à escalader le pylône.

Quand il fut à mi-hauteur, ses yeux s'étant accoutumés à l'obscurité, il marqua une pause pour scruter les environs. D'où il se trouvait, à califourchon sur une poutrelle à trente mètres du sol, il voyait nettement la haie, l'épave de la Peugeot, et même, en contrebas, pratiquement jusqu'au pied du talus. Dans le silence, il entendait encore des voix, mais tandis qu'il s'efforçait de repérer Hawley et Gates pour voir jusqu'où ils étaient parvenus, il fut distrait par un gyrophare bleu clignotant sur l'autoroute, et le hurlement d'une sirène qui mourut dans un gémissement alors qu'une voiture de police s'arrêtait sur l'aire de stationnement. Gust s'esclaffa, et continua de rire jusqu'à ce qu'il eût atteint le sommet.

31

Il faisait jour, à présent, et cela faisait longtemps que Gust était assis au sommet du pylône.

Il se surprit à remonter dans le passé jusqu'à l'époque de ses neuf ans, lorsqu'il vivait à Welling avec sa mère, après que son père eut été tué en prison au cours d'une révolte. Ils habitaient une petite maison, dans une rue où étaient alignées deux cents autres maisons toutes semblables, chacune avec son petit jardin à l'arrière de la bâtisse. C'était cette année-là, aux premières heures d'un matin de juin, que s'était suicidée Sarah Smith, la voisine des Gust, une divorcée, une grosse femme qui chantonnait et plaisantait sans cesse. Ce fut le jour où, en découvrant le corps depuis le sommet du mur séparant leurs jardins, Gust comprit que les gens qui nous quittaient étaient toujours ceux qui n'auraient pas dû mourir.

Le corps ne gisait pas sur le sol, il pendait au bout d'une corde selon un angle de quarante-cinq degrés, les pieds tournés à l'intérieur et traînant dans l'herbe, et le visage de Sarah regardait de l'autre côté.

Il existe entre les pauvres une égalité, une certaine affection mutuelle qu'aucune fin-de-race de la famille royale ne connaîtra jamais. Aucune main blanche saluant la foule depuis une limousine n'inspirera jamais autant de respect qu'un être que l'on connaissait bien, que l'on aimait, et qui meurt au fond de son jardin sous un pommier. Aucune musique au monde, fût-elle jouée dans la plus grande des cathédrales par le meilleur des organistes, ne peut exprimer le chagrin et le sentiment de solitude que l'on éprouve en découvrant un corps fauché en pleine vie ; pourtant, les voisins, et Gust avec eux, avaient pu lire sur son visage la détermination de Sarah, alors que les ambulanciers attendaient que la police eût tranché la corde. Ses traits, contractés dans une expression mi-terrifiée, mi-sarcastique par le choc de la corde enrayant sa chute, avaient pris une pâleur extrême dans le froid du matin. La mort, Gust s'en souvenait encore, n'avait pas travaillé en artiste. Sarah était morte avec des bas aux coutures de travers, et elle portait encore le tablier qu'elle mettait pour faire le ménage.

Pour Sarah, quelle goutte d'eau avait fait déborder le vase ?

Même à neuf ans, Gust avait compris que cette femme n'était pas faite pour vivre seule, divorcée, et sans enfant. Mais jusqu'au moment où il l'avait découverte, là, sous le feuillage de son pommier, elle était restée penchée, immobile, au-dessus de l'herbe, arquée comme la lame d'une faucille, isolée dans le lointain d'une solitude si grande que tout le reste, finalement, même son intimité, avait perdu son importance.

Puis, quand elle fut partie, quand les ambulanciers l'eurent arrachée aux fleurs blanches des mauvaises herbes, à la terre du jardin, le cou étiré à la limite extrême par sa propre décision qui avait pris la forme d'une corde de chanvre, alors, tout le monde, Gust y compris, commença à prier intérieurement pour elle. Ils n'auraient pas pu le faire avant, pas plus qu'ils n'auraient pu l'aider tant qu'elle était en vie, parce qu'elle ne le leur en avait pas laissé l'occasion. Sans perdre sa bonne humeur, elle avait toujours repoussé les manœuvres que les voisins avaient faites pour lui venir en aide, de quelque façon que ce fût. Bien qu'elle parlât à tout le monde quand elle allait faire ses courses, tant qu'elle était en vie il n'était pas question de décrocher du cintre un costume sombre, d'astiquer ses chaussures noires, d'évoquer des souvenirs ni de verser une larme.

Mais après qu'elle eut fait le grand saut, la musique s'éleva de l'orgue poussif dans l'église en granit du coin de la rue. Les prières furent dites par un prêtre remplaçant affligé d'éternuements chroniques ; il s'essuyait continuellement le nez sur son surplis, débitait le service funèbre d'une voix enrouée, et ne connaissait personne dans le quartier ; mais, au moins, il avait compris que les voisins de Sarah étaient venus pour pleurer sa mort, et que la dernière chose qu'ils souhaitaient, c'était bien des homélies intempestives. Il mena la cérémonie de façon aussi estimable que possible, et il n'avait pas opposé d'objection à ce qu'une suicidée reçût une sépulture en terre consacrée.

En tout cas, il avait enterré Sarah avec beaucoup de respect, et c'était ce qu'il fallait.

Gust n'avait jamais dit à personne, pas même à Petal, ce qu'il avait ressenti en trouvant Sarah pendue au bout de sa corde, les pieds tournés, à six heures du matin ce jour de juin. Pour Gust, cet événement avait sonné le glas de son été, et tué en lui beaucoup d'autres choses, aussi. Ce qu'il se rappela, par la suite, c'est qu'à la sortie de l'église son beau-père l'avait emmené au pub et lui avait payé une demi-pinte de bière légère, qu'il avait bue lentement, sans cesser de voir au fond de son verre Sarah vêtue de sa vieille jupe à carreaux, et d'entendre de nouveau le coucou qui avait chanté dans l'arbre au moment où il l'avait découverte.

Peu après la mort de sa voisine, les ennuis commencèrent pour Gust aussi. Il y eut des disputes à la maison, et son beau-père s'en alla. Gust, aussitôt séparé de sa mère, alla vivre chez sa grand-mère qui n'avait pas la vie facile non plus. Mais au fil des années, tandis qu'il grandissait, elle lui expliqua tout ce qu'elle savait de l'existence, et qui n'était pas négligeable, lorsqu'ils allaient s'asseoir ensemble dans le parc. C'était un amour qu'il n'oublia jamais, et qu'il essaya de lui rendre quand elle vit arriver la fin de sa propre vie.

En fait, pendant les six mois qui suivirent la mort de Sarah, le sort s'acharna sur toutes les maisons voisines l'une après l'autre, si bien que, finalement, ce fut toute une partie de la rue qui s'éparpilla aux quatre vents. Gust n'avait jamais tenté de l'expliquer parce qu'il n'avait pas de mots pour ça, mais il était sûr que le premier visage qu'il eût vraiment compris fut celui de sa voisine morte. Furtivement, il s'était approché du cadavre suspendu sous l'arbre comme une statue penchée, au milieu des fleurs et des chants d'oiseaux, et il s'était figé près d'elle, en état de choc. La corde paraissait incongrue, sur son cou, avec son nœud coulant semblable à celui avec lequel Sarah fermait le drap dans lequel elle transportait sa lessive. Avec précaution, Gust avait touché la corde pour la dénouer, comme si cela avait pu ramener Sarah à la vie, mais elle était si froide qu'il prit peur, et le chanvre était incrusté trop profondément dans les chairs. Il avait ensuite contourné le corps pour regarder son visage ; il désirait le toucher aussi, mais n'en avait pas été capable ; les traits de Sarah étaient trop altérés.

Quoi qu'il en soit, il n'avait jamais parlé de cette histoire à personne, même pas en prison où le temps passe si lentement que l'on raconte n'importe quoi pour tromper l'ennui. Il se dit qu'il ne se l'était même jamais convenablement racontée à lui-même. Il avait fini par croire qu'il l'avait complètement évacuée de son esprit. Mais elle était encore là, et lui revenait intacte.

Il revint dans le présent. « Quand tu seras prêt, dit-il à haute voix, attrape le câble à haute tension, à pleines mains, sans hésiter ; sinon, tu vas rater ton coup, et ça risque de ne pas être mortel. » (*Ceci est la seule vie que nous ayons jamais eue et que nous aurons jamais.*) Il se rendit compte que cela allait être plus difficile qu'il ne l'avait cru, pire qu'une exécution, parce qu'il n'avait personne pour lui faire prendre la position idoine. Il s'approcha de la borne qui le tuerait quand il la toucherait ; baissant la tête, il vit une foule de gens se rassembler autour de la base du pylône, les yeux fixés sur lui, lui criant des choses indistinctes.

Il ne savait même pas pourquoi il avait attendu si longtemps, sinon qu'une part de lui-même refusait d'en finir de cette façon. Bien qu'il n'eût pas d'autre solution, quelques bribes de son être s'accrochaient à ce qui était devenu un semblant d'existence, un fantôme de vie. Mais il refusait tout cela, il ne voulait plus de fantômes. *Quelle que soit la façon dont je retourne la question, plus longtemps je vivrai, plus longtemps je ferai de mauvais rêves.*

À un moment, il fut pris d'un accès d'hilarité, et adressa de grands gestes aux badauds, en bas, leur criant :

— Hé ! Même les ducs ont la diarrhée, vous savez ! On doit tous y passer un jour, les gars !

Il lui parut peu probable que les gens l'eussent entendu, mais quelle importance ?

C'était ridicule. Il s'était fourré lui-même dans cette position absurde, de devoir quitter son corps, le seul qu'il eût jamais eu ; inévitable ou non, c'était une situation stupide. Elle ne lui paraissait pas réelle, mais en fait, le reste aussi avait cessé de lui sembler réel ; et, après tout, Petal n'avait plus de corps non plus. De toute façon, c'était une meilleure solution que de retourner en prison ; il savait qu'il n'y ferait pas de vieux os. En prison, il serait vulnérable. Hawley, Sladden, Gates ou quelqu'un agissant pour leur compte trouverait le moyen de lui faire la peau ; la seule question restait de savoir qui y parviendrait le premier.

Chez Petal, l'autre nuit, il s'en souvenait (*l'autre nuit* : c'était donc si récent ?), il avait entendu à la radio que six cent mille personnes mouraient chaque année en Grande-Bretagne. Il se demanda si ces gens-là aussi, et Petal elle-même, avaient eu les mêmes pensées que lui, et ressenti ce qu'il éprouvait au moment de franchir le cap, et cela lui apporta un certain réconfort.

Il se déplaça le long du câble, en équilibre à soixante-dix mètres au-dessus de la police et des pompiers, avec la mort à portée de la main, son regard embrassant l'étendue des champs jusqu'à l'autoroute. Le soleil brillait, clair et froid ; au loin, les voitures scintillaient sous un voile bleu de gaz d'échappement.

Il se dit : c'est étrange, je ne suis pas un suicidé ordinaire, en admettant qu'une telle chose existe. Je ne fais pas cela pour attirer l'attention, mais parce qu'il ne me reste rien d'autre.

Les gens au-dessous de lui, le ciel lumineux, les champs, les câbles à haute tension à portée de la main, les poutrelles métalliques auxquelles il se tenait, rien de tout cela ne semblait réel. Il éprouvait le soulagement factice d'un homme qui vient de faire faillite, libéré de ses angoisses parce que dans son esprit il était déjà mort ; il était en bas, dans le champ, avant même d'être tombé. Dans l'état où il se trouvait, la réalité était rejetée loin déjà dans le passé, et le filtre de ses perceptions transformait la lumière du jour en obscurité.

« Ce serait peut-être plus facile si j'avais une bouteille de scotch », dit-il en souriant. Levant la tête, il regarda le ciel. Le temps se couvrait, et le vent s'était levé, soufflant avec violence, mais le soleil brillait toujours. C'était un bel après-midi de novembre. En fait, on aurait dit que l'univers tout entier avait été décapé, et briqué jusqu'à briller comme une épée sortant de la forge. À cette altitude, le vent s'engouffrait sous la veste de Gust, et faisait claquer son pantalon autour de ses jambes. Les gens, dans le champ, plissaient les yeux pour apercevoir Gust à contre-jour, la main en visière au-dessus des paupières — tous, sauf Sladden qui faisait tourner sa caméra.

L'objectif réfléchit un rayon de soleil ; il regardait Gust, et Gust le regarda à son tour, se demandant ce qui serait arrivé si Sladden avait pu remettre la main sur lui — en supposant, par exemple, que Hawley l'ait canardé dans la 205 prisonnière de la haie, en bas, mais sans le tuer. La situation n'aurait pu évoluer que d'une seule façon ; quand on l'aurait emmené à l'hôpital, à condition, bien sûr, qu'il fût toujours en vie, il aurait vu tôt ou tard apparaître Sladden.

— Je suis venu prendre ta déposition.

— Je n'ai rien à dire.

— Tu ferais mieux de parler pendant que tu en es encore capable, tu es gravement blessé.

— C'était censé être encore pire que ça, non ?

— Allez, donne-moi ta déposition. Les toubibs disent que tu es en état de le faire. J'ai apporté un brouillon, et j'ai des questions à te poser.

— Si j'y réponds, qu'est-ce qui se passera ?

— Tu pourras changer de nom, partir à l'étranger, tout ce que tu voudras. Il paraît que l'Australie, c'est très bien.

— Aller à l'autre bout de la terre ? aurait-il répliqué. À six pieds sous terre, tu veux dire. Tu espérais que Hawley, Gates, Dingo ou Stuart m'élimineraient, mais ça ne s'est pas passé comme prévu. Alors, tu vas devoir finir le boulot toi-même. Je ne ferais pas un kilomètre hors de cet hôpital si je courais voir les journalistes, vous en feriez tous des insomnies.

— Tu délires. On a conclu un marché, toi et moi. Tu as tenu tes engagements, on tient les nôtres.

— Je ne te crois pas, et tu ferais comme moi si tu étais à ma place.

— Tout ce qu'on veut, c'est ta déposition.

— Oui, et dès que tu l'as, je suis mort. Je suis fatigué, maintenant, tire-toi, il n'y a plus de marché qui tienne.

— Avec un homme comme toi, un marché reste un marché.

— Mais si, je te dis que c'est terminé. Regarde un mort, un de ces jours, Sladden. Ils ont tous la même expression ; plus rien ne les touche, on dirait qu'ils te pètent au nez et qu'ils s'en foutent, et c'est exactement l'état d'esprit qui est le mien en ce moment.

— Tu vas devoir coopérer, Gust. Sinon, tu retournes en prison.

— Je n'y remettrai jamais les pieds.

— Tu y retourneras si tu ne nous aides pas, et si tu ne continues pas à nous aider tant qu'on n'en aura pas terminé avec toi. Et si tu penses que tu es en danger en te baladant en liberté, ce n'est rien comparé à ce qui t'attend entre quatre murs.

— Je le sais.

— Alors, tu vas devoir nous faire confiance.

C'était une partie de poker qu'il n'aurait jamais pu gagner. Et après l'avoir perdue, il aurait tourné son visage vers le mur et commencé à rire, à revivre ses années avec Petal, à parler à Johnny et à l'Irlandais comme s'ils étaient toujours là, à se cogner la tête contre le dosseret de son lit d'hôpital, se pissant dessus au souvenir des bons moments et des vieilles plaisanteries, jusqu'à ce qu'une infirmière arrive avec une seringue pour le faire dormir.

Mais à présent, il se trouvait aux confins d'un sommeil qu'aucun Sladden ne pourrait briser.

Là-haut, sur le pylône, tout était plus beau, plus propre aux yeux de Gust. Sa vie lui appartenait jusqu'à ce qu'il décide de la perdre ; il ne voulait plus d'ennuis avec Sladden et il était prêt à payer. Se penchant au-dessus du vide, il cria :

— Hé ! Sladden ! Tu m'entends ? Pourquoi tu ne viens pas me rejoindre, ici, sur le câble à haute tension ?

En bas, personne ne l'entendit, à cause du vent et de l'éloignement, et Gust tourna le dos à la foule, riant dans ses mains glacées. « Ces gens-là, dit-il, ne savent pas penser à autre chose qu'à leurs traites impayées. C'est incroyable. Je ne l'aurais jamais cru si je ne le voyais pas de mes propres yeux. Petal et moi, même dans l'état où nous sommes, nous tenons l'un à l'autre dix mille fois plus qu'ils ne seront jamais capables de tenir à quelqu'un. Je vais leur montrer ! »

Il y avait encore plus de curieux, à présent, au pied du pylône. Draper arriva avec Ricky, traversant le champ en cahotant dans un quatre-quatre. Il avait un mégaphone à la main, et il brailla en direction de Gust :

— Ça suffit, Gust ! Tu vas descendre, maintenant, ça va comme ça !

— Il ne descendra pas, affirma Sladden. Tu peux me croire sur parole.

— Il y a des journalistes, ici ? demanda Draper en regardant autour de lui.

— Non, heureusement, répondit Sladden. De toute façon, je les vois mal grimper là-haut pour obtenir une interview.

— Quel merdier !

— Pas s'il saute, dit Sladden. S'il redescend, en revanche, on pourrait avoir de gros problèmes.

— Pourquoi est-ce qu'on ne coupe pas le courant pour monter le chercher ? proposa un jeune flic en uniforme qui semblait plein de zèle.

— Et priver d'électricité trois cent mille abonnés ? fit Draper. Comment tu t'appelles, petit ? Rappelle-moi dc proposer ton nom pour le concours de la gaffe de l'année. Apparemment, on ne t'a pas encore appris ce que c'était qu'une bavure. (Il hurla dans le mégaphone :) Arrête ton cirque, Gust ! Tu descends, maintenant !

Mais Sladden, l'œil collé à son viseur, lui dit :

— Tu peux toujours courir ! Il est bien décidé à rester là-haut. Il se marre, il se fout de notre gueule !

Effectivement, ils percevaient le rire de Gust, par moments, au gré d'une saute de vent.

— Il suffirait qu'il touche ce plot, marmonna un pompier, et *pfuit !*

— Il va falloir qu'on donne l'impression de vouloir le récupérer vivant, dit Draper.

— Pas la peine d'en faire trop, conseilla Sladden.

Draper se tourna vers le capitaine des pompiers.

— Vous pouvez l'atteindre avec votre grande échelle ?

— Les échelles sont prêtes, répondit le pompier. Mais, le temps qu'on monte à sa rencontre, il nous aura croisés dans l'autre sens. Le fait de nous voir venir ne fera que hâter sa décision ; j'ai déjà vu ça.

— Il n'a pas le choix, de toute façon, commenta Ricky.

— Voilà qui est réconfortant, dit Draper. Parfois, je me demande ce que je ferais si vous n'étiez pas là pour me remonter le moral.

— J'ai déjà reçu deux nouveaux appels, dit le capitaine des pompiers. On ne peut pas rester ici éternellement.

— Je m'en rends bien compte, fit Draper, mais cette affaire-ci est prioritaire, nous avons encore des choses à demander à ce dingue. Et pour ça, bien sûr, nous tenons à le récupérer entier. (Il consulta sa montre.) Bon, on attend encore cinq minutes, et puis vous montez de toute façon, quoi qu'il arrive.

Gust criait quelque chose, mais le vent avait tourné, et personne ne saisit ce qu'il disait.

— Préparez le filet, dit à ses hommes l'inspecteur de police local. Non pas que ça serve à grand-chose, ajouta-t-il à l'intention de Draper. S'il saute d'une hauteur pareille, il est sûr de passer au travers.

— Après ça, je démissionne, annonça un agent qui tenait le bord du filet.

Gust renonça à crier à l'adresse des badauds. De toute façon, même s'il avait pu se faire entendre, il ne serait pas parvenu à leur faire comprendre son point de vue ; de plus, le vent était trop fort, il soufflait par bourrasques, et le ciel commençait à s'obscurcir. « Il faut du temps pour comprendre que cela ne sert à rien de hurler dans le noir, dit Gust. Ce n'est qu'à la dernière seconde que vous recevez une réponse à votre message, si vous en recevez une. »

Il aurait aimé faire ses débuts dans la vie en sachant cela, bien que le fait de le savoir ne changeât plus rien pour lui à présent. Il se trouvait dans la même situation que ces vieillards, comme sa grand-mère, dont l'entourage — s'il existe — souhaite qu'ils meurent vite pour reprendre ses propres occupations. Leur famille ne s'intéresse pas aux dernières paroles de ceux qui s'en vont, et qui contiennent pourtant l'expérience de toute une existence. Et il devenait rare, de nos jours, que la dernière vision de ce monde qu'emportent les mourants fût celle d'un visage aimant. Car l'agonie sépare les mourants des êtres qui ne supportent pas l'idée de se savoir mortels, si bien que ceux-ci ne conservent de l'expérience, finalement, que le souvenir d'une poignée de terre jetée en hâte sur un cercueil avant d'aller s'abriter de la pluie, qui a pour habitude, à Londres tout au moins, de tomber sur les morts de fraîche date.

En haut de son pylône, près d'un câble où circulait un courant assez puissant pour faire fonctionner le métro, Gust dressait un bilan de son existence telle qu'il la percevait. Son seul véritable chagrin, au moment de tout quitter, c'était que ses amis étaient morts pour la seule raison qu'ils l'avaient aidé.

Johnny.

Petal, mourant sous une grêle de coups de batte de base-ball.

En tout cas, lorsqu'ils étaient partis, il aurait pu leur dire : *L'éternité ? Elle n'existe pas. L'éternité, c'était ce que nous avons enduré. Ce qui n'a jamais existé n'existe pas, et n'existera jamais, et ce qu'on nous a promis pour l'au-delà n'aurait jamais pu être.*

C'est ce qu'ils trouvèrent sur lui, plus tard, griffonné au dos d'un menu du Diadème.

— Qu'est-ce qu'il voulait dire par là ? demanda Ricky, déchiffrant ces lignes alors qu'ils regagnaient les voitures quand tout fut fini. Sladden, indifférent de toute façon parce qu'il se savait condamné par la maladie qui le minait, répondit :

— Qu'est-ce qu'on en a à foutre ? C'en est terminé de l'affaire Gust, et c'était la façon la moins coûteuse d'y mettre un point final. Qu'est-ce que vous en pensez, Spaulding, vous qui êtes inspecteur ?

Mais Spaulding leur avait tourné le dos.

*

L'humeur de Gust avait changé. À présent, il était malade de peur et de solitude, et sa détermination commençait à fléchir. De la main, il protégea son visage tuméfié des rayons du soleil, à présent très bas sur l'horizon, et regarda le soir tomber sur le paysage. En bas, quelques personnes continuaient de lui crier quelque chose, d'autres regardaient leurs montres, mais il ne leur prêta pas attention.

« À quoi sert de connaître la vérité, dit-il, quand il est trop tard pour en faire quoi que ce soit ? » Il s'efforça une dernière fois de réfléchir aux événements passés, mais comme il ne parvenait pas à canaliser ses pensées de façon cohérente, elles ressemblaient au monologue d'un fou.

« La marée m'a pris et m'emporte », dit-il. Au moins, il pouvait regarder vers l'avenir, même si le spectacle était nouveau et étrange. Le bras passé par-dessus le câble, les doigts à quelques centimètres de la borne, il se projetait déjà à l'endroit où il désirait être, de toute façon, dansant à l'Éclipse avec Petal, tournant pour toujours avec elle sur la piste ; elle lui semblait plus tangible, à présent, qu'elle ne l'avait jamais été.

La partie avait été difficile à jouer, mais il l'avait gagnée ; tout le monde devait gagner un jour, finalement. S'il était resté en bas, par contre, jamais il n'aurait eu un jeu facile, même si la chance lui avait distribué les quatre as, ce qui n'arrivait jamais.

L'espace d'un instant saisissant, il comprit ce que cela signifiait d'être dans deux mondes à la fois, celui des vivants et celui des morts ; d'être quelqu'un de différent, de meilleur, de plus propre, sans agressivité, sans peur, menacé par personne. Il se sentit libéré d'un fardeau qu'il n'avait jamais eu conscience de porter parce qu'il l'avait porté toute sa vie. Cette sensation nouvelle ne lui donna pas envie de changer son destin, mais lui permit de l'accepter. Il ne pouvait y avoir de mort paisible sans acceptation, sans sérénité intérieure ; il fallait atteindre à la pureté dans l'absolu.

Surpris, Gust constata : « Le brouillard s'est levé. »

C'était vrai. Il voyait clair de nouveau. Pour la première fois depuis la mort de Petal, il avait du monde une vision limpide, sans distorsion. Enfin, il retrouvait l'image de Petal telle qu'elle était le jour où ils avaient décidé de vivre ensemble, et qu'ils étaient sortis fêter ça avec Johnny. Elle courait dans la salle du Diadème, à présent. Gust avait encore le trousseau de clés que Petal lui avait donné. Prenant appui sur le câble, il le sortit de sa poche pour regarder son nom gravé sur la plaque argentée.

Gust.

Gust ? pensa-t-il. C'était comme s'il parlait d'un inconnu. Qui était ce Gust ? Qui se souciait de ce qu'il savait ?

C'était exactement ce que disaient les badauds impatients au pied du pylône.

Petal, Johnny, l'Irlandais : tu vas les retrouver.

Mais il n'en était pas convaincu. Au contraire, il se sentit pris de panique, ses vêtements claquant dans la bourrasque. Persuadé de dire la vérité, il cria dans les ténèbres, sa voix luttant contre le vent qui soufflait plus fort que jamais : « J'étais innocent ! »

Sa main droite, qui ne lui avait jamais à ce point donné le sentiment d'être une partie de lui-même, rampait vers son destin. « C'est ce que je t'ai toujours répété, quoi que l'on fasse, toi et moi, dit Gust en parlant à sa main, il n'y a pas moyen de rebrousser chemin, on doit aller jusqu'au bout. » Il savait qu'un jour ou l'autre, cela devait arriver à chaque individu, mais cependant le mystère de sa propre fin l'emplissait d'effroi ; il n'en avait jamais été si proche qu'en cet instant.

Il contempla le monde. « Ne le regarde pas trop longtemps ! s'admonesta-t-il. N'y pense plus, à présent. »

Il prit sa décision. « Basculer par-dessus le rebord du possible », dit-il. Il saisit le câble à pleines mains, dit : *J'ai confiance en toi*, et fut catapulté vers l'extérieur, rejeté loin du pylône, commotionné, rigide, selon un angle aigu, mannequin de chiffons traversant le ciel comme un météore. Ses yeux avaient été réduits en cendre par la puissance du courant, et il se ratatina sur lui-même, comme une fleur séchée, au cours de sa chute ; sa veste, qu'il avait ouverte pendant l'ascension, était boutonnée de travers. Mais tandis qu'il tournait sur lui-même dans la nuit, il avait encore sur les lèvres, ses lèvres racornies et collées à ses dents, ces quelques mots : *J'ai confiance en toi.* Et le lendemain, s'il avait été là pour le voir, il aurait déplié le journal pour regarder la photo de lui prise là-bas, et il en aurait ri un bon coup avant de sauter dans un bus qui l'aurait déposé au Diadème :

« Moi, une célébrité ? Ce n'est pas demain la veille ! »

Mais le véritable choc du courant électrique fonçait si vite vers le Diadème que le vent lui arrachait les cheveux, et il entendit la serveuse derrière le bar lui dire quand il franchit la porte : « Salut, Gust, un message pour toi », et puis, sa voix se changeant en un cri : « Attention ! »

La porte du Diadème se referma brutalement ; elle le frappa au visage avec la violence d'un bélier.

Il tomba tête la première sur le sol et il n'y eut plus que le silence après cela.

Il n'arriva plus rien du tout après cela.

Dans la même collection

Marc Behm : *À côté de la plaque*
Marc Behm : *Et ne cherche pas à savoir*
Marc Behm : *Crabe*
Edward Bunker : *Aucune bête aussi féroce*
Edward Bunker : *La Bête contre les murs*
Edward Bunker : *La Bête au ventre*
James Lee Burke : *Prisonniers du ciel*
James Lee Burke : *Black Cherry Blues*
James Lee Burke : *Une saison pour la peur*
James Lee Burke : *Une tache sur l'éternité*
George C. Chesbro : *Bone*
George C. Chesbro : *Les Bêtes du Walhalla*
Robin Cook : *Cauchemar dans la rue*
Robin Cook : *J'étais Dora Suarez*
Robin Cook : *Le Mort à vif*
Wessel Ebersohn : *Le Cercle fermé*
James Ellroy : *Le Dahlia noir*
James Ellroy : *Clandestin*
James Ellroy : *Le Grand Nulle Part*
James Ellroy : *Un tueur sur la route*
James Ellroy : *L.A. Confidential*
James Ellroy : *White Jazz*
James Ellroy : *Dick Contino's Blues*
Barry Gifford : *Sailor et Lula*
Barry Gifford : *Perdita Durango*
Barry Gifford : *Jour de chance pour Sailor*
Barry Gifford : *Rude journée pour l'Homme-Léopard*
James Grady : *Le Fleuve des ténèbres*
Tony Hillerman : *Le Voleur de temps*
Tony Hillerman : *Porteurs-de-peau*
Tony Hillerman : *Dieu-qui-parle*
Tony Hillerman : *Coyote attend*
Tony Hillerman : *Les Clowns sacrés*
William Kotzwinkle : *Midnight Examiner*
Elmore Leonard : *ZigZag Movie*

Elmore Leonard : *Maximum Bob*
Elmore Leonard : *Punch Créole*
Bob Leuci : *Odessa Beach*
Tobie Nathan : *Saraka Bô*
Jack O'Connell : *B.P. 9*
Jack O'Connell : *La Mort sur les ondes*
Hugues Pagan : *Tarif de groupe*
Michel Quint : *Le Bélier noir*
Richard Stratton : *L'Idole des camés*
Paco Ignacio Taibo II : *À quatre mains*
Ross Thomas : *Les Faisans des îles*
Ross Thomas : *La Quatrième Durango*
Ross Thomas : *Crépuscule chez Mac*
Donald Westlake : *Aztèques dansants*
J. Van de Wetering : *Retour au Maine*
Charles Willeford : *Miami Blues*
Charles Willeford : *Une seconde chance pour les morts*
Charles Willeford : *Dérapages*
Charles Willeford : *Ainsi va la mort*
Daniel Woodrell : *Sous la lumière cruelle*

Ouvrage imprimé en octobre 1994.
Tirage sur presse CAMERON
dans les ateliers de la S.E.P.C.
à Saint-Amand-Montrond (Cher).

N° d'impression : 2133-1941
Dépôt légal : octobre 1994
Imprimé en France